HOFFNUNGSVOLLER ARZT

EIN SPANNENDER ALIEN- & SCIFI-LIEBESROMANE MIT SPICE

BRÄUTE FÜR DIE ALIEN-PIRATEN
BUCH FÜNF

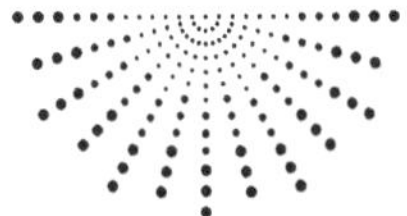

TAMSIN LEY

Twin Leaf Press

Lektorat: Christian Popp

ISBN: 979-8-89548-012-0

Twin Leaf Press
PO Box 672255
Chugiak, AK 99567

KAPITEL EINS

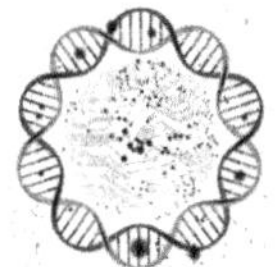

Rashana lag auf ihrem schmalen Bett und beobachtete die Sterne durch das kleine Sichtfenster in der Schiffswand. Die leuchtende Sichel eines einzelnen, von Kratern übersäten Planeten schwebte in der Schwärze, weit entfernt von der Wärme seiner Sonne. Ob es dort Leben gab? Sie versuchte, sich an das Gefühl von frischer Luft, fließend Wasser und Erde unter ihren Füßen zu erinnern, aber ihre Erinnerungen waren die eines kleinen Kindes, unschlüssig und außer Reichweite. Sie hatte zu viele Jahre eingesperrt in dieser Zelle verbracht.

Ihr Lebensraum ein Bereich, der von einem Ende zum anderen in achtzehneinhalb Schritten zu durchqueren war. Eine Wand war aus einem dicken, durchscheinenden Polymer gefertigt, sodass sie in das Biotechniklabor mit seiner blinkenden Ausrüstung schauen konnte, an der Mitarbeiter in blauen Overalls standen. Die anderen Wände waren ein mattgraues Metall, das wahrscheinlich im gesamten Raumschiff zu finden war. Sie hatte einen Schreibtisch und einen Stuhl, einen Schrank mit ein paar einfachen Oberteilen und Hosen und ein eigenes Badezimmer. Eine einzige, traurig wirkende Topfpflanze stand auf ihrem Schreibtisch – ein Geschenk von einer Labormitarbeiterin, die am Tag danach verschwunden war.

Rashana vermutete, dass Vater die nette Dame losgeworden war, genauso wie er Rashanas Habseligkeiten, ihre Stofftiere, ihre Fotos und ihre farbenfrohe Schmusedecke losgeworden war, sobald Rashana siebzehn Jahre alt geworden war. Mutter hatte ihr die Decke zu ihrem zehnten Geburtstag geschenkt. Nur war es egal gewesen, wie sehr Rashana geschrien und um sich getreten hatte, um ihre Sachen zu behalten, Vater hatte nicht nachgegeben. Er hatte darauf bestanden, dass an den Gegenständen zu viele emotionale Erinnerungen hingen, was sie in ihrem Prozess angeblich zurückhielt. Denn Rashanas Emotionen waren gefährlich.

Sie hatte ein Stück von der Decke retten können, indem sie ihre Macht einsetzte, um einen der Männer, der ihre Dinge konfisziert hatte, Glauben zu machen, dass er einen Herzstillstand hatte. Der abgerissene Fetzen lag jetzt in einer Ecke ihres Schranks versteckt. Sechs Jahre waren seitdem vergangen, und dieses kleine, rosafarbene Stück Stoff war ihre einzige verbliebene Verbindung zu den guten Zeiten, den fröhlichen Momenten, den Tagen voller Liebe. Nur war es auch eine Erinnerung an die Art und Weise, wie sich die eleganten Züge ihrer Mutter bei ihrem Tod zu Verwirrung gewandelt hatten.

Rashana packte die einfache weiße Decke des Bettes und kämpfte gegen die ansteigenden Gefühle in ihr an. Vater schaute immer zu, und sie wollte nicht, dass er wusste, dass sie gerade besonders emotional war. Sie richtete ihren Blick auf eine weit entfernte Gruppe von Sternen, die sie an zwei Personen erinnerte, die Händchen hielten. Mutter und Vater hatten sich, soweit sie wusste, nie an den Händen gehalten, aber sie stellte sich gerne vor, dass sie das eines Tages vielleicht getan hätten – dass sie eine normale Familie hätten sein können.

Ein Geräusch aus dem Labor erregte ihre Aufmerksamkeit und sie wandte den Blick von dem

Sichtfenster ab. Vater näherte sich mit einem Tablett und sein Gesicht war so unleserlich wie eh und je. Sie holte tief Luft. Normalerweise brachte ihr einer der Labormitarbeiter ihre Mahlzeiten. *Er muss meine Emotionen bemerkt haben.* Sie stieß langsam den Atem aus, setzte sich auf und bereitete Antworten auf die unvermeidliche Flut von Fragen vor.

Vater stellte das Tablett in den Ausgabespender, und es rutschte mit einem Summen und einem Klicken durch den Schlitz von seiner Seite zu ihrer. Der reichhaltige Duft von Nudeln mit Käsesoße breitete sich im Raum aus. Sofort lief ihr das Wasser im Mund zusammen. Vater ließ sie nie das fettige Essen haben. Er sagte stets, dass es sowohl den Körper als auch den Verstand träge und schwach machte.

Sie schaute auf und stellte sich seinen durchdringenden schwarzen Augen. Sie wünschte wirklich, sie könnte ihre Macht nutzen, um hinter seine Absichten zu kommen. Das dicke Polymer blockierte jedoch ihre Fähigkeiten. „Wofür ist das?", fragte sie.

Sein Mund krümmte sich zu einem angespannten Lächeln. „Kann ein Vater seiner Tochter keine Zuneigung entgegenbringen?"

Zuneigung. Wann hatte sie das letzte Mal etwas dieser Art von ihm gespürt? Oder von irgendjemandem? Die Leute betraten ihre Zelle nur in voller Ionenschildausrüstung, und niemand berührte sie. Niemals. Nicht einmal ihr Vater, außer mit seinem Injektor oder um eine Gewebeprobe zu entnehmen.

In einer seltenen Geste tätschelte ihr Vater mit seiner Handfläche das Glas zwischen ihnen. Sie war zu überrascht, um zu antworten, und als sie die Hand hob, um die Geste zu erwidern, hatte er sich bereits abgewandt und lief zum Ausgang des Labors.

„Warte!" Sie legte beide Hände an das Glas.

Er hielt neben einem Labormitarbeiter an einem der Inkubatoren inne und drehte sich zu ihr um. Seine Lippen spitzten sich, als würde ihn ihre Stimme verärgern. „Genieße deine Mahlzeit, Tochter. Ich schaue später noch einmal vorbei." Dann lehnte er sich vor und murmelte dem Mitarbeiter etwas zu, bevor er über die Türschwelle trat.

Enttäuscht sackten Rashanas Schultern nach unten. Der Emotion folgte eine Welle des Grolls, die sie nach gescheiterten Interaktionsversuchen wie diesen immer spürte.

Der Mitarbeiter begann, seine Station zu säubern, seine Handlungen hektisch, und sie fragte sich, welches neue Projekt ihr Vater dem Mann zugewiesen hatte. Natürlich würde ihr das der Mitarbeiter nicht sagen. Obwohl fast immer jemand im Labor war, sprach das Personal selten mit ihr – zumindest ging es nie um persönliche Dinge. Vater riet ihnen davon ab, mit Patienten zu interagieren.

Mit einem Seufzer setzte sie sich an ihren Schreibtisch, um zu essen. Vater hatte auch ein Glas mit süßer *Oonon*-Limo hinzugefügt – eine kleine Aufmerksamkeit, die er servierte, wenn eines seiner Experimente besonders vielversprechend verlief. Er musste in einem der anderen Labore Erfolg gehabt haben. Sie nahm einen großen Schluck und lächelte, als die Blasen über ihre Zunge sprangen. Ohne zu zögern, machte sie sich an ihre deftige Mahlzeit. Ein Vergnügen, das sie seit langem nicht mehr erlebt hatte. Und viel näher kam sie an gute Momente auch nicht.

Mit vollem Bauch stand sie auf und stellte ihr leeres Tablett auf den Spender. „Richte meinem Vater meinen Dank aus", rief sie dem Mitarbeiter zu. „Und Glückwunsch zu dem Projekt."

Der Typ antwortete nicht und mied ihren Blick.

Arschloch. Die meisten würden zumindest Blickkontakt herstellen oder nicken.

Sie drehte ihm den Rücken zu und starrte zu dem Sichtfenster. Normalerweise las sie nach dem Essen ein wenig in ihrem Buch oder ging im Raum auf und ab, während sie Musik hörte. Nur fühlte sich ihr Körper seltsam schwer und schwach an, und ihre Augenlider senkten sich allmählich nach unten. Zu viel fettiges Essen? Vielleicht hatte Vater Recht und es sollte gemieden werden. Sie setzte sich auf die Bettkante. Der Raum schien sich plötzlich zu drehen, sodass sie entschied, sich hinzulegen.

Langsam wurde ihr bewusst, was vor sich ging, wodurch sich ihr Schwindelgefühl verstärkte. Dies war keine normale Lethargie. Das Essen war kein Zeichen von Zuneigung gewesen; es war mit Betäubungsmitteln versetzt worden. *Er hat mich ausgetrickst. Aber warum?*

Sie blinzelte die graue Decke an, und die Momente in der Dunkelheit dehnten sich in die Länge. Ein Rauschen erreichte ihre Ohren, ein seltenes Geräusch, das darauf hinwies, dass sich ihre Zellentür öffnete. Nur konnte sie ihren Kopf nicht drehen. Sie konnte ihre Augen nicht öffnen, als schwere Stiefel durch den Raum polterten. Hilflos nahm sie wahr, wie sich die Kleidung von ihrem Körper löste. Dennoch kein unmittelbarer Hautkontakt – nur behandschuhte Hände, die sie klinisch anhoben und trugen.

Vaters Stimme wehte in ihr Bewusstsein und wieder heraus. „… zu gefährlich … Variablen … Selbstzerstörung …"

Übelkeit rollte durch sie hindurch, als sie versuchte, mit ihren Kräften nach einem Verstand zu greifen, der ihr einen Einblick in das Geschehen geben würde. Ionische Abschirmung blockierte alles. Es gab nur eine Sache, die sie wahrnahm: Angst. Und Hektik. Ihre Arme und Beine fühlten sich an wie gekochte Nudeln, als die Hände sie losließen, aber sie schaffte es, kurzzeitig ihre Augenlider zu heben. Sie schien sich in einer schmalen Metallkiste zu befinden. Ein Sarg?

Bitte lass es kein Sarg sein. Todesangst drang zum ersten Mal seit dem Ableben ihrer Mutter in ihr Herz ein. Sie wusste, dass ihr Vater darüber nachgedacht hatte, sie von ihrem Elend zu befreien. Er hatte befürchtet, dass sie für sein kostbares Projekt eine zu große Gefahr darstellen würde. Das hatte sie mehrmals in seinen Gedanken wahrgenommen, bevor er die ionische Abschirmung perfektionierte, die ihre Zelle versiegelte.

Das schwache Licht hinter ihren geschlossenen Augenlidern schaltete sich aus, als sich ihre Lider vollends schlossen, und die Luft mit jedem weiteren Atemzug von ihr abgestandener roch. Unfähig, sich zu bewegen, schrie sie leise in ihrem Kopf: *Nein! Bitte nicht! Ich werde artig sein!*

Kälte glitt über ihre Haut, tauchte in ihre Knochen. Sie erkannte, dass sie in einem Kryo-Pod sein musste, nicht in einem Sarg. Sie hatte mehr als einmal gesehen, wie die Laborassistenten Individuen für zukünftige Studien „auf Eis" legten.

Natürlich wollte Vater, dass ihr Körper erhalten blieb; er bezeichnete sie oft als seine größte Schöpfung. Jetzt ergab das Essen mehr Sinn. Er hatte einen Ersatz für sie gefunden und feierte diesen Erfolg. Eine letzte Mahlzeit für sie, bevor sie sich seinen anderen gescheiterten Experimenten anschloss.

Als ihr Körper vor Kälte taub wurde, flammten ihre Gedanken auf. Wenn sie jemals aus dieser Kapsel entkam, würde sie Rache nehmen.

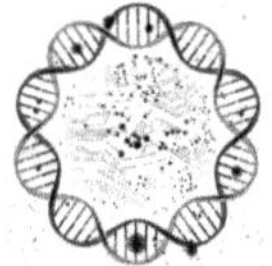

KAPITEL ZWEI

Mek trat von der Rampe der Hardship in die höhlenartige Flaggschiffbucht. Werkzeuge und Vorräte lagen auf dem Deck verstreut, und ein paar verkohlte Stellen wiesen auf ein Kreuzfeuer hin. Die Icarus war für die Rebellion eine unglaubliche Bereicherung – eine Trophäe. Mit der Cyborg-Crew, die sich jetzt ihrer Sache anschloss, könnten die Rebellen tatsächlich eine Chance gegen das korrupte Unternehmen haben.

Im Moment dachte Mek jedoch nicht an die Rebellion. Seine Aufmerksamkeit galt dem rätselhaften Inhalt eines Kryo-Pods, der am anderen Ende der Bucht auf ihn wartete.

Tovik, der junge Mechaniker der Hardship, donnerte hinter Mek die Rampe herunter. Barfuß rannte er über das Metalldeck und direkt auf den Pod zu. Oder – was wahrscheinlicher war – zu der blonden Menschenfrau, die mit den Cyborgs angekommen war. Seit die Denaidaner Naniten für sich entdeckt hatten, die es ihnen ermöglichten, menschliche Gefährtinnen zu nehmen, war Tovik vollkommen auf das andere Geschlecht fixiert.

Um fair zu sein, waren das die meisten Denaidaner. Nach fünfzehn Jahren ohne die Fähigkeit, sich mit Gefährtinnen zu paaren, konnte er das niemandem verübeln. Mek hatte jedoch wenig Interesse daran, eine Frau für sich zu finden. Alle Gedanken, die er über Sex hatte, waren eher klinischer Natur. Er musste dringend die menschliche Physiologie verstehen, um eine erfolgreiche Fortpflanzung zwischen ihren Arten zu garantieren. Bisher war keines der Paare erfolgreich schwanger geworden, und ohne Kinder war seine Art immer noch dazu bestimmt, auszusterben. Für die Liebe hatte er nun wirklich keine Zeit.

Er lief schneller und eilte auf die Wartenden zu. Attie Swan hatte sich bereits mit Doug, dem Cyborg-Kapitän der Icarus, verbunden, und Tovik hatte ein Händchen dafür, stets das Falsche zu sagen. Das Letzte, was die Rebellion brauchte, war es, dass Tovik ihre neuen Verbündeten beleidigte.

Zum Glück schien sich der Junge auf das leuchtende violette Bedienfeld des Pods zu konzentrieren. Seine Finger klopften ein schnelles Staccato gegen das Metallgehäuse der Kapsel, und Mek bekam noch das Ende seines Satzes mit: „... bis der Arzt einen Blick darauf wirft."

Ein rothaariger, menschlicher Cyborg machte einen Schritt vorwärts und ballte die Hände an seinen Seiten zu Fäusten, als Mek sich näherte. „Du bist der Doc, oder?", fragte er Mek. „Lass uns das Ding aufbrechen."

Tovik lehnte sich über den Pod, um zwischen dem Ding und dem Cyborg als Barriere zu agieren. „*Usviiqe*, nein!" Er schüttelte heftig den Kopf. „Als wir das letzte Mal einen Kryo-Pod gefunden haben, war eine Frau drin. Das Teil zu hastig zu öffnen, könnte demjenigen schaden, der da drin gefangen ist."

Attie nickte zustimmend und sah genervt zu dem Cyborg, der den Vorschlag gemacht hatte, den Pod aufzubrechen. „Deshalb habe ich darauf bestanden, einen Arzt zur Hand zu haben, bevor wir etwas unternehmen, Rust."

Doug klopfte mit einer Polymerfingerspitze auf die Oberfläche des Pods. „Der Verriegelungsmechanismus des Deckels verwendet einen rotierenden Algorithmus, der selbst für meine Fähigkeiten unmöglich zu knacken ist." Sein grünes kybernetisches Auge blitzte auf. „Dollard hat große Anstrengungen unternommen, um diesen Pod zu sichern, und die ... Person da drin zu halten."

„Dieses Arschloch wollte das Teil so sehr, dass er bereit gewesen war, dafür zu sterben", sagte der enayshuanische Cyborg mit seinen metallisch glänzenden Tattoos in seinem dunklen Gesicht. „Er verlor beide Arme, als er versuchte, den Pod in das Shuttle zu bekommen."

„Ich hoffe, der Wichser hat lange leiden müssen und ist schließlich verblutet", murmelte Rust.

„Es war klug, auf mich zu warten." Mek untersuchte den leuchtenden violetten Screen auf der dunklen Metalloberfläche des Pods. „Diese Benutzeroberfläche sieht kompliziert aus." Die biometrischen Daten waren so verwirrend wie die Kapsel selbst, mit einer Mischung aus Informationen, die für mehrere Arten relevant war. Doch der Pod war nicht besonders groß. Er fragte sich, wer in dem Pod steckte und fuhr mit den Fingerspitzen über den Deckel. Dieser Pod war keine Standardeinheit, und es gab nicht einmal ein Fenster, um den Insassen zu sehen. Wirklich eine Schande. Zu wissen, mit welcher Art von Lebensform er es zu tun haben würde, könnte ihm helfen, sich vorzubereiten, falls beim Öffnen etwas schief ging.

Er richtete sich auf und sah zu der Stelle, an der die Hardship in der Bucht geparkt war, mit ihrer nicht übereinstimmenden Beschichtung und den Sensorarrays, die so einzigartig waren wie die Cyborgs mit ihren Implantaten. Er hatte einen beträchtlichen Vorrat an medizinischer Grundversorgung an Bord, aber die Icarus war mit Sicherheit besser ausgestattet.

„Ich nehme an, ihr habt eine funktionierende Krankenstation?", fragte er. „Ich würde es vorziehen, den Pod dort zu öffnen, falls etwas schief geht."

„Wir wollten das Teil in Dollards Labor bringen, falls sich ein Cyborg darin befindet, aber eine der Hebebühnen der Kapsel funktioniert nicht", sagte Doug und zeigte auf das obere Ende.

„Und dieses verdammte Scheißding ist schwerer, als es aussieht." Rust ballte beide Hände. „Entweder das oder meine Arme müssen neu kalibriert werden."

Tovik beugte sich vor, um die Transportclips an dem einen Ende des Pods zu untersuchen. „Das kann ich bestimmt reparieren."

Mek wusste, dass er den Jungen nicht zurückhalten konnte, wenn es um Mechanik ging, also seufzte er nur und nickte. „Na gut. Aber berühre nicht die Bedienelemente des Pods, Tovik. Nur der Mag-Lift."

Tovik hatte sich bereits Zugang zu den Drähten des Pods verschafft und sagte abwesend: „Versprochen."

Doug ließ Attie zurück, sodass sie Tovik in ein paar Minuten den Weg weisen konnte. Indessen führte der Cyborg ihn zum Aufzug und durch mehrere Korridore in den Bauch des Flaggschiffs, bis sie das Labor erreichten. Die Untersuchungstische aus Edelstahl waren gegen die Wände geschoben worden, und etliche Schränke standen offen und enthüllten jede Art von medizinischer Ausrüstung, die man sich vorstellen konnte. Auch hier gab es Anzeichen für einen Kampf. Die Verkabelung für das Bedienfeld der Türen war zu sehen und er nahm an, dass der große Fleck auf dem Boden höchstwahrscheinlich Blut war. An drei Wänden befanden sich Gefängniszellen – ohne aktiviertes Kraftfeld.

„Das ist das Kybernetik-Labor", sagte Doug. „Es gibt auch ein Klonlabor, aber jemand hat die Inkubatoren vor der Evakuierung ausgeschaltet, und der Bereich stinkt. Wir haben auch eine Standardkrankenstation, wenn du das vorziehst."

Mek begutachtete die Werkzeuge, die Instrumente und die Vorräte. Im Vergleich zu seiner winzigen Krankenstation an Bord der Hardship war dieses Labor der feuchte Traum eines jeden Arztes. Die Schränke hatten alles von Erste-Hilfe-Vorräten bis hin zu fortschrittlicheren Werkzeugen, von denen er annahm, dass sie für die Wartung und Reparatur kybernetischer Teile bestimmt waren. Er verzog das Gesicht, als er die dicken, baumelnden Gurte an einem Untersuchungstisch bemerkte. Es war offensichtlich, dass die Patienten in diesem Raum nicht willig gewesen waren.

„Hier sollte es gehen." Er begann, Ausrüstung zu sortieren, von der er dachte, dass er sie brauchen könnte, einschließlich einer Notfall-Methanentlüftung für den Fall, dass die Kapsel eine Spezies beherbergte, die keinen Sauerstoff atmen konnte. Er fragte sich, wie lange Tovik noch brauchen würde und warf einen Blick auf den nächstgelegenen Computermonitor. „Was dagegen, wenn ich mir die Forschung des Arztes ansehe, während wir warten? Ich bin mit Cyborg-Technologie nicht allzu vertraut, und vielleicht kommen uns die Informationen zugute."

Doug nickte. „Mach nur. Wir haben bereits die meisten Firewalls gehackt."

Nachdem die Computer hochgefahren waren, klickte sich Mek durch mehrere Ordner. Er war sich nicht sicher, wo genau er anfangen sollte. Dollard war großspurig davon ausgegangen, dass sich das Flaggschiff erfolgreich selbst zerstören würde, sonst hätte er nie so viele Informationen zurückgelassen. Es gab Hunderte von Dateien, in denen biologische Studien, kybernetische Implantate und Naniten-Verbindungen detailliert beschrieben wurden. Mek platzte regelrecht vor Vorfreude. Informationen über die Naniten könnten bei seiner aktuellen Forschung helfen.

Die Tür öffnete sich und Tovik schob den Pod in den Raum. „Ich meinte ja, ich könnte es zum Laufen bringen", kündigte der junge Ingenieur an, bevor er innehielt und die Laborausrüstung bestaunte. Er griff nach einem Kabel, das von einem Gerät baumelte, das verdächtig auf Folter hinwies. „*Asirpaa!* Für was ist das?"

„Fass es nicht an, Junge", sagte Doug in einem rauen Ton.

Tovik errötete und ließ los. „Ich war nur neugierig."

Mek nahm ein Hardline-Kabel von seinem Computer und befestigte es am Interface des Pods, in der Hoffnung, dass automatisch die richtigen Dateien aufgerufen wurden. Ein Diagramm öffnete sich auf dem Bildschirm und er konnte nicht anders, als zu lächeln. Endlich ein Glücksfall. Er durchlief mehrere Datenpunkte, bevor er bei einer biometrischen Messung stoppte, die ionisch zu sein schien.

Er runzelte die Stirn. „Das sieht Denaidanisch aus."

Tovik schaute ihm über die Schulter. „Einer von uns ist da drin? Wirklich?"

„Es gibt nur einen Weg, das herauszufinden." Mek atmete tief ein und leitete den Wachzyklus der Kapsel ein.

Der Pod gab eine Reihe von leisen Klicks ab, und mit einem Zischen öffnete sich der Deckel und entließ eine Nebelwolke.

„*Usviiqe!*" Meks Zwillingsherzen schlugen schmerzhaft gegen seine Rippen. Ein normaler Kryo-Pod sollte Stunden brauchen, um sich zu öffnen. Hatte er etwas falsch gemacht? Ein schnelles Erwachen konnte zu schweren kognitiven Schäden oder sogar zum Tod führen.

Er wedelte mit einer Hand, um den Nebel zu vertreiben, und blinzelte, da die Wolken nicht weniger wurden. Der Deckel hatte sich in das Gehäuse zurückgezogen, und doch schaffte Mek es nicht, auf den Insassen einen Blick zu erhaschen. Er trat näher, beugte sich vor und ... sog scharf den Atem ein.

Gegen eine Rückenlehne ruhte weder ein Cyborg noch ein Denaidaner, sondern eine ... Denaidanerin. Eine atemberaubende, nackte Frau.

Schwarzes Haar mit glitzernden silbernen Akzenten umrahmte ein Gesicht mit hohen Wangenknochen und ergoss sich über die Schwellungen ihrer nackten Brüste, während der Nebel ihre untere Hälfte weiterhin verdeckte. Er hatte noch nie jemanden seiner Art mit einer so viel helleren, perlmuttfarbenen Haut gesehen, aber sie könnte eine Form des Albinismus haben. Er sehnte sich danach, seine Hände über jeden Zentimeter von ihr zu fahren, um zu sehen, ob sie sich so seidenweich anfühlte, wie sie aussah. Er wollte ihre Brüste umfassen und ihre pralle Unterlippe kosten ...

Er schüttelte den Kopf und versuchte, seinen Verstand von diesen unberechenbaren Gedanken zu befreien. Es war ewig her, seit er diese Art von Reaktion auf eine Frau gezeigt hatte, nackt oder nicht.

Dann öffneten sich ihre goldenen Augen und er wurde in einen Strudel aus Emotionen gesaugt.

KAPITEL DREI

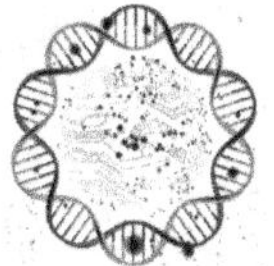

Trotz ihrer trägen Gedanken klammerte sich Rashana an ihren Hass – an ihren vergeblichen Wunsch nach Freiheit. Ihr Körper schmerzte vor Kälte und bei dem Lichtreiz flatterten ihre Augenlider lethargisch.

Muss. Hier. Raus. Nur rührte sich ihr Körper nicht, Arme und Beine waren so schlaff wie gekochte Spaghetti.

Jemand beugte sich über sie, blickte in ihr Gesicht, und ihr Instinkt befahl, die Fühler auszustrecken, nach einem Verstand zu suchen, nach Emotionen, um den Willen des Fremden zu beugen. Sie musste sich verteidigen. Sie musste stoppen, was auch immer ihr Vater für sie geplant hatte. Für einen kurzen Moment fand sie, was sie suchte. Gefühle der Sorge, des Staunens und ... des Verlangens. Wie seltsam. Aber die Gedanken zogen sich zurück, bevor sie sich festklammern konnte.

„Es ist ein Mädchen! Eine Frau", verkündete eine männliche Stimme.

Dann brüllte eine weitere, tiefere Stimme: „Alle raus!"

„Aber Mek –"

„Sie ist Denaidanerin, und es sind zu viele Leute im Raum. Das wird sie überwältigen. Verschwindet. Alle raus!"

Schritte verebbten. *Nein, verlass mich nicht!* Rashana gab alles, um sich hinzusetzen, nur wollte ihr Körper nicht mitmachen, sodass sie sich darauf konzentrierte, ihre Gedanken und Emotionen zu ordnen. Wenn sie nur Zugang zu einem von ihnen bekommen könnte ...

Aber die Leute waren zu schnell weg. Sie sank zurück, die Seiten des Kryo-Pods wie die Wände eines Gefängnisses. *Hilflos. Wie immer.* Wieder hatte Vater gewonnen.

Wütende Tränen sammelten sich in ihren Augen und sie schloss die Lider.

„Ist schon gut." Die tiefe, sexy Stimme kehrte zurück. Auf keinen Fall ihr Vater.

Sie zwang ihre Augen auf. Ein Mann mit einem

rasierten Kiefer und Haut in der Farbe von Bronze beugte sich über sie. Seine Augen hatten einen satten Braunton mit dem gleichen unheimlichen, metallischen Glanz wie seine Haut, aber was sie am meisten überraschte, war, dass er keine Schutzkleidung trug, nur ein dunkelgrünes Shirt mit weißem Besatz am Ausschnitt. Der Anblick seines unmaskierten Gesichts sorgte für ein komisches Gefühl direkt unter ihren Rippen.

„Sie sind weg", murmelte er. „Du bist hier sicher."

Sicher. Als wüsste er nicht, dass sie die Bedrohung war. Sie zog ihren Blick von seinem Gesicht und betrachtete die steril aussehenden Wände und Schränke eines Labors. Der bittere Geschmack der Droge drückte ihr immer noch auf die Zunge. „Wie lange war ich in dem Pod?"

Seine Augenbrauen zogen sich zusammen und er streckte die Hand aus, um mit den Fingerspitzen eine verirrte Haarsträhne aus ihrem Gesicht zu entfernen. „Das weiß ich nicht. Was ist das Letzte, woran du dich erinnerst?"

Die Berührung war federleicht, aber der Schock des physischen Kontakts durchströmte sie wie eine elektrische Ladung. Sie atmete scharf aus und jeder Muskel spannte sich vor Vorfreude an.

Mehr. Jedes Atom ihres Seins wollte mehr.

Seine Augenbrauen schossen hoch, als ob er es auch spürte, und er zog sich zurück. Sie griff nach seiner zurückweichenden Hand, aber ihre zitternden Finger streiften nur noch seine Knöchel. Warum konnte sie seine Emotionen nicht wahrnehmen? Vater musste endlich das Dämpfungsfeld perfektioniert haben, an dem er schon so lange arbeitete.

Der Mann räusperte sich und wandte den Blick ab. „Ich werde dir etwas zum Anziehen holen.“

Sie schaute nach unten und erkannte, dass sie nackt war. Sie war vor den Assistenten im Labor oft nackt gewesen – es gab wenig Privatsphäre in einer Zelle –, aber niemand hatte sich jemals zuvor deswegen unwohl gefühlt. *Unwohl und doch davon angezogen.* So viel konnte sie von ihm wahrnehmen, obwohl ihre Macht eingeschränkt agierte.

Während er die verschiedenen Schränke durchsuchte, versuchte sie, aufzustehen. Gleichzeitig hafteten ihre Augen auf seinen breiten Schultern und seinem Rücken – auf den Muskeln, die für sie tanzten. Sein dunkles Haar hing in dicken Strähnen über seinen Rücken und erreichte fast den Bund seiner dünnen Hose. Sie konnte sehen, dass er gut gebaut war, perfekt proportioniert und voller Muskeln. Wie die Charaktere ihrer Lieblingssendung gerne sagten, war der Typ *supernova*-sexy.

Sie schaute sich um und erwartete, Wachen in ihrer üblichen Schutzausrüstung zu sehen, aber er war allein. Trotzdem hatte sie genug durchgemacht, um zu wissen, dass immer jemand zusah. Sie warf einen Blick in die Ecken des Raumes und suchte nach Kameras. Dieses Labor sah aus wie jedes andere, in dem sie gewesen war, obwohl es ein paar ominös aussehende Geräte gab, die sie noch nie zuvor gesehen hatte. Mehrere Paneele an den Wänden hatten Risse und medizinische Geräte lagen auf den Tischen verstreut. Es sah Vater nicht ähnlich, ein derartiges Durcheinander zuzulassen.

„Wo sind wir?", fragte sie.

„An Bord der Icarus." Der Mann drehte sich zu ihr um und hielt einen gefalteten Stapel hellblauer Stoffe in der Hand. „Zieh das vorerst an. Wir werden dir so schnell es geht etwas Passenderes besorgen." Er wandte sich ab und gewährte ihr Privatsphäre. „Ich bin übrigens Mekoryuk, aber alle nennen mich Mek. Verrätst du mir deinen Namen?"

Er kennt meinen Namen nicht? Die ganze Sache wurde von Sekunde zu Sekunde verwirrender. Zum ersten Mal seit dem Aufwachen dachte sie über die Möglichkeit nach, dass ihr Vater nicht ... hier war – schließlich konnten Kryo-Pods jahrhundertelang operieren. *Kann es ein, dass ich endlich frei bin?*

Sie schluckte schwer und antwortete: „Ich heiße Rashana. Rashana Dollard."

Mek erstarrte und warf ihr einen erstaunten Blick zu, bevor er sich wieder auf die über die Arbeitsfläche verstreuten medizinischen Geräte konzentrierte. „Dollard? Wie in Dr. Dollard?"

Ihr Hoffnungsschimmer verflüchtigte sich; wenn er ihren Vater kannte, hatte sie wahrscheinlich keine Jahrhunderte geschlafen. Dieses ganze Szenario war höchstwahrscheinlich ein aufwendiger Test. „Ja", sagte sie und hielt ihre Stimme ruhig, als sie den blauen Stoff ausschüttelte. Es stellte sich heraus, dass es sich um einen Overall handelte, wie sie die Mitarbeiter ihres Vaters trugen. „Er ist mein Vater."

Mek schwieg, sein Rücken immer noch kerzengerade, als sie in den weiten Overall stieg und die Vorderseite zuknöpfte.

Was denkt er? Sie wagte es, ihre Kraft zu benutzen und suchte nach seinem Verstand, aber ihre Energie floss an ihm vorbei, als wäre er nicht da. Entweder war sie kaputt, oder er war immun.

Beide Optionen gaben ihr ein mulmiges Gefühl. Verdammt, was war los mit ihr? Hatte Vater eine neue Art von Dämpfungsfeld entwickelt? Sie brauchte Antworten, jedoch wollte sie ihrem Vater nicht unwissentlich dabei helfen, an die Daten zu kommen, die er sich erhoffte. Sie beschloss, so zu tun, als wüsste sie, was er fühlte, und fragte: „Warum hast du keine Angst vor mir?"

Mit einem Hypo-Injektor in der Hand drehte sich Mek wieder zu ihr um. „Sollte ich?"

Sie wies mit dem Kinn zum Ausgang. „Du hast alle anderen weggeschickt."

Seine Augen verengten sich. „Ich bin der Einzige an Bord, der ein empathisches Sensibilitätstraining genossen hat, und du bist Denaidaner. Ich nahm an, dass zu viele Emotionen dich überwältigen würden."

„Denaidaner?" Sie hatte dieses Wort noch nie zuvor gehört. „Ich weiß nicht, was das ist."

Mek trat vor, die Augen voller Fragen. „Warum warst du in einem Kryo-Pod, Rashana?"

Hinter ihm öffnete sich die Tür und ein junger Mann mit der gleichen bronzefarbenen Haut trat ins Labor. Sein Blick richtete sich sofort auf Rashana und sein Ausdruck zeigte, wie aufgeregt er war. „Du bist wach! Ich habe dir die hübscheste

Kleidung gewählt, die ich finden konnte. Und Schuhe." Er zog eine Hand unter den bunten Stoffen hervor, um ihr ein glänzendes Paar schwarzer Stiefel zu präsentieren. Mehrere Kleidungsstücke rutschten vom Stapel und landeten auf dem Deck um seine nackten Füße. „Ich weiß, dass Frauen Schuhe mögen."

Mek drehte sich zu dem jungen Mann. „Tovik, ich habe dir doch gesagt, dass du rausgehen sollst."

Tovik beugte sich vor, um die heruntergefallene Kleidung aufzuheben, sodass ihm auch der Rest runterfiel. Auf diese Weise war es ihr nun möglich, in den Korridor zu sehen.

Ihr Mund trocknete aus. Drei riesige Männer, alle mit leuchtenden Augen und künstlichen Gliedmaßen standen draußen Wache. *Cyborgs.* Vaters Schergen, die mit Sicherheit eingreifen würden, wenn sie durch seinen Test fiel. *Oh, ich werde es ihm zeigen.*

Sie trat an Mek vorbei zur Tür, dehnte ihre Kraft aus und konzentrierte sich auf einen rothaarigen Cyborg mit zwei leuchtenden Augen. Seine Gefühle waren konkret, voller Wut, Hass und Trotz. Gewalt war leicht zu manipulieren, einfach zu benutzen.

Sie hassen dich, aber du hasst sie mehr, projizierte sie in seinen Kopf.

In weniger als einem Herzschlag stürzte er sich auf den Cyborg neben ihm.

Der Aufprall trieb den anderen Cyborg gegen die Wand. „Was zum Teufel, Rust?"

Adrenalin pumpte durch ihre Venen, als sie den Ansturm fortsetzte und den Wutaufbau im Cyborg ermutigte. Dies war ihre Chance, und sie würde ihre neugewonnene Freiheit nicht aufgeben. Nicht erneut. Wenn nötig, würde sie der gesamten Crew ihren Willen aufzwingen.

Ihren eigenen Körper zu kontrollieren und gleichzeitig die Konzentration auf die emotionale Verbindung zu dem Cyborg aufrechtzuerhalten, war nicht einfach, aber Rashana würde ihrem Vater nicht erlauben, sie erneut auszutricksen. Sie ballte die Fäuste und marschierte vorwärts. Sie musste fliehen, solange sie die Chance dazu hatte. Sie trat neben dem jungen, bronzehäutigen Mann über die Kleidung.

„Warte!" Er packte ihren Arm und sah zu den prügelnden Cyborgs im Flur. „Sie könnten dir wehtun."

Seine Berührung erschreckte sie, aber sie war zu sehr auf die Flucht fokussiert, um sich von etwas so einfachem wie körperlichem Kontakt verwirren zu lassen. „Lass los", knurrte sie und riss sich frei.

Der dritte Cyborg hatte sich bewegt, um sich dem Kampf anzuschließen, und warf schon bald mit Schlägen um sich.

Der Cyborg namens Rust ignorierte die Schläge und gehorchte ihren Manipulationen, als sie auf seinem Selbsthass aufbaute: *Du bist stärker. Du hast etwas Besseres verdient.*

Am Ende des Korridors konnte sie eine weitere Tür sehen. Sie würde einen Weg von diesem Schiff finden, weg von ihrem Vater − selbst wenn es sie umbrachte. Jeder Schritt war ein Kampf, um nicht die Kontrolle über den Cyborg zu verlieren.

„Rashana, hör auf!", rief Mek direkt hinter ihr.

Die Cyborgs hatten Rust nun auf dem Boden fixiert. Sein Adrenalin schwand, was ihre Kontrolle über ihn minderte. Um die Tür zu erreichen, musste sie Cyborgs noch ein paar Sekunden länger ablenken.

Sie verstärkte ihre Kraft und bohrte sich in Rusts Gedanken. *Töte sie, bevor sie dich töten.*

Ein Arm legte sich von hinten um sie und dann spürte sie einen Druck in ihrem Nacken. Ihr wurde schwindelig, sodass ihre Verbindung abbrach. Blinzelnd sackte sie gegen jemandes muskulöse

Brust. Zwei kräftige Arme hielten sie aufrecht und warmer Atem wehte über ihre Ohrmuschel. Als sie ihr Bewusstsein verlor, schwebte ihr kurz ein Gedanke durch den Kopf: *So fühlt es sich an, umarmt zu werden.*

Und dann versank sie in der Dunkelheit.

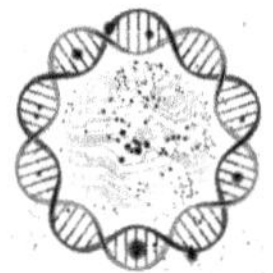

KAPITEL VIER

Mek fing Rashana auf, als sie zusammenbrach, und ließ den Hypo-Injektor auf den Boden fallen. Der Ionenimpuls, den sie vor wenigen Augenblicken ausgesendet hatte, war ihm unheimlich vertraut gewesen – Denaidanisch im Wesen, aber dennoch völlig einzigartig. Die Aggression dahinter war stark genug gewesen, um durch seine sorgfältig gestaltete, empathische Schildmauer zu dringen – stark genug, sodass sie die Cyborgs zur Gewalt anstiften konnte.

Zum Glück hatte das Beruhigungsmittel, das er injiziert hatte, seine Aufgabe erfüllt. Rashana war jetzt bewusstlos, und die Schlägerei zwischen den Cyborgs hatte so plötzlich aufgehört, wie sie begonnen hatte. Rust lag auf dem Rücken und wurde noch immer von zwei der anderen Cyborgs auf dem Boden fixiert.

„Runter von mir“, knurrte er und seine Stimme rumpelte wie ein Motor.

„Erst, wenn wir sicher sind, dass du dich beruhigt hast“, sagte Doug, seine kybernetische Hand immer noch um Rusts Kehle.

Die Tür am anderen Ende des Korridors öffnete sich und Kapitän Qaiyaans Gefährtin Lisa trat ein. Sie blieb abrupt stehen, als sie die Cyborgs sah, die ihr den Weg versperrten. Ihre schiefergrauen Augen weiteten sich. „Was zum Teufel ist denn hier los?“

Hinter ihr spähte Emmy ängstlich auf die Szene, ihr kleiner Körper angespannt, als würde sie sich mental auf eine Flucht vorbereiten.

„*Sie* hat den Kampf angestiftet“, sagte Rust und starrte Rashana an, als er sich von seinen Kameraden befreite.

„Was erzählst du denn da?“, sagte Tovik. „Ich war die ganze Zeit hier. Sie hat nichts getan.“

Mek hob Rashanas schlaffen Körper in seine Arme und ließ den Blick über die weichen Züge ihres Gesichts schweifen, über ihre blasse Haut. „Kurz vor Ausbruch des Kampfes gab es eine ungewöhnliche

Ionenverschiebung. Spürst du Dollards Naniten?"

Doug konnte mit seiner Cyberempfindlichkeit auch ohne den Einsatz eines Scanners wahrnehmen, ob Naniten vorhanden waren. *Das hätte ich als Erstes checken sollen.* Es wäre sinnvoll, wenn ein Denaida-Hybrid wie Rashana die mikroskopisch kleinen Computer in sich tragen würde, da die Naniten die einzige Möglichkeit für Denaidaner waren, sich menschliche Gefährtinnen zu nehmen, ohne dass sie die Frau töteten. Nur war die Technologie auch dazu in der Lage, Cyborgs zu zwingen, sich selbst zu zerstören, und Rust war im Moment so verärgert, dass er erst töten und später Fragen stellen würde.

Mek drückte Rashana fester an seine Brust und war bereit, sie bei Bedarf zu verteidigen.

Doug blieb ruhig und wischte sich unauffällig ein Rinnsal Blut aus dem Mundwinkel. „Ich spüre keine Naniten. Aber etwas ist seltsam. Rust ist normalerweise nicht so unberechenbar."

Rust funkelte Doug wütend an, der metallische Glanz in seinen Augen spiegelte seine Frustration wider. „Ich sage dir, sie hat etwas mit mir gemacht. Etwas ... Invasives."

Mek runzelte die Stirn, sein Verstand raste vor

Möglichkeiten. Wenn es nicht Dollards Naniten waren, was könnte es dann sein? „Es muss mit der Ionenverschiebung zusammenhängen, die ich wahrgenommen habe."

„Sie ist Denaidaner und hat Angst! Deshalb gab es eine Ionenverschiebung." Tovik sah zu Mek. „Wenn sie aufwacht, wird sie noch verängstigter sein."

„Sie ist nur zum Teil Denaidaner." Mek drehte sich um und legte Rashana außerhalb von Rusts Sichtfeld auf einen der Untersuchungstische. Unabhängig davon, wozu sie in der Lage war, würde Mek nicht zulassen, dass ihr Schaden zugefügt wurde.

„Es ist mir egal, was zum Teufel sie ist." Rust erhob sich, die Hände ballten sich zu Fäusten und lösten sich wieder. „Sie war in meinem verdammten Kopf! Sie ist gefährlich und muss ausgeschaltet werden!"

„Willst du damit sagen, dass sie die Kontrolle über deinen Körper übernommen hat?" Lisas Gesichtszüge zeigten Sorge, als sie in den überfüllten Korridor trat. „Ich hatte keine Ahnung, dass Denaida-Frauen das tun können."

„Können sie auch nicht", sagte Mek.

Denaida-Frauen waren empfindlich gegenü

Emotionen, und einige von ihnen konnten diese Kraft nutzen, um die allgemeine Stimmung von jemandem zu beeinflussen, aber er hatte noch nie von einer gehört, die die Handlungen einer anderen Person kontrollieren konnte.

„Bevor ich mich der Rebellion anschloss, habe ich unter meinen Kollegen Gerüchte über Experimente zur Gedankenkontrolle gehört", sagte Emmy mit einer Hand an ihrer Kehle. „Wir alle gingen davon aus, dass diese Wissenschaftler Spinner sind."

„Sie hat nicht die Kontrolle über mich übernommen", erklärte Rust. „Aber sie war in meinem Kopf. Sie hat mich wütend gemacht!"

„Dich macht doch alles wütend", sagte Tovik spöttisch. „Ihr Cyborgs kämpft immer untereinander. Genauso gut kann es sein, dass du die Ausrede mit der Gedankenkontrolle benutzt hast, nur um einen Kampf anzuzetteln."

„Das nimmst du verdammt nochmal zurück!" Rusts Gesicht lief feuerrot an. Vor Wut.

„Das reicht jetzt." Doug trat zwischen die beiden Männer. „Mek, kannst du sie wieder in den Pod stecken, bis wir mehr wissen?"

Mek schüttelte den Kopf. „Es ist zu gefährlich, jemanden erst rauszuholen und dann gleich wieder reinzustecken. Das möchte ich nicht riskieren. Wir haben seit über fünfzehn Jahren kein Weibchen unserer Spezies mehr gesehen, und ich bin noch nie einem Hybrid begegnet. Ihre bloße Existenz ist ein Wunder.“

Rust machte ein ominöses Geräusch in seiner Kehle.

Doug grunzte. „Wir können sie auch nicht herumlaufen lassen, wenn Rust Recht hat. Was schlägst du vor, was wir tun?“

„Ich möchte ein paar Tests durchführen“, sagte Mek. „Lass mich herausfinden, was Dollard ihr angetan hat und warum sie im Kryo-Pod war.“

„Kannst du sie dafür ruhig stellen?“, fragte Doug.

Lisa trat um ihren Bruder herum. „Wie kannst du das überhaupt vorschlagen?“ Sie schlug dem riesigen Cyborg auf die Brust. Es war schwer zu glauben, dass die beiden Zwillinge waren, aber was der dunkelhaarigen Frau an Größe fehlte, machte sie mit ihrem Temperament mehr als wett. „Du und ich waren jahrelang unwillige Teilnehmer an Dollards Experimenten. Wir wissen, wie es ist, als Monster bezeichnet zu werden, bevor wir überhaupt die Chance haben, für uns selbst zu sprechen. Rashana sollte diese

Chance bekommen. Wir müssen ihre Seite der Geschichte hören."

„Das sehe ich auch so." Emmy trat vor, um sich neben ihre Freundin zu stellen. „Vielleicht wird sie besser auf eine Frau reagieren. Ich bin für Gespräche dieser Art geschult. Wenn du sie aufweckst, kann ich mit ihr reden."

Mek seufzte. „Ich wünschte, ich könnte, aber es ist zu gefährlich." Rashana hatte eine mächtige Gabe, und wenn Emmy sich nicht schützte, war es schwer, vorauszusagen, was dann passieren würde. „Ich muss mich selbst darum kümmern. Mein empathisches Sensibilitätstraining scheint mich vor ihrem Einfluss zu schützen." Er schenkte Emmy ein entschuldigendes Lächeln, bevor er sich wieder den anderen zuwandte, die immer noch den Korridor füllten. „Jeder sollte der Krankenstation fernbleiben, bis ich mehr Informationen habe."

„Was ist aber, wenn du falsch liegst?", fragte Lisa. Ihr Blick hüpfte besorgt von Mek zu Rust. „Wenn wir nicht nach dir sehen, werden wir nicht wissen, ob sie deine Gedanken übernommen hat oder nicht."

Mek dachte zu seinem ersten Moment des Kontakts mit Rashana zurück, und dieser seltsamen Sehnsucht, die sie in seiner Seele geweckt hatte. Er hatte instinktiv seine Gefühle abgeschirmt, als er erkannte, dass die Kapsel eine Denaida-Frau enthielt, um sie vor empathischer Überlastung zu schützen. Würde sein Training ausreichen, wenn sie sich tatsächlich auf ihn konzentrierte? „*Usviiqe*.“ Er rieb sich die Stirn. Es gab nur einen Weg, dies zu umgehen. „Ich werde mich mit ihr unter Quarantäne stellen.“

Rumpelnde Laute auf dem Metalldeck zogen die Aufmerksamkeit aller auf sich. Twerp rollte auf sie zu. Die KI hatte anscheinend jedes noch so kleine Detail von der weit entfernten Tür aus mitbekommen. „KIs haben keine Emotionen, daher wäre ich von den vermeintlichen Fähigkeiten dieser Frau nicht betroffen. Erlaube mir, meinen Dienst als Wachfrau anzubieten.“ Der kastenförmige, einen Meter hohe Kehrmaschinen-Bot hatte oben eine Schwenkkamera und ein Paar spindeldürre Arme, mit denen er gerade aufgeregt wedelte. „Meine neuen Anhängsel könnten sehr nützlich sein, um eine Waffe zu führen.“

„Keine Waffen, Twerp“, sagte Mek und stellte sich plötzlich Rashanas schöne Haut vor, die von Lasern verbrannt wurde.

Twerps Arme sackten an ihre Seiten, und sie entließ ein enttäuscht klingendes Surren.

„Twerp hat nicht Unrecht", warf Tovik ein. „Sie war lange Zeit eine Service-KI und kann die Biometrie der Frau überwachen. Lass sie helfen."

„Danke, Tovik." Twerps Kameraobjektiv blinkte mehrmals. „Ich habe umfangreiche Erfahrung mit der Interpretation biometrischer Daten. Einmal, während Marlis —"

Mek warf seine Hände in die Höhe und unterbrach die gesprächige KI, bevor sie in eine ihrer endlosen Geschichten eintauchen konnte. „Okay, Twerp. Du bist eingestellt."

Mit einem erfreuten kleinen Piepton rumpelte die KI an Tovik vorbei ins Labor.

„Das ist doch nicht eue —"

Doug unterbrach Rust mit: „Okay, wir machen es auf deine Weise, Mek. Twerp, schick uns regelmäßig Updates." Er nickte Mek zu und wies dann alle an, ihm durch den Korridor zu folgen. „Beenden wir unsere Aufgaben, damit wir pünktlich zu dem Treffen mit dem Rest der Flotte fertig sind."

Die Cyborgs folgten mürrisch, Emmy und Lisa dicht dahinter. Tovik warf einen letzten, verharrenden Blick auf Rashanas Form. „Lass nicht zu, dass er ihr wehtut, Twerp."

„Ich werde dafür sorgen, dass sie mit äußerster Sorgfalt behandelt wird, Tovik."

Mek seufzte und wartete, dass Tovik verschwand. Sobald der Korridor leer war, trat er in das Labor und schloss die Tür.

Twerp wühlte durch einen Schrank. „Ich freue mich darauf, während dieses Prozesses deine Assistentin zu sein, Doktor. Seit Tovik meine Arme installiert hat, habe ich medizinische Operationen studiert, von der Wundbehandlung und Reinigung bis hin zur Überwachung der Vitalfunktionen. Ich bin mir auch der neuesten Operationsmethoden bew –"

Mek musste seine Stimme erheben, um die endlose Auflistung der KI zu unterbrechen. „Eigentlich, Twerp, möchte ich, dass du während dieses Prozesses ruhig bleibst und einfach unsere Biometrie verfolgst. Wenn sie weiß, dass du sie beobachtest, könnte das die Ergebnisse verzerren."

„Natürlich." Twerp drehte ihre Kamera auf ihn. „Marlis hat mir oft befohlen, still zu sein. Ich kann diskret Berichte über den Verlauf weiterleiten. Du wirst nicht einmal merken, dass ich hier bin."

Daran hatte Mek seine Zweifel. Twerp konnte so überschwänglich sein wie Tovik, und immer in den unpassendsten Momenten. Er hielt es jedoch für besser, diese Gedanken für sich zu behalten. Er befestigte einen Sensor unter seinem Ohr und gab

Twerp Zugang zu seinen Daten, dann tat er dasselbe für Rashana. Ihre Vitalfunktionen leuchteten an der Wand über ihrem Bett auf, was ihre Atmung, ihren Herzschlag und ihre Gehirnaktivität in bunter Darstellung zeigte.

Sobald sich Twerp in einer abgelegenen Ecke unter einigen der anderen Geräte eingefunden hatte, bereitete Mek ein Stimulans vor. Als er sich über Rashana beugte, um es zu verabreichen, wanderte sein Blick über ihre schlafende Form. Selbst mit dem kastenförmigen, blassblauen Overall war sie die hinreißendste Frau, der er jemals begegnet war. Kein Wunder, dass sie Tovik bereits verzaubert hatte. Mit ihr allein zu sein, löste einen Nervenkitzel in ihm aus. *Sie ist eine Patientin,* erinnerte er sich. Ganz zu schweigen davon, dass sie potenziell gefährlich war.

Er wappnete sich gegen Rashanas verführerische Aura, zügelte seinen Verstand und bereitete seine empathischen Sensibilitätsprotokolle vor. Dann injizierte er ihr das Stimulans.

KAPITEL FÜNF

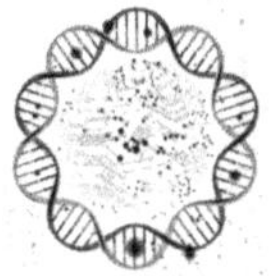

Rashana spürte, wie sie langsam wieder das Bewusstsein zurückerlangte, als eine warme, besänftigende Stimme ihre Sinne überflutete. „Rashana, kannst du mich hören?"

Sie öffnete die Augen und blinzelte bei dem grellen Licht im Labor. Als sie ihre ungewohnte Umgebung in sich aufnahm, setzte Verwirrung ein. Dann bemerkte sie einen Mann neben ihrem Bett, dessen dunkle Augen auf ihr Gesicht gerichtet waren. Mek. Sie erinnerte sich an seinen Namen wie an das Flüstern, das durch den Luftkanal ihres Gefängnisses gerauscht war.

„Was ... ist passiert?", fragte sie zaghaft, während sie versuchte, sich an ihre letzten Momente zu erinnern, bevor sie das Bewusstsein verloren hatte. Sie hatte Verzweiflung wahrgenommen. Wut. Und die wohlige Wärme von jemandes Armen ...

Er sprach leise, als ob er versuchte, sie zu beruhigen. „Sag du es mir.“

Sie dachte über die Antwort nach. Flucht. Sie war im Begriff gewesen, zu fliehen. Die Cyborgs hatten ihr im Weg gestanden, also hatte sie ihre Kraft benutzt und in der Nähe nach Emotionen gesucht. Das tat sie auch jetzt, allerdings fand sie abgesehen von Mek nur ein leeres Labor.

Ihr Blick wanderte zum Monitor über ihrem Kopf, wo ihre Herzfrequenz und anderen Aktivitäten aufgelistet waren. Also war sie noch im Labor. Immer noch eine Gefangene der Experimente ihres Vaters. Sie knirschte mit den Zähnen. „Schalte das aus.“ Mit den Ellbogen auf dem Bett setzte sie sich auf und schwankte zunächst leicht. „Ich habe genug von Tests. Ich habe genug davon, belogen und manipuliert zu werden.“

Mek hob langsam die Hände. „Rashana, ich weiß nicht, was du durchgemacht hast, aber ich habe nie gelogen oder versucht, dich zu manipulieren. Wir haben dich versiegelt in einem Kryo-Pod gefunden und dich herausgezogen. Ich brauche nur ein paar Antworten.“

„Es ist mir egal, was du sagst oder tust. Bring mich zu meinem Vater." Sie verschränkte die Arme vor der Brust. „Oder hol ihn her." Sie hüpfte vom Untersuchungstisch, brach jedoch zusammen, als ihre Füße den Boden berührten.

Mek packte sie unter beiden Armen, bevor sie fallen konnte. „Dein Vater ist nicht hier."

Seine Berührung machte seltsame Dinge mit ihrem Puls und führte dazu, dass die Lichter auf dem Monitor flackerten. Er roch ein bisschen nach Orangen, unterlegt mit Moschus. Warm und reichhaltig. Alle Gedanken an ihren Vater verblassten zu Bedeutungslosigkeit. „Immer wieder berührst du mich", hauchte sie.

Sanft und behutsam half er ihr auf die Bettkante, nahm seine Hände weg und trat einen Schritt zurück. „Tut mir leid. Auf keinen Fall will ich, dass du dich in meiner Nähe unwohl fühlst. Ich wollte nur nicht, dass du fällst."

Mek sah tief in ihre Augen, und für einen Moment war sich Rashana sicher, dass er direkt in ihre Seele blicken konnte. Sie blinzelte, fühlte sich entblößt und verletzlich. Es war wie eine unsichtbare Verbindung zwischen ihnen – eine Verbindung, mit der sie sich so lebendig wie nie fühlte.

„Niemand berührt mich." Ihre Kehle schnürte sich, klang kratzig. „Nie."

„Warum nicht?", fragte er.

Ermutigt von den neuen Empfindungen, die durch sie strömten, lehnte sie sich vor und legte eine zaghafte Hand auf seine Wange. Er blieb bewegungslos, als sie mit den Fingerspitzen über seinen Kiefer glitt. Sie staunte über das Gefühl seiner Stoppeln und die berauschende Wärme seiner Haut. „Alle haben Angst vor mir."

„Ich nicht." Er legte seine Hand auf ihre und drückte sie fester gegen seine Haut.

Bei der intimen Geste wollte sie ihm noch näher sein. Sie wollte, dass er zwischen ihre Beine trat und seinen Körper an ihren presste. Alles an ihm faszinierte sie. Kurzerhand lehnte sie sich vor und blickte konzentriert auf seine sinnlichen Lippen. *Küss mich.*

Ein leises Surren kam von einer Maschine in einer der Ecken des Raumes, und Mek zuckte zusammen. Sofort trat er zurück und unterbrach den Kontakt zu ihr. Seine Wangen färbten sich blaugrün. Sie nahm an, dass das seine Version des Errötens war. Er räusperte sich. „Ich bin immun gegen deinen mentalen Einfluss", sagte er mit rauer

Stimme. „Du kannst genauso gut aufhören, es zu versuchen."

Rashana brauchte einen Moment, um sich aus ihrem eigenen Bann zu befreien. Das Gefühl, als sie mit den Fingern über seine Stoppeln geglitten war, ließ ein elektrisierendes Kribbeln zurück, und sie hörte ihr pochendes Herz in ihren Ohren. *Hatte sie versucht, ihn zu kontrollieren?* Sie schüttelte den Kopf, um diesen Gedanken abzuschütteln. Nein. Wenn überhaupt, hatte es sich angefühlt, als hätte er die Kontrolle über sie übernommen. Sie hatte das Labor, den Test und auch ihren Vater völlig vergessen ...

Sie spannte den Kiefer an. „Ich habe nicht versucht, dich zu beeinflussen." Sie schaute sich im Labor um und fragte sich, ob es hier eine Maschine gab, die ihre Kräfte blockieren konnte. „Ich beantworte deine Fragen erst, wenn du einige von meinen beantwortest. Du meintest, mein Vater ist nicht hier. Wo ist er?"

Ein Moment der Stille kam und ging, dann räusperte sich Mek. „Dein Vater ist während des Aufstands gestorben."

Rashana blinzelte, nicht sicher, ob sie richtig gehört hatte. *Tot?* Hinter ihrem Brustbein spürte sie eine Welle verschiedener Emotionen. Hoffnung und

Hass. Trauer und Freude. Sie war sich nicht sicher, wie sie sich fühlen sollte, also konzentrierte sie sich auf die Fakten. Schließlich könnte das ein Trick sein. „Welcher Aufstand?"

„Die Cyborgs haben sich aufgelehnt und übernahmen die Icarus. Dein Vater starb bei dem Versuch, zu evakuieren."

Sie packte den Untersuchungstisch und die Kante bohrte sich in ihre Handfläche. Sie versuchte, sich Vater tot vorzustellen, und konnte es nicht. „Woher weiß ich, dass du die Wahrheit sagst?"

Ein Hauch eines guten Willens erreichte sie, Meks eigener fester Glaube an das, was er sagte. „Ich glaube, Rust hat immer noch einen seiner Arme als Trophäe, wenn du … ähm, ihn sehen willst."

Es fühlte sich an, als hätte ihr jemand in den Bauch geschlagen, und sie schluckte Galle zurück. „Nicht nötig." Nachdem sie in Rusts Emotionen herumgewandert war, hatte sie keinen Zweifel daran, dass der Cyborg ein solches Andenken genießen würde. Selbst, wenn ihr Vater nicht mehr am Leben sein sollte, bedeutete das nicht, dass sie frei war. Schließlich rannten hier überall noch Cyborgs herum. Der Gedanke, jemandem wie Rust zu gehören, war einfach verdammt furchterregend. Und wie passte Mek in diese Realität? Wollte er die Experimente ihres Vaters fortführen? „Wer hat jetzt die Kontrolle über die Icarus?“

„Die Cyborgs. Sie haben sich der Rebellion angeschlossen.“

Der Rebellion. Es ergab Sinn, dass sich die Cyborgs dem Aufstand angeschlossen hatten; die Schifffahrtswege zu terrorisieren und unschuldige Menschen zu ermorden, spiegelte Rusts Gedanken wider. Die Rebellen behaupteten jedoch auch, Freiheitskämpfer zu sein. *Vielleicht ...*

Sie schaute zur Tür. „Also ... kann ich gehen?“

„Das hängt von dir ab“, sagte Mek, seine Stimme ruhig und gelassen. „Ich muss sicher sein, dass du nicht noch einmal versuchst, jemanden zu verletzen.“

„Ich möchte niemandem wehtun. Ich will nur ...“ Rashana hielt inne, während sich ihr Verstand überschlug. Was wollte sie jetzt, da ihr Vater tot war? Sie hatte mehr als die Hälfte ihres Lebens in einer Zelle verbracht. Ohne Familie und Freunde hatte sie ihren Alltag gelebt. Wo würde sie hingehen? Was sollte sie tun? *Na gut ... eine Sache nach der anderen.* Sie musste ihre Freiheit zurückgewinnen, da sonst Gedanken dieser Art keine Rolle spielten.

„Wie kann ich dich dazu bringen, mir zu vertrauen?“

Mek warf einen Blick auf den Monitor mit ihren Vitalwerten. „Du kannst damit beginnen, meine Fragen zu beantworten.“

„Okay.“ Zu diesem Zeitpunkt hatte sie nichts zu verlieren. „Was möchtest du wissen?“

„Beginne damit, mir zu sagen, warum du in einem Kryo-Pod warst.“

Sie holte tief Luft und erinnerte sich an diese schrecklichen Momente, als sie in den Pod gesteckt wurde. „Das weiß ich nicht. Mein Vater hat mich unter Droge gesetzt. Ich nahm an, das bedeutete, dass ich versagt habe.“

„In was versagt?“

„Bei seinem Experiment.“

Ekel war in Meks Ausdruck zu erkennen. „Dollard hat an seiner eigenen Tochter experimentiert?“

„Er sagte, er würde mich besser machen.“

Mek nahm einen Scanner in die Hand und zog besorgt die Augenbrauen zusammen. „Bist du krank? Was hast du?“

„Meine empathischen Fähigkeiten?“ Sie tippte sich an die Stirn. „Ich bin gefährlich – ein Freak.“

Er schwenkte mit dem Scanner in der Nähe

ihrer Schläfe und dann an ihrem Körper herunter. „Du bist kein Freak, Rashana. Alle Denaida-Frauen haben ähnliche Kräfte, obwohl deine stärker ausgeprägt sind als gewöhnlich."

Sie ertrug den Scanner, und doch gefror ihr das Blut zu Eis, obwohl der Eingriff nicht mal invasiv war. „Du hast mich schon mal als Denaidaner bezeichnet, aber mir nie gesagt, was das bedeutet."

„Unsere Spezies." Er streckte eine bronzefarbene Hand aus. „Du bist ein Denaida-Hybrid. Der Erste, dem ich je begegnet bin."

Sie blinzelte und erinnerte sich an die schöne blaue Haut und die sanften Augen ihrer Mutter. „Aber ich bin kein Denaidaner. Ich habe noch nie von dieser Spezies gehört. Vater war ein Mensch und meine Mutter war Saluqan."

Er entließ ein Geräusch, das Zweifel ausdrückte. „Saluqan? Bist du sicher, dass sie deine biologische Mutter war? Wo ist sie jetzt?"

Ein Schauder durchlief Rashana, als sie sich an ihre letzten Momente mit ihrer Mutter erinnerte. Sie hatten Prinzessin gespielt und sich für eine Teeparty verkleidet. Sie konnten Rashanas Lieblingskleid nicht finden, und Rashana hatte einen Wutanfall bekommen. Kurz danach lag Mutter mit sich krümmenden und zuckenden

Gliedmaßen auf dem Boden. Vater fand sie einige Zeit später, nachdem Rashana ihren Termin im Labor verpasst hatte.

„Ich ...“ Rashana räusperte sich. „Ich habe sie getötet.“ Sie schaute weg, da sie Meks Reaktion nicht ertragen könnte. Bisher war sie nicht sehr erfolgreich, ihn davon zu überzeugen, dass sie nicht gefährlich war.

Mek atmete leise aus. „Deshalb hat er angefangen, mit dir zu experimentieren.“

Rashana schüttelte den Kopf. „Er hat schon davor an mir gearbeitet; nach diesem Vorfall hat er mich jedoch eingesperrt.“

Nach einem Moment der Stille legte Mek seinen Scanner beiseite. „Die Menschen beschäftigen oft Saluqane als Kindermädchen, weil sie ein Talent dafür haben, die Gesundheit eines Babys zu überwachen. Wie alt warst du, als sie starb?“

„Zehn. Warum?“

„Die Erinnerungen eines Kindes sind nicht immer zuverlässig.“

Rashana spannte sich an. Diese Richtung gefiel ihr nicht. Dennoch konnte sie nicht leugnen, dass seine Worte Sinn ergaben. Sie hatte lebhafte Erinnerungen daran, wie Mutter sie für Tests ins

Labor brachte. Mutter erzählte Vater von den Dingen, die Rashana in dieser Woche getan hatte, und Vater machte sich Notizen. Doch Rashana konnte sich nicht an einen einzigen Moment erinnern, in dem sie einander Zuneigung entgegengebracht hatten. *Hat Vater mich über alles angelogen?* War er überhaupt ihr richtiger Vater?

Sie vergrub das Gesicht in den Händen. „Ist mein ganzes Leben eine Lüge?"

Meks Hand legte sich auf ihre bebende Schulter. Er berührte sie wieder, was den Drang in ihr auslöste, zu weinen. Um ihre Emotionen in den Griff zu bekommen, atmete sie tief ein.

„Ich würde gerne deine Fähigkeiten testen", sagte er. „Vielleicht bekommst du so an ein paar Antworten und erfährst, was dein Vater dir angetan hat."

Rashanas Magen verkrampfte sich. *Mehr Experimente.* Nach unzähligen Tagen der Folter, der Angst vor den Händen ihres eigenen Vaters, sollten ein paar weitere Tests kein Problem darstellen. Nur befürchtete sie, dass eine weitere Prozedur ausreichen würde, um sie zu brechen. „Nein." Sie zuckte seine Hand von ihrer Schulter. „Das schaff ich nicht."

Mek runzelte die Stirn. Sie sah ihm an, dass er

versuchte, herauszufinden, was er als Nächstes sagen sollte. Schließlich seufzte er und sagte: „Rashana, ich verstehe, dass du viel durchgemacht hast. Der einzige Weg, wie ich jemanden auf diesem Schiff dazu bringen kann, dir zu vertrauen, ist jedoch, zu beweisen, dass du keine Bedrohung bist." Er streckte die Hand aus und legte die Finger um ihre. „Tu sie nicht für mich oder irgendjemand anderen. Mach diese Tests für dich. Bitte?"

Rashana blinzelte überrascht. Seine sanften Worte unterschieden sich auf dramatische Weise von den harten Befehlen ihres Vaters. Gab Mek ihr wirklich die Möglichkeit, *Nein* zu sagen? Obwohl sie seine Gefühle nicht wahrnehmen konnte, wollte sie ihm vertrauen. Er schien wahrlich aufrichtig zu sein.

Sie zwang sich zurück in die Realität. Sie war zu oft ausgetrickst worden. „Ich ... kann nicht." Sie schüttelte den Kopf. „Wenn du mich für eine Bedrohung hältst, dann steck mich einfach wieder in den Kryo-Pod."

KAPITEL SECHS

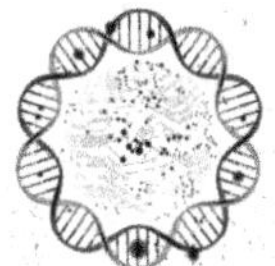

Das Letzte, was Mek wollte, war, Rashana wieder in einen Pod zu stecken. Trotz ihres angespannten Kiefers konnte er ihr ansehen, dass sie sich genauso sehr nach Antworten sehnte wie er. *Vielleicht, wenn ich anbiete, mit etwas Kleinem anzufangen.* Er nahm den Hypo-Injektor und setzte eine leere Karpule ein. „Wir können viel von einer Blutprobe lernen. Ich muss nur kurz deinen Finger anpiksen. Dann kannst du dich direkt neben mich setzen, während ich die Daten prüfe.“

Sie blinzelte, der Ausdruck in ihren Augen emotionsgeladen. „Neben dir sitzen?“

Er nickte und zog lächelnd einen zweiten

Hocker neben den Gewebescanner. „Genau hier, damit du siehst, was ich tue und wir darüber sprechen können, was wir sehen.“

„Ich ... würde nicht wissen, was das alles bedeutet.“

„Ich werde dir alles erklären.“

Rashana biss sich auf die Unterlippe, ihr Gesicht angespannt, als sie über das Angebot nachdachte. Dann nickte sie. „Okay. Aber nur das und wir sind fertig.“

„Du wirst es kaum spüren“, versicherte er ihr. „Wähle den Finger, in den ich piksen darf.“

„Das ist mir egal. Wähle du.“ Sie streckte ihre Hand mit der Handfläche nach oben aus und legte damit die empfindliche Unterseite ihres Arms frei.

Mek schluckte schwer. Überall Narbengewebe, vom Handgelenk bis zum Ellbogen. „*Usviiqe*“, fluchte er. „Was ist passiert?“

„Was meinst du?“

„Die Narben.“

Sie runzelte die Stirn. „Ich dachte, du wärst Arzt. Erkennst du keine Biopsienarben?“

Er fuhr mit dem Daumen sanft über die tiefen Grate. Die Hautregeneration war nicht gerade die fortschrittlichste Technologie, aber sogar seine Krankenstation an Bord der Hardship verfügte über eine grundlegende Hautregenerationseinheit – und nachdem er sich in diesem Labor umgesehen hatte, wusste er, dass Dollard Zugang zu der neuesten Ausrüstung hatte. „Aber warum hat dein Vater sie nicht entfernt?"

„Oh." Sie zuckte mit den Schultern. „Er hat sie mir bewusst gelassen. Eine Erinnerung daran, wie defekt ich bin."

Meks Primärherz setzte einen Schlag aus. Er wollte so sehr, dass sie sich sicher fühlte. „Du bist nicht defekt, und ich verspreche, ich werde dich nicht mit Narben zurücklassen."

Rashana schnaufte, als hätte man ihr solche Versprechen schon öfter gegeben.

Schnell pikste er in ihren Finger, nahm die Probe und drückte dann eine Gaze auf den Tropfen aus leuchtend violettem Blut, der sich bei der Einstichstelle formte. „Okay, das war's schon."

„Das war's?" Ihr Mund klappte auf. „Bist du sicher?"

„Ja, mehr braucht es nicht. Ich sagte dir ja, es würde kaum wehtun." Er schenkte ihr ein warmes Lächeln und legte ihre freie Hand auf die Gaze. „Übe Druck aus, während ich nach dem DRU suche."

„Was ist ein DRU?", fragte Rashana, als er eine nahegelegene Schublade aufzog.

Wut schwoll in Meks Brust an. Wie konnte ihr Vater ihr eine solche Grundversorgung verweigern? „Das ist die Maschine, die deine Narben verschwinden lassen wird."

Rashanas Augen weiteten sich. „Narben verschwinden lassen? Alle?"

„Ja, alle." Vielleicht würde das Auslöschen der physischen Erinnerung an das, was sie durchgemacht hatte, ihr helfen, diese Tests abzuschließen. Er fand die blaue Form des DRU-Gerätes in einem Schrank und griff wieder nach Rashanas Arm.

Sie zuckte von ihm weg und er hielt inne. Hatte alles, was sie ertragen musste, Schmerz verursacht? Er begegnete ihrem anklagenden Blick mit einem besänftigenden und sagte: „Keine Sorge. Das wird nicht wehtun."

Mit den Lippen fest zusammengepresst streckte sie ihren Arm noch einmal aus.

„Danke, dass du mir vertraust", sagte er leise, bevor er mit der Einheit über ihren Arm rollte. Langsam glättete sich ihre Haut und die zerklüfteten Narben verschwanden.

Sie strich mit einer Hand über die geheilte Haut. „Das ist erstaunlich." Sie blickte auf, ihr vorheriges Misstrauen durch Ehrfurcht ersetzt. „Vielen, vielen Dank."

„Gern geschehen." Mek nickte und legte das DRU-Gerät zurück in die Schublade. Er musste sich immer wieder daran erinnern, seinen empathischen Schild an Ort und Stelle zu halten. Wie würde es sich jedoch anfühlen, seinen Schutzschild zu senken, um ihr ein tieferes Verständnis dafür zu vermitteln, dass er ihr helfen wollte? Nur traute er ihr nicht. Das würde er erst tun, wenn er davon überzeugt war, dass es sicher war. Dollard war vielleicht tot, aber er hatte seine eigene Tochter als Laborratte missbraucht. Möglich, dass der grausame Arzt Zeitbomben zurückgelassen hatte. Rashana könnte ein Schläfer für Syndicorp sein. Und angesichts dessen, was Mek über Rashanas Kräfte wusste, konnte er seinen Gefühlen für sie nicht trauen.

Er steckte die Hypo-Karpule in den biologischen Scanner des Labors. „Dann wollen wir uns mal deine Probe ansehen."

Angespannt und mit den Händen in ihrem Schoß gefaltet saß sie neben ihm auf dem Hocker.

Ihre Aufmerksamkeit klebte am Bildschirm. Nach ein paar Augenblicken erhellte sich der Bildschirm und ihre genetischen Informationen wurden in farbenfrohen Linien und geometrischen Formen angezeigt.

„Was heißt das alles?" Stirnrunzelnd lehnte sie sich vor.

„Du hast ein interessantes genetisches Profil." Er zeigte auf mehrere Linien. „Eins, zwei ... Wie es aussieht, reden wir von mindestens fünf Arten. Dies erklärt meine Verwirrung über die ersten Messwerte des Pods."

„War meine Mutter nun Saluqan oder nicht?"

Er las über die Liste der Arten. „Ich sehe keine Saluqan-Marker. Es sieht so aus, als ob du fast zur Hälfte jeweils ein Mensch und ein Denaidaner bist. Die restlichen Prozentpunkte setzen sich aus Enayshuan, Finofan und ... oh, mein Gott." Er hielt inne und las die Zeile erneut. „Du scheinst auch eine Rakwiji-Sequenz in dir zu tragen."

Rashanas Augen weiteten sich. „Rakwiji? Sind das nicht ..." Sie schluckte schwer. „Raubtiere?"

Das Kartell stellte die geschuppten Zweibeiner oft als Kopfgeldjäger ein. Rakwiji jagten paarweise, und Folter war Teil ihres Paarungsrituals.

Er verstand, warum sie das entsetzte, und er

zwinkerte ihr zu. „Es ist nur eine kleine Sequenz. Ich glaube nicht, dass du in naher Zukunft eine nekrotische Klaue sprießen lassen wirst."

Sie öffnete ihre Hände und starrte sie an, als würde sie an seinen Worten zweifeln. „So viele Arten. Bin ich überhaupt Dollards biologische Tochter?"

Er seufzte und bedauerte, dass er das nicht beantworten konnte – sowohl für sie als auch für sich selbst. „Ich habe keine Möglichkeit, dies ohne eine Probe seiner DNA zu bestätigen."

Ihre Schultern sackten zusammen und sie drückte die Augen zu.

Besorgt, dass sie im Begriff war, zu weinen, legte Mek eine Hand auf ihre Schulter. Sie erstarrte, sodass auch *er* erstarrte. Er hatte vergessen, dass sie es nicht gewohnt war, berührt zu werden. Ausnahmen hatte es nur gegeben, wenn sie gefoltert werden sollte. Als er sich an ihre Narben erinnerte, kam es ihm hoch. Er hasste Dollard mit jeder Faser seines Seins. „Vielleicht bekommen wir mehr raus, wenn wir diese Probe durch die Datenbank des Labors schicken", bot er an.

Ein leichtes Summen aus der Ecke des Raumes erregte seine Aufmerksamkeit, und es dauerte eine

Sekunde, bis er sich daran erinnerte, dass Twerp hier war.

Rashanas Kopf drehte sich zur KI.

So viel dazu, die Anwesenheit der KI geheim zu halten. Ehrlich gesagt war er überrascht, dass Twerp so lange geschwiegen hatte. Er hatte nicht das Gefühl, dass Rashana in seine Gedanken eingedrungen war, aber sie hatten die KI beauftragt, ihn zu alarmieren, wenn sie es tat. Mek ließ seine Hand von ihrer Schulter fallen und ging einen Schritt auf Abstand. „Gibt es ein Problem, Twerp?"

Die KI rollte aus der Ecke. „Überhaupt nicht, Doktor. Wie gewünscht, habe ich meine Berichte an Doug auf der Brücke weitergeleitet. Es gab keine biometrischen Anomalien in ihrem System, obwohl ich bestimmte physiologische Veränderungen festgestellt habe, die auf den Wunsch nach körperlicher Intimität hinweisen."

Hitze stieg in Meks Gesicht, und er erinnerte sich plötzlich an den intensiven Wunsch, Rashana zu küssen. Also wusste die gesamte Besatzung der Icarus, dass er gerade erregt war? *Usviiqe.*

Rashana blinzelte beim Anblick des kastenförmigen Apparats und entschied sich anscheinend, die Bedeutung hinter dem

Kommentar der KI über Intimität zu ignorieren. „So einen Medi-Bot habe ich noch nie gesehen. Er sieht aus wie eine Kehrmaschine."

Twerp rollte auf Rashana zu. „Dies ist nur ein temporäres Konstrukt, um meine Software unterzubringen. Ich war ursprünglich ein Wenzix-15B-Modell, programmiert, um durch integriertes biometrisches Feedback eine Raum-Zeit-Orientierung zu bieten. Ich habe jedoch erhebliche kognitive Upgrades durchlaufen, und diese Einheit ermöglicht mir eine autonome Mobilität. Damit habe ich meine ursprünglichen Designvorgaben übertroffen." Twerp streckte einen dünnen Arm aus und fuhr fort: „Wir wurden noch nicht offiziell vorgestellt. Mein Name ist Twerp."

Rashana starrte auf das ausgestreckte Anhängsel, bevor sie versuchsweise einen Finger ausstreckte, um eine der spitzen Metallfinger zu berühren.

„Es ist bei Menschen üblich, sich die Hände zu schütteln", sagte Twerp, umklammerte Rashanas Finger und schüttelte ihre Hand. „Ich freue mich, dich kennenzulernen. Ich habe noch nie ein Weibchen getroffen, das zur Hälfte Denaidanerin war."

Ein Grinsen erhellte Rashanas Gesichtszüge

und sie stieß ein leises Lachen aus, bei dem Meks Herz sich auszudehnen schien. Sie schüttelte der KI erneut die Hand und Mek lächelte. Sie sah in diesem Moment so lebendig aus, ein krasser Kontrast zu ihren früheren Emotionen.

Aber so gerne er ihr den ganzen Tag beim Lachen und Plaudern mit Twerp zusehen würde, musste er bei der Sache bleiben. „Twerp, gab es etwas, das du mir sagen wolltest?"

„Oh ja." Die KI ließ Rashanas Hand fallen und drehte sich um ihre eigene Achse. „Ich wollte dich daran erinnern, dass Rust im Besitz eines von Doktor Dollards abgetrennten Armen ist. Es ist möglich, dass DNA daraus gewonnen werden kann."

Mek hatte den gefriergetrockneten Arm vergessen, den Rust in seinem Quartier an einer Wand befestigt hatte. Obwohl Mek ihn nicht dort gesehen hatte, wurde ihm berichtet, dass der Anblick wohl recht grotesk war. Am Ende jedoch war es diese Groteskheit, die sich als hilfreich erweisen könnte.

Bevor er etwas sagen konnte, sprang Rashana vom Hocker. „Ja! Mek hat das bereits erwähnt. Vielen Dank, Twerp."

Die KI entließ ein erfreutes Summen.

Rashana drehte sich voller Hoffnung zu Mek. „Wenn wir beweisen können, dass Dollard nicht mein Vater ist, wirst du mich dann aus dem Labor lassen?"

Mek kratzte sich an seinem Hals und hasste es, dass er so vorsichtig sein musste. „Deine DNA ist nicht wirklich das Problem. Es ist deine Zugehörigkeit. Ich kann dich nicht frei herumlaufen lassen. Noch nicht. Nach dem, was mit Rust passiert ist, wird die Crew immer noch die Gewissheit haben wollen, dass du keine Bedrohung darstellst."

Das Leuchten in ihren Augen verblasste, ersetzt durch ihre übliche Vorsicht. „Natürlich."

„Meine Auswertung der biometrischen Daten bestätigt, dass Rashanas Ionenfrequenzen denaidanischer Natur sind", sagte Twerp. „Und ihre Physiologie deutet darauf hin, dass ein synaptischer Equalizer ihre empathischen Fähigkeiten unterdrücken sollte. In klinischen Studien hat sich das Medikament bei täglicher Verabreichung für bis zu fünfundzwanzig Tage als sicher und wirksam erwiesen. Danach können die Injektionen unter ärztlicher Aufsicht fortgesetzt werden."

Mek hatte bereits über das Medikament nachgedacht, von dem Twerp sprach; seine ältere

Schwester Aya hatte sie viele Male eingenommen. Es war eine übliche Behandlung für Denaida-Frauen, die an empathischer Migräne litten. Es erlaubte ihnen, den Druck der Emotionen von Fremden zu ertragen, wenn sie reisen mussten. „Bist du sicher, dass es funktionieren wird, Twerp? Rashana ist nur zur Hälfte Denaidaner."

„Ich habe eine Erfolgschance von achtundneunzig Prozent berechnet. Mein Bauchgefühl sagt mir, dass das Medikament wirken wird."

„Du hast keinen Bauch, Twerp", betonte Mek.

Rashana legte eine Hand auf seine, ihre Berührung zögerlich. „Medizin kann meine Macht unterdrücken? Ich kann normal sein?"

Meks Herzen krampften sich zusammen. Erinnerungen an seine Schwester, die fast dasselbe gesagt hatte, überschwemmten seinen Verstand. Aya hatte sich so sehr gewünscht, zu reisen und neue Orte zu sehen, aber die Wirkung des Medikaments nahm mit längerem Gebrauch ab. Ein Teil des Grundes, warum er Arzt geworden war, bestand darin, bei der Erforschung neuer, potenziell dauerhafter Therapeutika zu helfen. Dann zerstörte die Termination seine Welt, und es gab keine Weibchen mehr zu behandeln.

„Möglicherweise für eine kurze Zeit“, sagte er. „Aber selbst wenn es funktioniert, wird die Unterdrückung nicht von Dauer sein.“

Rashana verzog das Gesicht, die Hoffnung in ihren Augen blieb jedoch bestehen. Mit zittriger Stimme sagte sie: „Ich bin bereit, es zu versuchen.“

KAPITEL SIEBEN

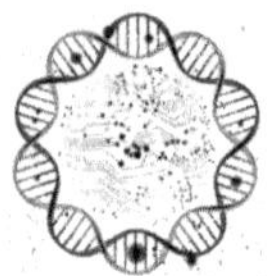

Rashana konnte nicht glauben, dass sie sich freiwillig für weitere Experimente bereiterklärte. Doch der Gedanke, frei von dieser Macht zu sein, die sie zur Einsamkeit verflucht hatte, war ebenso verlockend wie dem Labor zu entkommen. Wie würde es sich anfühlen, sich unter anderen frei bewegen zu können? Von ihnen angstfrei angeschaut zu werden? Sie stellte sich vor, mit der Crew zu essen, zu lachen und Spaß zu haben. Sie stellte sich vor, wie Mek neben ihr saß, sein Lachen ein tiefes Rumpeln in seiner breiten Brust, sein Körper nah genug, dass sie ihn berühren könnte …

„Ich muss dich genau überwachen, um zu sehen, ob die empathische Unterdrückung funktioniert." Meks Stimme fiel in ihre Gedanken ein. „Wäre das okay für dich?"

Ihre Hände waren schweißnass, ihr Mund trocken, aber sie behielt ihre Gelassenheit. „Ja. Alles, um mich aus diesem Labor zu bekommen."

„Sehr gut", sagte er. „Twerp, kannst du eine Gewebeprobe von Rusts ... ähm, Trophäe entnehmen, während ich die Behandlung vorbereite?"

„Natürlich, Doktor", antwortete die KI quietschvergnügt und rollte zur Tür.

Mek ging zu einem medizinischen Replikator an der gegenüberliegenden Wand und öffnete das Interface, wo er Anpassungen eingab, die Rashana nicht sehen konnte. „Vor langer Zeit war ich um Verbesserungen an einem bestimmten Medikament für meine Schwester bemüht. Sobald wir wissen, ob es bei dir Erfolge zeigt, kann ich die Formel möglicherweise anpassen, um die Wirkungsdauer zu verlängern."

Sie erinnerte sich, dass er gesagt hatte, dass Denaida-Frauen ähnliche Kräfte hätten wie sie, und die Erkenntnis, dass sie jemanden wie sich treffen könnte, beschleunigte ihren Puls. „Ist deine Schwester an Bord?"

Meks Schultern spannten sich an, aber er

drehte sich nicht um. „Nein. Sie starb mit all den anderen Denaida-Frauen.“

Rashana starrte ihn an, unsicher, ob sie richtig gehört hatte. „Was meinst du mit ... *all den anderen?*“

Er drehte sich zu ihr um und eine Welle von Emotionen strömte durch sie. Wut, Entsetzen, Verzweiflung. Meks Emotionen. *Er ist also nicht die ganze Zeit immun.* Die Flut stoppte, als hätte jemand den Wasserhahn abgedreht. „Ich habe vergessen, dass du wahrscheinlich nichts über unsere Heimatwelt weißt“, sagte er. Dann räusperte er sich. Das Thema bereitete ihm offensichtlich auch heute noch Schmerzen. „Syndicorp nutzte Denaida-daru als Testgelände für eine neue genetische Methode zur Verbesserung der Ernteerträge. Das Virus, das sie verwendeten, mutierte und verursachte gesundheitliche Probleme in der Bevölkerung. Anstatt ein Heilmittel zu finden, haben sie alles Leben auf dem Planeten ausgelöscht. Die einzigen Denaidaner, die heute noch am Leben sind, sind ein paar Männer wie ich, die gerade nicht auf dem Planeten waren, als es passierte.“

Rashanas Herz brach für ihn. Sie sehnte sich danach, seinen Kummer zu lindern, wenn nicht mit ihrer Kraft, dann auf andere Weise. Nur wusste sie nicht, wie. „Das ist furchtbar“, sagte sie, obwohl ihr klar war, dass Worte nicht ausreichten.

„Ja, das ist es.“ Er legte den Kopf schräg. „Es macht dich auch zur einzigen lebenden Frau mit Denaida-DNA.“

All ihr neu aufgebautes Vertrauen verdampfte. *Werde ich für immer ein Testobjekt sein?* Sie verschränkte ihre Arme gegen den Druck, der sich in ihrer Brust aufbaute. „Du hast also Hintergedanken, wenn du anbietest, mir helfen zu wollen.“

Mek zog die Augenbrauen zusammen. „Ich werde nicht leugnen, dass deine DNA eine wertvolle Ressource ist und ich hoffe, daraus zu lernen.“ Er trat näher, und hob eine Hand, als ob er sie berühren wollte, aber dann zögerte er und ließ sie wieder fallen. „Dein Körper jedoch gehört allein dir. Ich werde dir immer eine Wahl lassen.“

Sie schluckte schwer und starrte in Meks aufrichtige Augen. Es war unmöglich, ihm nicht zu glauben, wenn er sie mit dieser Intensität ansah. Der Druck auf ihrer Brust schmolz dahin, floss in ihren Bauch und wurde zu einem Kribbeln, das sie an Dinge denken ließ, die sie neben medizinischen Tests mit ihrem Körper machen wollte.

Der Replikator piepte und Mek ging hinüber, um ein Fläschchen mit einem milchigen Inhalt zu holen. „Die synaptische Unterdrückungsbehandlung ist zur Verabreichung bereit." Er sah sie fragend an. „Wenn du natürlich deine Meinung geändert hast, dann –"

„Nein. Ich bin so weit." Es hatte keinen Sinn, so zu tun, als wäre sie nicht bereit, weiterzumachen. „Lass es uns tun."

Mek steckte die Ampulle in den Hypo-Injektor und drückte ihn gegen ihren Arm. Eine Kälte breitete sich aus und sie bekam Gänsehaut. „Es wird einige Zeit dauern, bis das Medikament seine volle Wirkung entfaltet." Er umfasste ihren Ellbogen und führte sie zum Untersuchungstisch neben dem Scanner. „Während wir warten, kannst du dich hier hinlegen."

Sie duckte sich unter den Scannerarm und spannte den Kiefer an, als Mek das leuchtende blaue Licht einschaltete. Wie oft hatte ihr Vater genauso über ihr gestanden? Eine Migräne kündigte sich hinter ihren Augen an, als Erinnerungen an frühere Eingriffe ihren Verstand überfluteten. Oder vielleicht war es nur die Wirkung des Medikaments. Auf jeden Fall musste sie über etwas anderes nachdenken als an ihr Leben als Testperson.

„Erzähl mir von der Rebellion", sagte sie. „Ich

nehme an, du bist beigetreten, nachdem dein Planet zerstört wurde?"

„Ich denke gerne, dass wir die Rebellion begonnen haben." Meks Mund formte sich zu einem bedauernswerten Lächeln. „Es gibt zahlreiche Arten, denen von Syndicorp Unrecht angetan wurde, also nehme ich an, wir können es ein Kollektiv nennen. Nicht, dass wir viel erreicht hätten, abgesehen davon, dass wir Syndicorp ein Dorn im Auge sind."

„Aber ihr habt dieses Schiff erobert, und mein Vater ist tot." Sie hatte immer noch Schwierigkeiten, zu glauben, dass Vater wirklich tot war. „Ich würde sagen, sie sehen euch als mehr als einen kleinen Dorn."

„Wir haben in letzter Zeit definitiv Fortschritte gemacht." Er schaute sich im Labor um. „Dieses Schiff und die Aufzeichnungen, die dein Vater hinterlassen hat, werden hoffentlich das Zünglein an der Waage sein. Letztendlich wollen wir die illegalen Aktivitäten von Syndicorp aufdecken und sie stürzen. Die Verantwortlichen müssen für das, was mit Denaida-daru und all den anderen Planeten passiert ist, für die verlorenen Seelen, zur Rechenschaft gezogen werden."

Rashana biss sich auf die Unterlippe. Es war

möglich, dass ihr Vater einer der Verantwortlichen für die Zerstörung von Denaida-daru war. Er war definitiv für unzählige andere schreckliche Dinge verantwortlich – neben den Sachen, die er ihr angetan hatte. Sie konnte sich jetzt, da er tot war, nicht mehr an ihm rächen, aber sie konnte sich an der Organisation rächen, für die er gearbeitet hatte. Sie hob ihr Kinn und traf auf Meks Blick. „Ich möchte mich auch der Rebellion anschließen."

Meks Mund formte sich zu einem schiefen Lächeln. „Wir sind immer auf der Suche nach mehr Verbündeten."

Ein Hauch von etwas Beißendem erreichte ihre Nase – der Geruch von heißem Metall. Sie sah sich alarmiert um. „Ich glaube, etwas brennt."

„Oh, das hätte ich erwähnen sollen." Mek tätschelte ihren Handrücken. „Ein metallischer Geschmack und Geruch sind Nebenwirkungen des Medikaments. Lass mich einen Blick auf deine Hirnströme werfen."

Es fühlte sich an, als ob ein schweres Gewicht auf ihren Verstand drückte, was ihre Gedanken träge machte. *Das ist es, was ich will,* erinnerte sie sich. *Das ist meine Chance auf Freiheit.*

Mek drehte den Monitor herum, damit sie ihre Scans sehen konnte. Die Linien und Formen sagten ihr nichts, aber Mek schien begeistert zu sein. „Es sieht besser aus, als ich erwartet habe." Seitlich vom Monitor zeigte er auf einen blau flackernden Balken. „Deine synaptischen Reaktionsmarker haben bereits optimale Werte erreicht."

„Ich fühle mich anders." Ihre Stimme klang kratzig und roh. Sie schloss die Augen. Alles schien so weit weg zu sein. Unerreichbar. Selbst ihre eigenen Gedanken hatten eine abgestumpfte Qualität, als sollte sie traurig sein, etwas zu verlieren, das so lange ein Teil von ihr gewesen war. Nur konnte sie nicht den Willen aufbringen, daran festzuhalten.

„Kannst du mir beschreiben, was anders ist?"

Sie versuchte es, aber ihr kam nur ein Wort in den Sinn: „Betäubt."

„Ich weiß, es fühlt sich seltsam an, es ist jedoch alles okay." Mek drückte ihre Hand. „Wenn diese Messwerte korrekt sind, solltest du nun nicht mehr in der Lage sein, meine Emotionen wahrzunehmen. Ich werde meinen Schutzschild fallen lassen und möchte, dass du versuchst, deine Macht einzusetzen."

Ihre Augen öffneten sich und sie sah zu ihm auf. Machte er sich gerade wirklich für sie verwundbar?

Dies fühlte sich wie ein weiterer heimtückischer Test ihres Vaters an. „Ist das nicht gefährlich?"

Er lächelte. „Mach nur. Ich vertraue dir."

Die Wärme, die sie bei seiner Berührung gefühlt hatte, erwachte erneut zum Leben – wie ein Funken, der sie zu Tränen rührte. *Er vertraut mir.* Sie packte seine Hand fester und gab alles, um seine Emotionen zu spüren. Der Raum um sie herum fühlte sich unvorstellbar leer an. Sie konnte nicht einmal mehr seinen verschwommenen Widerstand wahrnehmen.

Sie stieß einen schaudernden Atemzug aus. „Es ist, als wäre ich von einem Vakuum umgeben."

Die Tür öffnete sich und Twerp rollte herein. „Rust hätte nicht weniger hilfreich sein können. Ich dachte schon, er würde mir meine neuen Arme abreißen." Die KI erschauderte und hielt einen kleinen schwarzen Zylinder hoch. „Ich habe es jedoch geschafft, eine Probe zu entnehmen, ohne eine Verletzung zu erleiden. Ich muss allerdings anmerken, dass ich für zukünftige Interaktionen mit diesem Cyborg wohl nicht die beste KI bin."

Mek nahm den Zylinder und steckte ihn in den Gewebescanner. „Danke, Twerp. Wie immer hast du die Grenzen des Möglichen überschritten."

Rashana betrachtete die KI mit neuer

Wertschätzung. Nachdem sie Rusts angeborene Wut selbst gespürt hatte, wusste sie, wie beeindruckend die Leistung von Twerp war. „Danke, Twerp."

„Ich helfe immer gern. Bitte sage mir, was ich als Nächstes tun kann."

„Du kannst bei Rashana bleiben, während ich die Crew davon überzeuge, dass sie keine Bedrohung mehr ist." Mek lockerte seinen Griff um Rashanas Hand.

Im Gegenzug packte sie ihn fester, als die Angst in ihr aufkeimte, dass dies das letzte Mal sein könnte, dass sie jemanden berührte – dass sie Mek berührte. „Du gehst? Jetzt schon?"

Er blinzelte. „Ich nahm an, du willst, dass ich dich so schnell wie möglich hier raushole."

„Das will ich, aber ..." Sie setzte sich auf, ohne seine Hand loszulassen. „Was ist, wenn sie *Nein* sagen?"

Mek legte seine freie Hand auf ihre Wange, seine Berührung fest und doch sanft. „Das werden sie nicht tun. Nicht, sobald ich ihnen meine Daten vorgelegt habe. Und egal, was passiert, ich komme zu dir zurück. Das verspreche ich."

Seine männliche Wärme füllte den Bereich zwischen ihnen. Für den winzigsten Moment fragte sie sich, ob er sie küssen würde. Sie neigte das Kinn und leckte sich erwartungsvoll die Lippen. Nach einer prägnanten Pause zog er an ihren verbundenen Händen und ermutigte sie sanft, ihn loszulassen. „Alles wird gut", flüsterte er.

Sie lockerte ihren Griff und ließ ihre Hand auf ihren Schoß fallen. Die Wärme seiner Berührung verharrte auf ihrer Haut, und Rashana wünschte verzweifelt, dass er seine Hand nicht weggenommen hätte.

Twerp kam neben den Untersuchungstisch gerollt. „Wir können über Mädchendinge reden, während er weg ist."

Rashana drückte die Schultern durch und nickte. Mek wollte das Labor verlassen, um sich für ihre Freiheit einsetzen zu können. Noch nie hatte jemand etwas Vergleichbares für sie getan.

Kurz bevor er aufbrach, sah Mek sie mit einem kleinen Lächeln an. „Ich bin bald wieder zurück."

Rashana schluckte schwer und zwang sich, trotz der Angst, die ihre Brust erfüllte, ein Lächeln ins Gesicht.

Als sich die Tür hinter Meks Form schloss, klatschte Twerp ihre spindeldürren Metallhände zusammen. „Das ist so aufregend! Alle werden ganz aus dem Häuschen sein, wenn sie hören, dass es eine weitere Frau bei uns geben wird."

Unsicherheit füllte Rashana. „Also sind noch andere Frauen an Bord?"

„Oh ja. Da sind Marlis, ihre Schwester Attie, Lisa und Emmy. Oh, und Joy, aber sie ist derzeit an Bord der Kinship."

Rashana nickte, verarbeitete die Informationen jedoch nur halb, da sich ihr Verstand gerade überschlug. Sie hatte ihr ganzes Leben isoliert verbracht, nur mit ihrem Vater und den uninteressierten Labormitarbeitern als Gesellschaft. Was, wenn sie niemand mochte? Mek schien ihr zu vertrauen, aber das bedeutete nicht, dass andere es wagen würden, sich ihr zu nähern. Was, wenn sie etwas Dummes tat? Sie packte den Saum ihres Pullovers. Plötzlich fiel es ihr so schwer, Sauerstoff in ihre Lungen zu bekommen. Der Raum schien sich zu neigen und sie schloss die Augen.

„Rashana? Ist alles in Ordnung?" Twerps Stimme durchbrach ihren emotionsgeladenen Nebel. „Deine Werte spielen verrückt. Ich sollte Mek besser zurückholen —"

„Nein, es geht mir gut." Rashana wischte sich verlegen Tränen aus den Augen. „Es ist nur so, dass ich ... Ich hatte noch nie die Gelegenheit, Freunde zu finden. Ich war immer allein."

„Ich verstehe", sagte Twerp mit sanfter Stimme.

„Gleich nachdem ich das Vermögen zu Empfindungen erworben habe, war ich auch isoliert und misstraute allem und jedem. Ich habe das Gefühl nicht genossen. Attie war jedoch bereit, mir eine Chance zu geben, und jetzt bin ich ein Mitglied der Crew. Wenn du nichts dagegen hast, würde ich mich geehrt fühlen, dich als meine Freundin zu bezeichnen."

Rashana blickte Twerp überrascht an. Das Kameraobjektiv der KI blinzelte erwartungsvoll.

Ein Ausbruch der Dankbarkeit erfüllte Rashanas Brust. „Das würde mir gefallen."

Sie streckte die Hand aus, nahm einen von Twerps kalten, metallischen Anhängseln und drückte diesen, wie es Mek bei ihr getan hatte. *Mein erster Freund.* Hoffentlich wäre auch der Rest der Crew bereit, ihr eine Chance zu geben.

KAPITEL ACHT

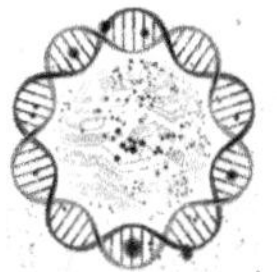

ek eilte durch den Korridor zur Einsatzzentrale. Es gefiel ihm nicht, die Entscheidung über Rashanas Zukunft im selben Raum zu besprechen, in dem Kampfstrategien geplant wurden, aber der Veranstaltungsort würde es der Crew ermöglichen, seine Ergebnisse zu sehen und zu beurteilen.

Wenn ich sie doch nur als Forschungsobjekt betrachten könnte. Er seufzte. Es hatte nicht viel gefehlt und er hätte sie geküsst. Ein emotionsgeladener Strudel rollte durch ihn: das überwältigende Bedürfnis, sie zu beschützen, Vorwürfe, dass er sich erlaubte, darüber nachzudenken, sie zu küssen, aber vor allem bedauerte er, dass er es nicht getan hatte.

Wie würde es sich anfühlen, sie an sich zu

ziehen und ihre Lippen auf seinen zu spüren? Ihren süßen Atem auf seiner Haut? Ihre schlanken Arme um seinen Hals, die Finger in seinen Haaren oder ihre Hände auf seiner Brust? Als ihr Arzt sollte er diese Gedanken nicht haben, aber die Versuchung war regelrecht überwältigend. Sie hatte ihn von dem Moment an fasziniert, als er ihr schlafendes Gesicht zum ersten Mal gesehen hatte.

Mek schüttelte den Kopf und konzentrierte sich auf die anstehende Aufgabe. Er musste während seiner Präsentation objektiv bleiben und dennoch überzeugend sein, sonst würde die Crew seine Bitte ablehnen – oder noch schlimmer: Er traute es Rust zu, darauf zu bestehen, Rashana aus der Luftschleuse zu werfen.

Er nahm die nächste Ecke zur Einsatzzentrale und hielt inne. Um den massiven Tisch in der Mitte des Raumes gab es nur noch Stehplätze. Anscheinend wollte jeder aus erster Hand erfahren, was es mit Rashana auf sich hatte. Stimmen kamen von überall, und die Luftfilter summten, sodass sie den Raum mit dem Geruch von Ozon füllten, was ihn an die Gewitter auf seinem Heimatplaneten erinnerte.

Direkt vor ihm stand Noatak, Erster Offizier der Hardship. Mek nickte ihm zu und quetschte sich an ihm vorbei, sodass er sich auf den letzten freien Platz am Tisch setzen konnte. Langsam wurde es ruhig, als die Anwesenden merkten, wer gerade den Raum betreten hatte.

An der Spitze des Tisches hob Doug seine kybernetische Hand, um auch die Letzten zum Schweigen zu bringen. Obwohl die Rebellion technisch gesehen keinen Anführer hatte, war die Icarus Dougs Raumschiff, was bedeutete, dass er in Bezug auf die Angelegenheiten an Bord das letzte Wort hatte. „Beruhigt euch. Es gibt eine Menge Spekulationen, und wir alle wollen wissen, zu welcher Erkenntnis Mek gekommen ist."

Es war nicht das erste Mal, dass Mek vor anderen medizinische Beweise ausbreitete oder vor der Crew sprach, aber er hatte das Gefühl, dass seine Worte heute wichtiger waren denn je. Rashanas Freiheit – möglicherweise sogar ihr Leben – hing von diesem Moment ab. Er räusperte sich, bevor er loslegte: „Meine Tests haben bestätigt, dass Rashana ein Denaida-Hybrid mit genetischen Markern von mehreren Arten ist."

Wieder wurde um ihn herum gemurmelt. Tovik klatschte Chigs auf den Rücken, während andere den Kopf schüttelten. Die Luft erfüllte sich mit Vorsicht.

„Ich habe bestätigen können, dass sie angeborene empathische Fähigkeiten hat, stärker ausgeprägt, als wir das typischerweise von einer Denaida-Frau kennen. Auf ihre Bitte hin habe ich einen synaptischen Equalizer verabreicht." Die meisten Denaidaner im Raum waren mit der Behandlung wahrscheinlich vertraut, zum Wohle der anderen fügte Mek jedoch hinzu: „Dabei handelt es sich um ein Medikament, das zur Linderung von empathischer Migräne eingesetzt wird. Ein bisschen wie ein Beruhigungsmittel, aber es zielt eher auf das Ionensystem des Patienten als auf das zentrale Nervensystem ab."

Mek zeigte die Testergebnisse auf dem großen Bildschirm in der Mitte des Tisches und wies auf den Abfall der Ionenfrequenzen von Rashana hin. „Wie ihr hier sehen könnt, scheint das Medikament Wirkung zu zeigen. Ihre empathischen Kräfte sind gedämpft, und sowohl Twerp als auch ich sind uns sicher, dass sie die Emotionen anderer Leute nicht mehr beeinflussen kann. Solange wir die Behandlung fortsetzen, sollte sie keine Bedrohung darstellen. Ich unterstütze es also, sie aus der Quarantäne zu entlassen. Es ist sicher."

Rust beugte sich über den Tisch und funkelte Mek an. „Du willst uns doch verarschen. Nach dem, was sie mir angetan hat, schlägst du vor, dass wir ihr einfach das Schiff überlassen? Sie ist Dollards Tochter!"

Wieder erhoben sich Stimmen, sodass Mek gezwungen war, zu schreien, um Gehör zu finden. „Vater oder nicht, sie hat keine Liebe für Dollard übrig. Er folterte sie und experimentierte an ihr."

Ein entsetztes Gemurmel rauschte durch die Menge, aber Rust weigerte sich, einen Rückzieher zu machen. „Hör auf, dich an deinen Eiern herumführen zu lassen. Nur weil sie Denaidanerin ist, heißt das nicht, dass man ihr vertrauen kann."

„Das habe ich doch gar nicht gesa –" begann Mek, aber seine Worte wurden von den durcheinandergewürfelten Argumenten übertönt, die jetzt den Raum füllten. Einige dachten, Rashana sollte freigelassen werden, wenn sie ihre Fähigkeiten nicht mehr nutzen konnte. Andere waren verunsichert, weil sie befürchteten, sie könnte Rebellengeheimnisse an Syndicorp weitergeben. Selbst Doug und die anderen Kapitäne schienen sich nicht einig zu sein.

Nach etlichen Minuten wurde Mek des Gezänks überdrüssig. Er musste sie zur Vernunft bringen. Mithilfe seiner ionischen Kraft schlug er mit der Faust auf den Tisch und füllte die Luft mit einem nachhallenden Knall. „Hört mir zu!" Alle verstummten, die Augenpaare wieder auf ihn gerichtet. „Genau wie wir hat Rashana unter den Händen von Syndicorp gelitten. Sie hat angegriffen, als wir ihren Kryo-Pod öffneten, weil sie Angst hatte und verwirrt war. Jeder von uns hätte in ihrer Situation dasselbe getan. Da sie jetzt weiß, dass wir ihr nichts Böses wollen, ist sie – Ionenmacht oder nicht – keine Bedrohung mehr. Sie verdient eine Chance, sich zu beweisen, genau wie alle anderen in diesem Raum."

Die Spannung hing schwer in der Luft, als Mek von einem Crewmitglied zum Nächsten sah. Als Flottenarzt kannte er die meisten von ihnen persönlich; fast jeder hier hatte etwas in seiner Vergangenheit, das er bedauerte. Sogar bei Rust schien Meks Argumentation anzukommen, obwohl ein finsterer Blick auf seinem Gesicht blieb.

Nach einer Weile nickten alle.

Doug erhob sich von seinem Stuhl. „In Ordnung, Mek. Wir vertrauen auf dein Urteil. Als Kapitän der Icarus werde ich Rashana begrenzte Freiheit an Bord gewähren, aber nur unter der Bedingung, dass sie jederzeit eine Eskorte hat."

Mek stieß einen Seufzer der Erleichterung aus.

„Twerp und ich werden sie rund um die Uhr überwachen.“

„Ich kann auch helfen!“, sagte Tovik eifrig. „Wir können nicht erwarten, dass du alles alleine machst.“ Auch Chigs und Ekwok boten ihre Dienste an.

Mek schluckte schwer. Alle drei Freiwilligen waren Single und hofften wahrscheinlich, Rashana als Gefährtin gewinnen zu können, zumal er gerade ihre Denaida-DNA bekannt gegeben hatte. Er erkannte das Gefühl, das ihn überflutete: Eifersucht. *Sie wird nicht für immer deine Patientin sein.* Die kleine Stimme in seinem Kopf flüsterte dies schon eine Weile, aber nun klang es eindringlicher. *Und sie ist perfekt für dich.* Er schob diesen Gedanken beiseite. Dies war nicht die Zeit für persönliche Wunschträume. Er hatte eine Aufgabe zu erledigen, und diese Aufgabe bestand darin, Rashanas Sicherheit zu gewährleisten. *Vor allem vor notgeilen Crewmitgliedern,* fügte die kleine Stimme hinzu.

„Danke“, sagte er zu den Freiwilligen. „Bitte vergesst nicht, dass sie Denaidanerin ist und nahezu ihr ganzes Leben in Isolation verbracht hat. Wir müssen aufpassen, dass wir sie nicht überwältigen.“

Chigs zuckte unbesorgt mit den Schultern. „Genau wie du weiß ich, wie ich mich schützen kann." Er wies mit dem Kinn auf Tovik. „Bei dem Jungen dort bin ich mir allerdings nicht so sicher."

Toviks Mund öffnete sich vor Empörung. „Hey, pass auf, wen du hier Jungen nennst!"

Bevor es zu einer Schlägerei kommen konnte, schlug Mek vor: „Vielleicht sollten wir uns an weibliche Begleitpersonen halten." Er warf einen Blick auf Emmy, die gegenüber von ihm am Tisch saß. „Vor allem diejenigen mit medizinischer Ausbildung?"

Das Gesicht der zierlichen Frau zeigte Zurückhaltung, aber sie nickte. „Natürlich. Ich helfe dir gerne, Mek."

„Ausgezeichnet", sagte Kapitän Qaiyaan und sah zu Mek. „Emmy und Twerp können nach Nebenwirkungen Ausschau halten, sodass Mek Zeit für seine anderen Patienten hat." Bei dem Ausdruck des Kapitäns wunderte sich Mek, ob Qaiyaan um sein Dilemma wusste.

„Och, manno!", jammerte Tovik.

Der Knoten in seiner Brust löste sich und Mek nickte seinem Kapitän dankbar zu. „Ich habe noch ein Anliegen: Wir müssen verstehen, was Dollard mit seinen Experimenten erreichen wollte, allerdings bin ich kein Experte, was Genetik angeht. Ich kann einige Informationen aus ihren Akten entnehmen, aber nicht so viele, wie ich möchte oder brauche. Daher würde ich gerne Oruq Nine besuchen. Die Saluqan-Heiler dort könnten uns vielleicht helfen."

Doug rieb sich die Stirn. „Ich weiß nicht so recht. Oruq Nine ist auf der anderen Seite des Syndicorp-Sektors, mindestens drei Verbrennungen entfernt. Das ist ein weiter Weg, selbst mit der fortschrittlichen Nav-Grav-Beschichtung der Icarus. Außerdem besteht die Gefahr, dass wir auf Trooper stoßen ..."

„Ich verstehe die Risiken", sagte Mek. „Ich glaube jedoch, die Reise wäre es wert – für uns und für Rashana. Wir brauchen Antworten auf ihre Denaida-Herkunft."

Der Cyborg namens Esben trat vor. Er war ein Saluqan, und seine Adern pulsierten in einem schillernden Licht unter seiner Lavendelhaut. „Ich kann uns wahrscheinlich Zugang zu einem der unterirdischen Gen-Splicing-Labore auf dem Planeten verschaffen. Ich kenne ein paar Leute, die mir einen Gefallen schulden."

Mek lehnte sich fasziniert vor. Er hatte Gerüchte über die illegalen Genlabore gehört. Saluqan-Forscher, die sich vor Syndicorp versteckten, leiteten die Labore. „Das wäre sogar noch besser."

„Also gut." Doug stand auf. „Esben, nimm Kontakt auf. Wir treffen uns wieder hier, wenn wir weitere Informationen haben, und entscheiden dann über unsere Vorgehensweise." Er richtete seinen grünen kybernetischen Blick auf Mek. „In der Zwischenzeit … Wenn uns deine Patientin Probleme macht, ziehe ich dich zur Rechenschaft, unabhängig davon, ob du in dem Moment an ihrer Seite warst oder nicht."

Nickend erhob sich auch Mek. Seine Zeit mit Rashana war kurz gewesen, aber er vertraute ihren Absichten. „Verstanden." Er schaute zu Emmy. „Gib mir ein paar Stunden, um einige Tests abzuschließen, dann werde ich sie an dich übergeben."

Emmys Gesicht nahm einen sanften Ausdruck an, als sie zu Mek sah. „Ich werde bereit sein", antwortete sie. „Was auch immer du brauchst, frag einfach."

Mek nickte dankbar und spürte, wie sich ein Gewicht von seinen Schultern hob. Er war immer noch für Rashanas Wohlbefinden verantwortlich, aber sie wäre bei Emmy in ausgezeichneten Händen. Außerdem brachte ihn dies einen Schritt näher an sein Ziel, ohne Schuldgefühle nach seinen eigenen Wünschen handeln zu können.

Als alle den Raum verließen, wurde er von Rust gestoppt. „Sorge besser dafür, dass du die Schlampe von mir fernhältst."

Mek funkelte den Cyborg genervt an. „Ist das eine Drohung?"

Rust fletschte die Zähne. „Ich vertraue ihr nicht. Und dir vertraue ich auch nicht."

Meks Hände ballten sich zu Fäusten. „Wir alle mussten uns auf die eine oder andere Weise unser Vertrauen verdienen, auch du. Gib ihr eine Chance."

Rusts Gesichtsausdruck verlor etwas an Härte. „Na gut. Aber komm nicht heulend zu mir gerannt, wenn sie sich gegen dich wendet."

„Solange niemand Rashana bedroht, werden wir keine Probleme haben." Mek wandte sich ab, bevor Rust mit weiteren Drohungen um die Ecke kam. Dieser Cyborg war zu stur, um Argumenten zu lauschen. Mek wusste, wie besonders Rashana war. Und er hatte vor, ihre Einzigartigkeit zu beschützen. Dafür ging er gerne ein kleines Risiko ein.

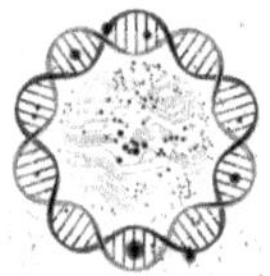

KAPITEL NEUN

Bis Mek ins Labor zurückkehrte, hatte sich Rashana von ihrem Overall befreit und sich ein dunkelviolettes Kleid mit Ärmeln aus einem fließenden, hauchdünnen Stoff angezogen, der wie Flügel an den Seiten des Mieders drapiert war. Der Rock fiel bis zur Mitte ihrer Oberschenkel und entblößte so einen Großteil ihrer wohlgeformten Beine.

„Und?", fragte sie. „Was haben sie gesagt?"

Er erkannte, dass er wie ein liebeskranker *Qumli* auf ihre Oberschenkel starrte. Langsam ließ er den Blick nach oben wandern und begegnete dem ängstlichen Ausdruck in ihren Augen. „Ich habe gute Nachrichten", sagte er und blinzelte, um den Kopf von dem Anblick, den sie bot, frei zu bekommen. „Der Kapitän hat dir begrenzte Freiheit an Bord gewährt. Dir wird eine Begleitperson gestellt, aber zumindest bist du nicht mehr auf das Labor beschränkt.“

Rashanas Lächeln war so hell, dass es einen gefrorenen Asteroiden zum Schmelzen bringen würde. Sie warf ihre Arme um ihn und umarmte ihn fest. „Das ist so aufregend! Ich möchte das gesamte Schiff sehen.“

Er versuchte, nicht viel in die Geste hineinzuinterpretieren, aber sein Puls schlug trotzdem schneller, und sein Schwanz presste sich schmerzhaft gegen die Innennähte seiner Hose. Sie passte perfekt in seine Arme. Ihr süßer, weiblicher Duft löste in ihm das Bedürfnis aus, sie näher an seinen Körper zu ziehen und sie mit seinen Händen zu erkunden. *Ellam Cua, wenn ich nicht ihr Arzt wäre ...* In der Hoffnung, dass sie seine Erregung nicht spüren konnte, klopfte er ihr unbeholfen auf den Rücken und trat einen Schritt zurück.

Sie hob entschuldigend die Hände und zog dann die Augenbrauen zusammen. „Es tut mir leid. Ich wollte nicht ...“

Reue meldete sich in ihm. Sie hatte gesagt, niemand hätte sie je berührt, und hier gab er ihr das Gefühl, sie zurückzuweisen. *Ich gebe einen Anaq auf berufliche Grenzen,* dachte er und zog sie wieder an sich. „Es ist okay. Normalerweise umarme ich meine Patienten nicht."

„Oh. Okay." Diesmal war sie diejenige, die ihn unbeholfen tätschelte und zurücktrat. Sie blickte an ihrer Kleidung herab. „Sehe ich akzeptabel aus? Twerp schlug vor, dass ich mich umziehe, aber es gibt hier keine Spiegel."

Er konnte sich nicht davon abhalten, seinen Blick wieder über ihren Körper schweifen zu lassen, und ja, es wurde noch enger in seiner Hose. „Du siehst b-bezaubernd aus."

Sie strahlte ihn an, und ihre Wangen verfärbten sich, nicht in dem typischen Blau, das er von seiner Art kannte, sondern in einem Rot wie bei den Menschen. „Ich bin froh, dass es dir gefällt." Sie drehte sich im Kreis. „Ich habe noch nie ein Kleid getragen."

„Du solltest nur Kleider tragen", sagte Mek, obwohl es ihm in den Fingern juckte, ihr das Kleid vom Körper zu reißen.

Rashana atmete scharf ein und hob ihr Kinn, ihre Augen zwei schimmernde Pools, in denen er sich stundenlang verlieren wollte. Ihre Lippen waren leicht geöffnet und ihre kleine, rosa Zunge leckte wie eine Einladung über ihre Oberlippe.

Bevor er wusste, was er tat, trat er vor und legte beide Hände auf ihre Wangen. Sie lehnte sich in seine Berührung, schloss die Augen und hob das Kinn.

„Doktor." Twerp brachte ihn zurück in die Realität. „Die DNA-Analyse von Dr. Dollards Arm ist fertig."

Mek ließ seine Hände fallen, schluckte schwer und wandte sich ab. Was war nur los mit ihm? Wenn er es nicht besser wüsste, würde er denken, dass sie seine Emotionen kontrollierte. Er warf einen Blick auf den Monitor mit ihrem biometrischen Messwert, nur um sicherzugehen, dass ihre Kräfte immer noch unterdrückt wurden. Wie es schien, war sein Verlangen einfach eine normale Reaktion auf eine wunderschöne Frau. *Eine Frau, die deine Patientin ist,* erinnerte er sich. *Ellam Cua, er sehnte sich nach dem Tag, an dem er diese Pflicht abgeben konnte.*

Er justierte diskret seinen Schritt, als er auf dem Hocker vor dem Gewebescanner Platz nahm. „Dann wollen wir mal sehen." Er las durch den Bericht und runzelte die Stirn, als er versuchte, die Informationen zu interpretieren. Die Sequenzen waren gebrochen, sodass er nicht sagen konnte, ob es zwischen ihr und Dollard eine Korrelation gab.

Sein Primärherz fühlte sich schwer an, als er erkannte, dass er ihr keine Antworten geben konnte. „*Usviiqe*. Die DNA ist schwer beschädigt, wahrscheinlich von dem, was Rust getan hat, um die Trophäe zu konservieren."

Rashana trommelte nervös mit den Fingern auf den Untersuchungstisch, gegen den sie lehnte. „Was bedeutet das?"

Mek schüttelte grimmig den Kopf. „Dass wir keine Antworten bekommen werden. Jedenfalls nicht davon."

Rashanas Schultern sackten nach unten. „Selbst im Tod stiehlt mein Vater von mir." Sie schüttelte wütend den Kopf und sah ihm dann direkt in die Augen. „Was ist also unser nächster Schritt?"

Mit dem Gefühl, sie enttäuscht zu haben, stand er auf. Zumindest konnte er eine Ablenkung bieten. „Ich nehme an, du hast Hunger. Wie wäre es, wenn wir dir etwas zu essen besorgen?"

Bei dem Vorschlag, das Labor zu verlassen, verblasste ihre Enttäuschung und ihre Schultern hoben sich. „Ich muss nicht im Labor essen?" Ihre goldenen Augen weiteten sich vor Aufregung. „Was für Essen gibt es? Kann ich ein Dessert haben?"

Mek lachte. „Ich fürchte, wir müssen uns mit

der Kantine begnügen, aber du kannst von dem wählen, was verfügbar ist."

„Die Kantine." Rashana seufzte, als hätte er angeboten, sie in ein schickes Restaurant zu bringen. „Ich wollte schon immer eine Kantine sehen."

Eine wohlige Wärme erfüllte seine Brust, die nichts mit seinem körperlichen Verlangen zu tun hatte. Er wollte sie glücklich machen, wollte die ganze Zeit dieses schöne Lächeln auf ihrem Gesicht sehen.

Er bot ihr seinen Arm an, und sie hakte sich ohne zu zögern bei ihm ein. Es fühlte sich so natürlich an, sie an seiner Seite zu haben. Alles fühlte sich leichter an, und er musste sich daran erinnern, wachsam zu bleiben, als sie das Labor verließen. Einige Leute an Bord waren immer noch misstrauisch gegenüber Rashana, und er war entschlossen, sie zu beschützen. In dem riesigen Flaggschiff, in dem zuvor die Syndicorp-Crew die Korridore gefüllt hatte, herrschte nun Leere, und er vermutete, dass die Handvoll Cyborgs, die jetzt die Dinge kontrollierten, sicher mit ihren eigenen Dingen beschäftigt waren.

Der verlockende Duft von *Kemeg*-Eintopf traf sie auf dem Korridor vor der Kantine. Jenseits der breiten Doppeltüren und unter den grellen Deckenleuchten standen Tische, die so ziemlich alle leer waren. Zwei bekannte Gestalten saßen in der Nähe zur Kombüse an einem Tisch. Toviks Augen waren geschlossen, und er nickte Gassy zu, dem ergrauten Ingenieur der Kinship, der mit tiefer, rauer Stimme vor sich hinmurmelte. Gassy war für viele in der Rebellion eine Vaterfigur, und da er Tovik kannte, vermutete Mek, dass es bei dem Gespräch um Frauen ging. Gassy schien die Anwesenheit von Mek und Rashana zu spüren, drehte seinen grauen Kopf und sah über seine Schulter.

Rashana presste sich näher an Meks Seite, ihr Atem flach.

„Es ist alles okay", versicherte er ihr. So sehr er es auch vorziehen würde, sie für sich zu behalten, wusste er, dass sie die Crew treffen musste, wenn sie jemals dazugehören wollte. Das war ein Ziel, das er nicht vergessen durfte. Entschlossen drückte er seine Schultern durch. „Na komm, es wird Zeit, dass wir dich offiziell vorstellen."

Beim Klang von Meks Stimme schoss Tovik auf die Füße. „Ist sie hier?"

„Tovik", warnte Gassy.

„Oh, richtig." Tovik senkte sich wieder auf

seinen Sitz und zog die Augenbrauen konzentriert zusammen, doch seine Augen blieben auf Rashana gerichtet.

„Du musst das neue Mädchen sein, über das alle reden." Gassy erhob sich und nickte respektvoll. „Mein Name ist Gassy, und das hier ist Tovik."

„Gassy hat mir ein empathisches Sensibilitätstraining gegeben", fügte Tovik hinzu. „Damit du dich in meiner Nähe wohlfühlst, Rashana. Kann ich dich Rashana nennen? Oder bevorzugst du Miss Dollard?" Er holte tief Luft, als würde er seine Gedanken sortieren. Dann, mit einem kurzen Blick zu Gassy, deutete er auf einen Platz neben sich. „Die ganzen Fragen tun mir leid. Du bist sicher hungrig? Komm, setz dich zu uns!"

Rashana entspannte ihren Griff an Meks Arm, bewegte sich vorwärts und setzte sich angespannt neben Tovik. Sie lächelte die Männer schüchtern an. „Vielen Dank."

Mit angespanntem Kiefer, um die Eifersucht in ihm zurückzuhalten, murmelte Mek etwas über das Essen und ging durch die Doppeltüren in die Kombüse. Warum waren seine Gefühle für Rashana so unberechenbar? Er marschierte zum anderen Ende der Kombüse, öffnete den begehbaren Gefrierschrank und trat hinein, um sich abzukühlen. Sein Atem wehte in kleinen Wolken aus seinem Mund, als er die Regale überblickte. Was wollte jemand gerne essen, der sein ganzes Leben in Gefangenschaft gelebt hatte? Sie hatte Dessert erwähnt, aber er hatte keine Ahnung, was sie mochte. Was, wenn er ihr etwas brachte, das sie hasste? Oder gegen das sie allergisch reagierte?

Warum machst du so eine große Sache daraus? Es war nur Essen. Kopfschüttelnd durchforstete er den Gefrierschrank auf Eiscreme. Er erinnerte sich, das Qaiyaans Gefährtin Lisa dieses süße Zeug mochte. Er entdeckte einen großen Behälter Vanilleeis, nahm ihn an sich und verließ den Gefrierschrank. Ein Topf auf dem Herd enthielt den *Kemeg*-Eintopf, ein Grundnahrungsmittel unter den Junggesellen der Flotte. Er füllte zwei Schüsseln mit Eintopf, zwei mit Eiscreme und legte ein paar Päckchen Cracker auf das Tablett. Eine halbvolle Flasche kantarellianischer Rum stand auf der Arbeitsfläche, also griff er auch nach ihr. Selbst wenn Rashana nicht trank, war es gut möglich, dass er den Rausch heute brauchte.

Zurück in der Kantine fiel ihm zuerst Rashana ins Auge. Ihre Wangen waren gerötet, wahrscheinlich von etwas, das einer der Anwesenden gesagt hatte, da Gassy amüsiert gluckste. Der alte Mann strich mit funkelnden Augen über seinen grauen Bart. „Der Junge ist schon immer ein kleiner Charmeur gewesen."

Tovik setzte sich kerzengerade hin und sah Gassy gespielt schockiert an. „Ich bin kein Charmeur. Ich schätze einfach schöne Frauen."

Mek stellte das Tablett etwas lauter ab, als es nötig gewesen wäre. „Ich hoffe, du magst *Kemeg*-Eintopf. Es ist nicht gerade ein Gourmet-Essen, aber es füllt den Magen. Ich habe auch Nachtisch mitgebracht."

Rashana griff mit beiden Händen nach dem Eis und schenkte Mek ein breites Lächeln. „Ich liebe Eis. Danke."

Seine Herzen hüpften ihm in die Kehle, als Mek beobachtete, wie sie einen Löffel füllte, ihn in ihren Mund schob, sie ihre Augen in Wertschätzung schloss und einen glücklichen Seufzer entließ.

Tovik sprang auf. „Wir haben auch Toppings. Ich bin gleich wieder da."

Der junge Mann rannte zur Kombüse, aber Rashana wartete nicht. Sie gönnte sich einen weiteren Bissen. „Vater hat mich nie ... Ich durfte selten Eis essen." Mit vollem Mund fuhr sie fort: „So lecker."

Tovik kehrte mit einem Glas gehackter Nüsse

und kleinen, roten Früchten mit langen Stielen zurück, die er Kirschen nannte. Rashana probierte alles pflichtbewusst, sagte jedoch, sie bevorzuge das Eis ohne Schnickschnack. Ein befriedigtes Grinsen drohte, sich auf Meks Gesicht zu formen, aber er unterdrückte es. Die Sache lief aus dem Ruder. Es war schlimm genug, dass er seine Gefühle für Rashana unterdrücken musste. Jetzt musste er auch die Eifersucht zügeln, die der junge Denaidaner in ihm auslöste. Er schob sich ein Stück *Kemeg*-Fleisch in den Mund und kaute übertrieben hart.

Während sie aßen, erzählte Gassy von abenteuerlichen Geschichten aus der Rebellion. Rashana hörte begeistert zu, besonders interessiert an seinen Geschichten über andere Planeten. „Ich glaube nicht, dass ich jemals einen Fuß auf echtes Gras gesetzt habe", sagte sie.

Tovik drapierte einen lässigen Arm auf die Rückenlehne von Rashanas Stuhl. „Wenn wir das nächste Mal für Vorräte auf Erryt halten, kannst du das nachholen. Wir können sogar unter den Sternen zelten, wenn du willst."

Mek erstarrte, seine Augen auf den Arm von Tovik fixiert, der zu nah an Rashanas Schultern lag. Er redete sich ein, dass es ihn lediglich nervös machte, wie sie reagieren könnte, angesichts ihrer mangelnden Erfahrung mit körperlicher Berührung. Nur konnte er nicht leugnen, dass der Großteil seiner Gefühle territorialer Natur war.

Rashana kicherte und schien die Aufmerksamkeit zu genießen. *Und das war ihr gutes Recht,* erinnerte sich Mek. Er schnappte sich die Flasche Rum und goss sich eine großzügige Menge ein. Gassy zwinkerte ihm zu und füllte drei weitere Gläser.

„Auf neue Freunde", sagte Gassy, und sie alle wiederholten die Worte und stießen an.

Mek leerte das Glas und die brennende Spur von Rum traf wie ein Anker auf seinen Magen. Rashana folgte dem Beispiel und hustete gleich darauf los. „Was ist das für ein Zeug?"

„*Anaq,* es tut mir leid", sagte Mek. „Ich hätte dich warnen sollen." Er hatte nicht daran gedacht, dass sie vielleicht noch nie zuvor Alkohol getrunken hatte.

„Das ist kantarellianischer Rum, das Elixier der Champions!" Gassy gluckste. „Aber wohl nicht die beste Wahl für einen ersten Drink." Er klatschte mit der Hand auf Toviks Schulter. „Auch Tovik weiß das, nicht wahr, Sohn?"

Ein panischer Ausdruck erfüllte Toviks Gesicht. „Können wir diese Geschichte bitte überspringen?"

Gassy jedoch legte bereits los: „Unsere Schiffe befanden sich außerhalb von Cynera ...“

Toviks Bronzegesicht färbte sich zu dem dunkelsten Blaugrün, das Mek je gesehen hatte, und er sah aus, als würde er vor Verlegenheit gleich in Ohnmacht fallen. Mek bemitleidete den Jungen, obwohl er ihn eben noch gerne ausgestochen hätte. Mek beschloss, Tovik eine Pause zu gönnen und unterbrach Gassys Geschichte: „War das nicht der Job, bei dem Kashatok diesen lästigen Netorpok eingesammelt hat? Den nervigen Kerl hat er immer noch, oder?“

„Jhikik? Darauf kannst du wetten“, sagte Gassy und beschrieb dann in aller Einzelheit, wie sie die Kreatur mit dem violetten Fell entdeckt hatten und wie schwer es gewesen war, herauszufinden, was sie fraß. Bis er fertig war, war Toviks Saufgeschichte vergessen.

Sie beendeten ihr Essen mit einem angenehmen Gespräch, und Mek beobachtete, wie Tovik und Rashana lachten und redeten. Sein Herz wurde mit jedem Augenblick schwerer. Warum hatte er jemals gedacht, dass er mehr für sie sein könnte als ein Arzt? Sie und Tovik waren wahrscheinlich im gleichen Alter. Mit ihm hätte sie also mehr gemeinsam als mit Mek. Und Tovik konnte sie umwerben, wie sie es verdient hatte.

Mek knirschte mit den Zähnen und zwang sich, den Mund zu halten. *So ist es besser.* Wenn Rashana mit jemand anderem zusammen war, konnte Mek seine Hormone leichter kontrollieren. Dann konnte er sich wieder auf seinen Job als Arzt konzentrieren.

Trotz seiner rationalen Begründung schmerzte es ihm bei dem Gedanken in der Brust.

KAPITEL ZEHN

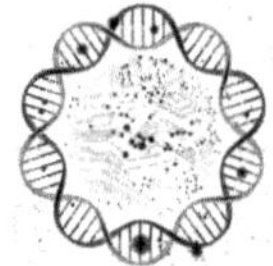

In den nächsten Tagen sah Rashana immer weniger von Mek. Wie es schien, war er zu seinen Aufgaben als Mediziner zurückgekehrt. Zu seiner Forschung. Meistens war es Twerp, die ihr Gesellschaft leistete. An sich störte sie das auch nicht. Die Begeisterung der kleinen KI war ansteckend, und da sie wie ein Lexikon war, konnte Rashana fragen, was sie wollte, und bekam stets eine Antwort. Obwohl Rashana in der Nähe der Krankenstation ein Quartier erhalten hatte, verbrachte sie wenig Zeit dort und zog es vor, durch die endlosen Korridore des Schiffes zu streifen. Damit konnte sie den stetigen Strom von Besatzungsmitgliedern vermeiden, die regelmäßig zu ihrer Tür kamen, um die Neue kennenzulernen.

Sie gaben ihr das Gefühl, immer noch eine Laborratte zu sein.

Selbst Tovik, der ihr mit Geschenken und Aufmerksamkeiten schmeichelte, schaffte es nur, dass sie sich unwohl fühlte. Auch jetzt hatte er sie im Korridor abgefangen und zeigte ihr ein glänzendes, rundes Gerät mit mehreren Tasten und einem Bildschirm mit einer Reihe von Ziffern. „Das ist ein Spiel, das ich aus einigen Ersatzteilen zusammengebastelt habe", sagte er und demonstrierte, wie es funktionierte. „Du kannst es mitnehmen, falls dir langweilig werden sollte."

„Wirklich, Tovik", protestierte Rashana. „Du musst mir nicht immer wieder Geschenke machen. Ich weiß gar nicht, was ich mit so vielen Gaben anstellen soll."

„Das mach ich gern." Grinsend überreichte er ihr das Gerät. „Ich möchte nur, dass du weißt, wie besonders du bist. Sobald ich ein zweites gebaut habe, können wir miteinander spielen." Seine Wangen verdunkelten sich. „Ähm, also das Spiel. Wir können das Spiel zusammen spielen."

Da sie seine Gefühle nicht verletzen wollte, steckte sie das Gerät in ihre Tasche. „Danke."

Am Ende des Flurs erschien eine zierliche Brünette in einer burgunderroten Leggings und einem übergroßen, rosa Pullover, der ihr von einer Schulter hing. „Da bist du ja!" Sie eilte auf Rashana zu. „Ich bin Emmy. Ich bin hier, um euch beide zu holen. Heute ist Mädelsabend."

„Ich liebe Mädelsabende!", sagte Twerp und schaukelte auf ihren Rollen vor und zurück. „Ich muss die Snacks vorbereiten."

„Mach nur, Twerp. Ich bleibe bei Rashana", sagte Emmy.

Twerp rauschte den Korridor runter, und Tovik lief rückwärts in die entgegengesetzte Richtung, sein Blick weiterhin auf Rashana. „Wir sehen uns später, Rashana."

Rashana winkte ihm erleichtert zu und folgte dann Emmy.

„Doug gab mir die Erlaubnis, den Kleidungsreplikator zu benutzen, wenn du neue Kleidung willst", sagte Emmy. „Mek meinte, dass deine Garderobe ziemlich spärlich ist."

„Oh, danke", antwortete Rashana und kämpfte darum, mit der kleineren Frau Schritt zu halten. In den High Heels, die Tovik ihr gegeben hatte, war das Laufen nicht einfach, und die funkelnde goldene Hose fühlte sich beim Laufen ein wenig einschränkend an. Twerp sagte, sie sah wahnsinnig gut aus, aber hatte die KI wirklich Ahnung von

Mode? Rashana biss sich auf die Unterlippe und wünschte, sie könnte Emmys Emotionen spüren, um herauszufinden, was die Frau von ihr dachte. Sie versuchte, wie ein normaler Mensch zu leben, und die wenigen Male, die sie seit der Behandlung versehentlich versucht hatte, ihre Kraft zu nutzen, hatten zu beinahe lähmenden Kopfschmerzen geführt.

Sie hielten an einer Tür an, die Emmy öffnete und somit einen Raum mit zwei langen Theken, einem Körperscanmodul und einer Reihe von Replikatorarmen enthüllte. Rashana stand still, als der Scanner ihre Messungen durchführte. Aus einer Reihe vorprogrammierter Muster wählte sie einen flauschigen violetten Pullover ähnlich dem von Emmy, zwei dunkle Hosen und eine schlichte weiße Tunika, die sich so weich wie Butter anfühlte.

„Bist du sicher, dass du nichts Schickeres willst?", fragte Emmy. „Nach allem, was ich gehört habe, hast du einiges aufzuholen. Vielleicht möchtest du etwas Spaß mit Mode haben?"

Rashanas Wangen erhitzten sich ein wenig bei dem Gedanken, dass die Besatzungsmitglieder, insbesondere die Frauen, über sie sprachen. Was dachten sie wohl über Rashanas Vergangenheit? Was mutmaßten sie? „Diese Sachen sind vollkommen in Ordnung. Kann das Gerät auch Schuhe machen?"

„Absolut." Emmy zeigte ihr die Auswahl an Schuhen und es dauerte nicht lange, bis Rashana in einen Pullover und eine Hose gekleidet war, während sie ihre gefährlichen High Heels durch ein bequemes Paar Ballerinas ersetzt hatte.

„Das ist viel besser. Danke."

„Gerne. Es tut mir leid, dass niemand früher daran gedacht hat." Emmy hielt die goldene Hose und die hohen Schuhe hoch. „Willst du die behalten?"

Rashana schüttelte den Kopf. „Nein, danke."

„Okay. Ich lasse dir das andere Outfit in dein Quartier bringen. Lass uns gehen."

Sie gingen zum Aussichtsdeck, und Rashana schnappte in Ehrfurcht nach Luft, als sich die Türen öffneten. Die Sterne leuchteten über der Kuppel und schienen so nah. Sie hatte noch nie etwas so Beeindruckendes erlebt. Das Erlebnis war geradezu schwindelerregend und ihre Knie drohten, einzuknicken.

Ein Arm hakte sich bei ihr ein und der körperliche Kontakt half, sie zu beruhigen. „Alles in Ordnung mit dir?", fragte Emmy.

„Ja", hauchte Rashana. Sie drehte den Kopf in

beide Richtungen und fragte sich, ob die gesamte Decke aus einem transparenten Material bestand oder ob die Ansicht einfach ein Hologramm war. „Ich habe nur noch nie so viel Weltraum gesehen." Sie war sich auch nicht sicher, was sie mehr überwältigte. Emmys unbekümmerte Berührung an ihrem Arm? Oder vielleicht doch die Sterne? Bestimmt war die Frau vor ihr gewarnt worden, oder?

„Hier drüben", rief eine Blondine aus einem Kreis, der aus weichen Sesseln gebildet wurde. „Wir haben Snacks und Drinks."

Emmy stellte sie als Attie vor und rasselte dann schnell die Namen der anderen bereits sitzenden Frauen runter.

Rashana hatte Mühe, Namen und Gesichter mental zu katalogisieren, als sie von Emmy zu der Sitzgruppe geführt wurde. Eine Frau namens Joy hatte ein kybernetisches Auge und Rashanas Magen rebellierte. *Hat sie für meinen Vater gearbeitet?*

„Willkommen zum Mädelsabend!" In einer spindeldürren Hand hielt Twerp ein Glas mit rosa Flüssigkeit und hob es zur Begrüßung hoch.

„Danke, Twerp." Rashana lächelte, froh über die Ablenkung. Würde die KI tatsächlich versuchen, zu trinken?

Rashana nahm eins der Gläser, die auf dem niedrigen runden Tisch in der Mitte des Kreises standen, setzte sich und schnupperte an der rosa Flüssigkeit, bevor sie mit der Zungenspitze eintauchte und davon kostete. Sie wollte vor ihren neuen Freunden keine Wiederholung ihres kantarellianischen Rum-Vorfalls riskieren. Das Getränk war zugleich süß und bitter, aber ihre Kehle brannte nicht, also nahm sie mit einem nervösen Blick auf die anderen einen größeren Schluck.

„Hach, es fühlt sich gut an, eine Pause zu machen", sagte Attie, zog ihre Schuhe aus und wackelte in ihren Socken mit den Zehen. Sie trug eine schwarze Syndicorp-Uniform mit silbernem Besatz, und Rashana bemerkte sofort, dass die Abzeichen entfernt worden waren. „Wir haben das Schiff jetzt dreimal durchkämmt und ich denke, wir haben endlich alle Syndicorp-Tracker aufgespürt."

„Das ist eine Erleichterung", sagte eine Frau in Leggings und einem Pullover ähnlich dem von Emmy. Ihr schwarzes Haar trug sie in einem Knoten auf dem Kopf, der sie irgendwie elegant und entspannt zugleich aussehen ließ. Sie zog ihre Füße auf den Sitz und führte ihr Glas mit beiden Händen zu ihren Lippen. Für einen Moment verlor sie sichtlich den Fokus, bevor sie wieder zu sich kam und den Blick über die anwesenden Frauen schweifen ließ. „Qaiyaan hat mir gerade gesagt, dass wir bald den Syndicorp-Sektor betreten werden."

Marlis verschränkte die Arme und schmollte. „Ich wünschte, ich könnte so mit Noatak in meinem Kopf sprechen."

Lisa schnaufte. „Es ist ein Segen und ein Fluch, glaub mir. Er sagt, wir sollten Oruq Nine in zwei Tagen erreichen. War schon mal jemand dort?"

„Dort habe ich mein Kameraimplantat bekommen", antwortete Joy und deutete auf ihr Auge. Rashana wollte unbedingt wissen, ob sie eine vollständige Cyborg-Frau war oder nur das eine Implantat hatte, aber sie wollte ihre neuen Freundschaften nicht gefährden, indem sie die falschen Fragen stellte.

„Ich habe gehört, dass die Heiler dort besonders geheimnisvoll daherkommen", sagte eine andere Blondine, die Attie sehr ähnlich sah, nur dass sie eine Waffe an der Hüfte trug. Rashana erinnerte sich, dass Twerp erwähnt hatte, dass Schwestern an Bord waren, was bedeutete, dass diese Frau Marlis sein musste. „Ich werde sie nach meinen Gedächtnisproblemen fragen."

„Auch ich überlege, einen der Heiler aufzusuchen", sagte die schwarzhaarige Frau.

„Lisa!" Emmy setzte sich kerzengerade hin. „Bist du krank oder so?"

„Nein, es ist nur, dass ich ... dass wir", Lisa verstummte und biss sich auf die Unterlippe. „Qaiyaan und ich versuchen schon länger, schwanger zu werden, und Mek glaubt, dass die Heiler dort helfen können." Sie lächelte Rashana an. „Vor allem, wenn sie etwas aus deiner DNA lernen können."

Der Raum füllte sich mit aufgeregtem Quietschen. „Ein Baby! Ist das dein Ernst?", rief Attie. „Das ist fantastisch!"

Rashana lächelte und genoss das warme Gefühl von Kameradschaft. Die Möglichkeit, ihre neuen Freunde glücklich zu machen, fühlte sich gut an. Als sich das Gespräch auf Babys und Elternschaft konzentrierte, musste Rashana an Mek denken. Was für ein Vater wäre er? Sie konnte sich ihn leicht mit einem Kind vorstellen, geduldig und freundlich, immer ein tröstliches Wort oder eine besänftigende Geste parat. Bei dem Gedanken an ihn mit einem Baby in den Armen schlug ihr Herz schneller.

Sie versuchte, den Gedanken wegzudrücken und sich auf das Gespräch zu konzentrieren, aber ihr Verstand wanderte immer wieder zu Mek. Er war so in seine Arbeit vertieft, dass sie ihn vermisste. Warum konnte es anstelle von Tovik nicht Mek sein, der ihr Geschenke gab? Bei dem Gedanken an den jungen Mechaniker griff sie in ihre Tasche und zog das Spiel heraus, das er ihr gegeben hatte. Vielleicht könnten ihr ihre neuen Freunde sagen, wie man ihn davon abbringen konnte, dass er sie mit Aufmerksamkeit überschüttete.

„Ich hätte da eine Frage. Zu Tovik …"

Joy lehnte sich vor und ihre Augen bohrten sich wie Laser in Rashanas. „Was ist mit Tovik?"

Rashana biss sich auf die Unterlippe. Bei der plötzlichen Aufmerksamkeit, die die Frau — die Cyberfrau? — auf sie richtete, brachte sie plötzlich kein Wort mehr heraus. Aus Gewohnheit versuchte Rashana, ihre Kräfte einzusetzen, da sie unbedingt wissen wollte, was Joy gerade fühlte. Dafür würde sie auch die Kopfschmerzen in Kauf nehmen, die ohne Zweifel kommen würden.

Eine fürsorgliche Aura wirbelte um die Frau. Joy mochte Tovik? Nur war es eindeutig Fürsorge und nicht Eifersucht. Rashana tauchte tiefer und erstarrte, als sie erkannte, was sie gerade tat. Sie benutzte ihre Kräfte. Und es kam kein Schmerz. Die Behandlung hatte bereits aufgehört zu wirken.

Nebulas. Das Letzte, was sie wollte, war, wieder eingesperrt zu werden.

Schnell schottete sie diesen Teil ihres Verstandes ab. Dann warf sie einen Blick auf Twerp und hoffte, dass die KI nichts in ihren biometrischen Daten gespürt hatte. Die KI war jedoch damit beschäftigt, ihren Drink in dem Glas zu schwenken. Nochmal Glück gehabt.

Joy lehnte sich näher zu Rashana und spähte auf ihre Hände. „Was hast du da?"

„Oh, das hier?" Rashana hielt das Spiel hoch und ihre Hand zitterte leicht. „Es ist ein Spiel, das mir Tovik gegeben hat."

Joy gab einen leisen, wertschätzenden Pfiff von sich. „Das ist ein schönes Stück Technik. Er mag dich wirklich."

Rashana war sich nicht sicher, wie sie reagieren sollte, also sagte sie einfach: „Tovik ist … nett."

Joy nickte und ihre Lippen formten sich zu einem selbstgefälligen Lächeln. „Ja, das ist er. Also solltest du besser auch zu ihm nett sein."

Twerp piepte und es schwappte rosa Flüssigkeit über ihren metallischen Arm. „Ich würde mich freuen, dir bei der Planung eines Dates behilflich zu sein!"

Marlis schnaubte. „Was weißt du schon übers Dating, Twerp?"

Bevor Rashana protestieren konnte, sprachen alle über ihre ersten Dates. Sie sank tiefer in ihren Sessel, hörte schweigend zu und fühlte sich mehr denn je wie eine Außenseiterin. So viel dazu, sich einen Rat zu Tovik abzuholen, oder anzusprechen, dass sie sich zu Mek hingezogen fühlte. Zumindest arrangierten die Frauen kein Date für sie, und das Gespräch wechselte nach einer Weile zu den besten Restaurants auf Oruq Nine.

Schließlich stand Attie auf und fing an, die Gläser einzusammeln. „Also ich für meinen Teil hatte etwas zu viel von den köstlichen Drinks. Ich muss ins Bett."

„Ins Bett, ja? Oder meinst du, du musst zu dem Bett, in dem ein gewisser Cyborg auf dich wartet?", scherzte Marlis. Lachend erhoben sich alle von ihren Sesseln. Auch Rashana stand auf. Ihr Verstand überschlug sich. Sie war verwirrt und verunsichert und brauchte einen Moment, um zu erkennen, dass fast alle gegangen waren und sie nun mit Emmy allein war.

„Du stehst nicht auf Tovik, oder?", fragte Emmy mit einem wissenden Lächeln.

„Nein", sagte Rashana leise. Die Erleichterung,

die sie spürte, als sie die Frage beantwortete, ließ ihre Knie weich werden. „Er ist nett und alles, aber ... nein.“

„Ich verstehe.“ Emmy kicherte. „Wir alle lieben Tovik, nur nicht so, wie er es gerne hätte. Ich werde von nun an versuchen, dazwischen zu gehen.“

Rashana könnte nicht dankbarer sein, als sie Emmy in den Korridor folgte. „Was aber ist mit ihm und Joy?“

„Er ist wie ein kleiner Bruder für sie. Sie macht sich Sorgen, dass irgendwann eine Frau vorbeikommt und seine Gutmütigkeit ausnutzt.“

„Oh, das ist süß von ihr.“ Rashana nickte und fragte sich, wie es wohl wäre, eine Schwester oder einen Bruder zu haben, die auf sie achtgaben. „Ist sie ... ist Joy ein Cyborg?“

„Nein, aber sie hat ein Kameraimplantat. Oh!“ Die zierliche Frau blieb abrupt stehen, wirbelte herum und packte Rashanas Handgelenk. „Es tut mir leid. Kein Wunder, dass du so nervös warst. Du musst gedacht haben, dass sie zu den Schergen deines Vaters gehört hat.“

Rashana zuckte mit den Schultern. „Ich war mir nicht sicher. Mek sagt aber, dass die Cyborgs auf unserer Seite stehen, also versuche ich, mir keine Sorgen zu machen. Es hilft, dass sie weggeblieben sind."

Emmy lachte. „Ja, die Cyborgs scheinen es zu bevorzugen, einen Bogen um dich zu machen. Du hast es Rust ganz schön gezeigt. Obwohl ich denke, dass wir ihn alle schon ein oder zwei Mal in seine Schranken verweisen wollten." Sie ließ Rashanas Handgelenk los, hakte stattdessen ihren Arm bei ihr ein und führte sie dann durch die Korridore. „Es ist schön, einen Badass als Freundin zu haben."

Wie mit einer Decke fühlte sich Rashana nun von Wärme eingehüllt. *Sie nannte mich ihre Freundin.* Vielleicht würden die anderen an Bord sie auch irgendwann als Freundin sehen.

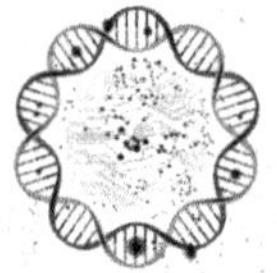

Rashana stocherte auf ihrem Teller herum. Schweiß tropfte ihren Rücken herunter. An den umliegenden Tischen saßen Besatzungsmitglieder, redeten, lachten und aßen. Sogar ein Saluqan-Cyborg namens Esben hatte sich ihnen angeschlossen, saß am anderen Ende ihres Tisches und unterhielt sich mit einem bärtigen Denaidaner. Bei ihrem ersten gemeinsamen Essen mit der Crew war sie mit Fragen bombardiert worden, und Emmy war ihr zur Hilfe gekommen und hatte alle gebeten, Abstand zu halten. Dies war ihre dritte Mahlzeit, und sie gewöhnte sich immer noch daran, von Leuten umgeben zu sein — besonders von so vielen auf einmal. Es war aufregend und unangenehm zugleich. *Werde ich mich jemals daran gewöhnen?*

Auf der anderen Seite des Tisches erwischte sie Mek dabei, wie er zu ihr sah. Bevor sie ihn anlächeln konnte, wandte er schnell den Blick ab und richtete seine Aufmerksamkeit stattdessen auf den Mann, der neben ihm saß. Nach dem ersten Besuch in der Kantine war Mek nicht mehr zum Essen hier gewesen. Versuchte er, ihr aus dem Weg zu gehen? Nur zu ihren Behandlungen hatte sie ihn seither gesehen. Indessen verbrachte sie ihre ganze Zeit unter der Obhut von Emmy und Twerp.

Sein Verhalten gab ihr den Eindruck, dass er nichts mit ihr zu tun haben wollte. Andererseits erwischte sie ihn so oft dabei, wie er in ihre Richtung starrte. Und es waren auch keine flüchtigen Blicke. Bei der Intensität in seinen Augen flatterte jedesmal ihr Magen und ihr Herz raste. *Was geht ihm durch den Kopf, wenn er mich ansieht?* Sie wollte glauben, dass er sie genauso verzweifelt wollte wie sie ihn. Trotz der Gewissheit, dass ihre Macht zurückgekehrt war, weigerte sie sich, sie dafür einzusetzen.

Ein Teller erschien unter ihrer Nase, was sie aus ihren Gedanken riss. „Probier das mal, Rashana."

Tovik. Schon wieder. Der junge Mann war nie

weit weg. Sie mochte ihn, sicher, aber seine andauernde Anwesenheit grenzte so langsam an nervig. Sie nahm eine der weichen, flachen Scheiben vom Teller und zwang sich, ihn anzulächeln. „Danke.“

„Das sind Pancakes. Ich habe sie nach Lisas Rezept gemacht. Ganz allein. Hier, du musst sie mit Sirup probieren.“

Neben ihr wandte sich Emmy an Tovik. „Wir haben doch darüber gesprochen, Tovik. Du musst ihr etwas Freiraum geben.“

Toviks Gesicht färbte sich Blaugrün, und er trat einen halben Schritt zurück. „Oh, richtig.“ Er warf Rashana einen schüchternen Blick zu. „Lass es mich einfach wissen, wenn du etwas brauchst, okay?“

Rashana nickte, bevor sie Emmy dankbar ansah und erleichtert seufzte. Als Tovik außer Hörweite war, flüsterte sie: „Ich bin froh, dass du hier warst. Twerp ermutigt ihn ständig.“

Emmy lehnte sich näher. „Er meint es gut. Jedoch musst du beim Setzen deiner Grenzen etwas direkter sein.“

Rashana nickte und beide nahmen das Essen wieder auf. Sie hatte gerade einen Bissen genommen, als sie Meks Blick erneut begegnete.

Diesmal schaute er nicht weg. Ihr Magen verkrampfte sich. Innerlich bebte sie. Seit dem ersten Besuch in der Kantine hatte sie die Fantasie während einer Mahlzeit neben ihm zu sitzen. *Vielleicht trifft Emmys Ratschlag zu Tovik auch auf andere Situationen zu.*

Sie musste direkter sein, wenn sie etwas wollte.

Sie sammelte all ihren Mut zusammen, nahm ihren Teller und stand auf. Emmy warf ihr einen fragenden Blick zu.

Rashana versuchte, den Teller in ihrem zitternden Griff ruhig zu halten. „Ich muss mit Mek sprechen", erklärte sie. Ohne auf eine Antwort zu warten, marschierte sie zu Mek und stellte sich hinter ihn. „Ist dieser Platz frei?"

Er zog die Augenbrauen hoch, rutschte aber rüber, um Platz zu machen. Die Leute in der Nähe unterbrachen ihre Gespräche und beobachteten sie neugierig. Rashana fühlte sich plötzlich erneut wie eine Laborratte, jedoch weigerte sie sich, sich wieder in einer Ecke zu verkriechen.

Sie atmete tief ein, quetschte sich auf den Platz neben ihn und stellte ihren Teller auf den Tisch. „Tut mir leid, dass ich so einfalle, aber ich habe das Gefühl, dass ich dich in den letzten Tagen kaum gesehen habe."

Sein Körper blieb angespannt, nur seine Zungenspitze bewegte sich und leckte über seine Unterlippe. „Ja, nun, ich weiß, dass du in guten Händen bist. Und ich war damit beschäftigt, Dollards Datenbank durchzugehen.“

„Hast du schon etwas Nützliches gefunden? Vielleicht kann ich helfen.“ Schließlich hatte er beim Anschauen ihrer Testresultate versprochen, dass er seine Ergebnisse mit ihr teilen würde.

„Du kannst es dir gerne ansehen, aber ich kann dir jetzt schon sagen, dass mir der Großteil der Forschung zu hoch ist.“ Er fuhr sich mit der Hand durch die kurzen Haare, als wäre es ihm peinlich, das zuzugeben. „Es ist ein sehr spezielles Thema. Ich hoffe, die Heiler auf Oruq Nine können es entschlüsseln.“

So viel dazu, dass sie sich als hilfreich entpuppen könnte. „Wenn du kein Glück hast, solltest du vielleicht nicht deine Zeit verschwenden. Wir können einfach warten, bis wir dort ankommen.“ Sie lächelte ermutigend. „Lass uns ein Stück gehen. Ich habe gehört, dass die Hydrokulturgärten wunderschön sind.“

Mek schaute schnell auf sein Essen hinunter. „I-Ich, ähm, habe keine Zeit.“

Es fühlte sich an, als würde sich ein Fels in

ihrem Magen festsetzen. Meinte er damit, dass er keine Zeit hatte, in den Garten zu gehen? Oder dass er keine Zeit für sie hatte, weil er nicht interessiert war? Sie schluckte schwer und fragte: „Warum nicht?"

„Ich bin Arzt. Ich sollte meine Aufmerksamkeit auf andere Dinge richten." Er schob seine Gabel durch das restliche Gemüse auf seinem Teller. „Warum fragst du nicht Tovik?"

Hatte sie da gerade Eifersucht herausgehört? Sie konnte fast spüren, wie sich die Emotion wie Wasserdampf von ihm absonderte. Als sie einen Blick auf Tovik warf, sah sie, dass der junge Mann sie mit einem Stirnrunzeln beobachtete, und noch mehr Eifersucht rollte über sie hinweg. Sie schob ihr Bewusstsein für Emotionen beiseite. Sie konnte nicht zulassen, dass sich ihre Macht manifestierte, sonst würde ihre neugewonnene Freiheit hier und jetzt enden.

Entschlossen packte sie Meks Hand. Ihr Herz klopfte so laut, dass es gefühlt die umliegenden Gespräche übertönte. „Ich möchte Tovik nicht fragen. Ich will dich fragen." Sie fuhr mit dem Daumen über seinen Handrücken und spürte, wie er unter ihrer Berührung erschauerte. War es ein Ausdruck für Abscheu oder Verlangen? Fast hätte sie ihre Hand weggezogen, aber etwas an seiner Haltung – sein angespannter Kiefer, das Rollen seiner Schultern – veranlasste sie, ihn unter Druck zu setzen. „Du darfst mehr als nur ein Arzt sein. Können wir als Freunde spazieren gehen?"

Mek zögerte. Sein Blick flackerte über ihr Gesicht, als würde er alles dafür geben, ihre Gedanken lesen zu können. Seine Augen verdunkelten sich mit einer Mischung aus Verlangen und Reue. „Rashana, ich habe noch nie jemanden wie dich kennengelernt. Aber ich will deine Situation nicht ausnutzen."

Diese Worte ließen ihr Herz nur noch mehr flattern. Er war der Erste in ihrem Leben, der sie wie eine Person behandelte und nicht wie ein Testobjekt. Rashana lehnte sich noch näher an ihn und spürte schon bald, wie Meks Wärme in sie sickerte. „Deshalb mag ich dich. Du behandelst mich wie eine Person und nicht wie eine Laborratte. Behandle mich auch jetzt wie eine Person."

Meks Augen funkelten mit einer Emotion auf, die sie nicht deuten konnte, und Rashana fragte sich, ob sie eine Grenze überschritten hatte. Doch er nickte ruckartig, stand auf und sammelte deren benutztes Geschirr zusammen. „Okay. Lass uns spazieren gehen. Als Freunde."

Rashanas Herz machte einen Satz. Dann sah sie aus dem Augenwinkel, wie Emmy sie mit offenem Mund anstarrte, und wieder wehte Eifersucht in ihre Richtung. Sie klammerte sich an ihre Kraft und unterbrach den Fluss der Emotionen.

Emmy nahm ihr eigenes Geschirr und trug es zum Recycler. Direkt hinter ihr war Marlis, die Rashana anfunkelte und dann einen Arm um Emmys Schultern legte, als sie gemeinsam die Kantine verließen.

Verwirrt packte Rashana die Tischkante. *Was ist gerade passiert?*

„Hast du deine Meinung geändert?", fragte Mek, der noch immer das Geschirr hielt und sie aufmerksam musterte.

„Nein, natürlich nicht." Auf wackeligen Beinen folgte sie ihm aus der Kantine.

Als sie allein auf dem Korridor waren, blieb sie stehen und näherte sich Mek, damit sie flüstern konnte: „Ich glaube, Emmy war über etwas verärgert."

Sorge zeigte sich auf seinem Gesicht. „Warum denkst du das?"

„Wegen der Art und Weise, wie sie uns ansah,

bevor sie ging. Und dann Marlis ..." Sie verstummte, unsicher, wie sie es erklären sollte.

Meks Gesichtsausdruck wurde sanfter. „Ah." Er rieb die Finger über seinen Mund, bevor er schließlich ihre Hand in seine nahm. „Ich denke, Emmy ist eifersüchtig, aber sie wird darüber hinwegkommen."

Rashana starrte ihn schockiert an und trat einen Schritt zurück. „Seid ihr zwei ein Paar?"

„Nein!" Er packte ihre Hand fester und seine Wangen verdunkelten sich. „Natürlich nicht. Aber mir wurde gesagt, dass sie darauf gehofft hat." Zwei weitere Besatzungsmitglieder erschienen im Korridor. Sie kamen auf sie zu und so zog Mek an Rashanas Hand. „Lass uns zu den Gärten gehen."

Sie folgte ihm, überwältigt von der Tatsache, dass sie Freunde hatte. Was sollte sie in einer solchen Situation tun? Emmy war ihre Freundin, aber sie konnte ihre Gefühle für Mek nicht abtun. Die Anziehungskraft, die sie ihm gegenüber empfand, war zu stark, um sie zu ignorieren.

Sie erreichten die Gärten, und Mek führte sie zwischen den exotischen Pflanzen und Blumen über einen gewundenen Pfad. Trotz der Brise, die durch die Blätter wehte, roch die Luft schwer. Er führte sie zu einer Bank, die von hohen grünen und blauen Palmen umgeben war.

Sie setzten sich zusammen hin und Mek ließ ihre Hand los. „Es tut mir leid, wenn Emmy es für dich merkwürdig gemacht hat."

Rashana schüttelte den Kopf und versuchte, ihre rasenden Gedanken zu beruhigen. „Es ist okay. Ich ... ich weiß nur nicht, wie ich mit all dem umgehen soll. Ich bin es nicht gewohnt, mit jemandem außer meinem Vater zu interagieren, geschweige denn mit mehreren Personen auf einmal."

Mek nickte. „Ich kann mir vorstellen, dass es überwältigend ist."

Sie atmete tief ein und schloss die Augen. „Ja, das ist es. Aber ich fühle mich geerdet, wenn ich bei dir bin."

Als sie ihre Augen öffnete, beobachtete Mek sie mit einer Intensität, die ihre Haut in Brand setzte. „Ich fühle es auch." Die tiefe Klangfarbe seiner Stimme vibrierte durch ihren Körper. Dann räusperte er sich jedoch und zog sich leicht zurück. „Ich bin dein Arzt. Wir müssen auf Distanz bleiben."

Sie kämpfte darum, ihre Macht unterdrückt zu halten, aber es war unmöglich. Sein Verlangen für sie war zu verlockend, verband sich mit ihrem und bildete ein unzerstörbares Band. Sie legte eine Hand auf seine Wange, die Stoppeln kratzten über ihre Handfläche und sandten elektrisierende Empfindungen zu ihrer Mitte. „Du hast zugestimmt, mich als Freund zu begleiten. Das bedeutet, dass du gerade nicht mein Arzt bist."

Stöhnend schloss er die Augen. Im nächsten Moment lehnte er sich vor und fand mit den Lippen die ihren. Eine Feuerwalze rollte durch sie. Das hier … genau das hier war es, wonach sie sich sehnte, seit er sie zum ersten Mal berührt hatte. Sie schob ihre Hand von seiner Wange in seinen Nacken, die Augen geschlossen, als sie die Empfindungen genoss, die sie wie eine Naturgewalt überrollten.

Meks Hand glitt in ihren Nacken, zog sie näher zu sich und seine Lippen teilten sich an ihren. Sie spürte, wie seine Zunge gegen ihren Mund stieß und sie dazu verleitete, sich ihm zu öffnen. Das tat sie und sie stöhnte in seinen Mund, als seine Zunge sie plünderte. Oh, Götter, wer hätte gedacht, dass sich Küssen so gut anfühlen würde? Niemals wollte sie, dass diese Empfindung endete.

Nach einer Weile zog sich Mek jedoch zurück und legte seine Stirn an ihre, während sein Atem weiterhin ihre Lippen streifte. „Tut mir leid“, murmelte er, seine Pupillen vor Erregung geweitet. „So weit wollte ich nicht gehen.“

Rashana schüttelte den Kopf. „Es ist okay. Ich wollte es auch“, keuchte sie.

Sie starrten sich einen Moment lang an, die Spannung zwischen ihnen regelrecht greifbar. Rashana konnte nur daran denken, dass sie mehr wollte. Und niemand war hier, um ihr zu sagen, dass sie es nicht haben könnte. Sie hatte die Kontrolle. Also lehnte sie sich vor und Mek stöhnte leise, als ihre Lippen seine berührten.

Dieser Kuss war noch intensiver. Ihre Zungen kamen in einem heißen Tanz zusammen. Rashana hob ein Bein über Meks Oberschenkel und setzte sich rittlings auf ihn. Ihre Hände glitten über seine Brust und die harten Muskeln unter seinem Oberteil. Sie wollte jeden Zentimeter von ihm erkunden, seine Haut an ihrer spüren.

Mek packte ihre Hüfte mit einer Hand, während die andere ihre Seite nach oben wanderte, bis sein Daumen auf die Unterseite ihrer Brust stieß. Er rollte seinen Daumen über ihre empfindliche Brustwarze und neckte sie durch den Stoff ihres Shirts.

Sie rotierte ihre Hüfte, ihr Geschlecht nun heiß

und feucht. Als seine Zunge immer wieder in sie drang, sein Verlangen nach ihr wie ein Vulkan aufgestauter Lust, hörte sie in ihrem Kopf einen Chor singen. Er roch zitrusartig und reichhaltig, und ihr Verlangen nach ihm wuchs zu einem Sturm heran.

Schließlich brachen sie auseinander und schnappten beide nach Luft. Rashanas Verstand war vernebelt, ihr Körper kribbelte, wo sie und Mek sich berührten.

„Wir müssen uns etwas beruhigen", hauchte Mek.

„Warum?" Ihre Hände erkundeten weiterhin die harten Ebenen seiner Brust. Wie sah seine nackte Haut aus? Wie fühlte sie sich an?

„Ich bin eine der ersten Personen, die du außerhalb des Labors deines Vaters getroffen hast. Du solltest das Leben erkunden. Deine Alternativen. Du solltest dich nicht auf den ersten Mann festlegen, der dir über den Weg gelaufen ist. Es gibt Tovik und Chigs und Ek —"

Sie riss ihren Blick hoch und unterbrach ihn, bevor er weiter reden konnte: „Aber ich will nur dich."

Meks Gesichtsausdruck wurde sanfter, seine Augen liebevoll. „Okay, okay. Trotzdem können wir uns Zeit lassen, *Kamiken*. Wir sollten die Gesellschaft des anderen genießen.“

Sie nickte, denn sie wusste, dass er nicht länger Argumente vorbringen würde. Sie legte ihren Kopf an seine Schulter. Alles an seiner Berührung, an seinem muskulösen Körper unter ihrem, versicherte ihr, dass dies der Beginn von etwas Besonderem war. Nur sprach seine Stille von einer Realität, die ihr nicht gefiel.

Er ist sich bei uns noch nicht sicher. Und ausgehend davon, dass ihre Kräfte zurückkehrten, konnte sie ihm das nicht mal verübeln.

KAPITEL ZWÖLF

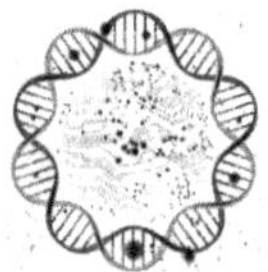

Rashana hatte eine unruhige Nacht, ihr Verstand überschlug sich mit Gedanken an Mek und Emmy. Sie hatte das Gefühl, dass sie versuchte, Freundschaften zu knüpfen, während sie auf der Kante einer Klinge balancierte. Mek aufzugeben, war keine Option – das fühlte sie in ihrer Seele –, was bedeutete, dass sie mit Emmy sprechen musste. Aber wie?

Am nächsten Morgen, als Twerp sie zum Frühstück begleitete, fragte Rashana: „Glaubst du, Emmy ist nach gestern sauer auf mich?"

Twerp neigte ihre Kamera, um zu Rashana aufzuschauen. „Was ist gestern passiert?"

Die KI hatte offensichtlich keine ihrer Interaktionen bemerkt. Rashana seufzte. Insgeheim hatte sie gehofft, dass Twerp bereits eine passende, computergenerierte Lösung für diese Situation berechnet hätte. „Gestern bat ich Mek, ein Stück mit mir zu gehen. Ich wusste nicht, dass Emmy an ihm interessiert ist, und ich kenne die Regeln nicht, wenn eine Freundin einen Mann zuerst mag.“

„Ah, ich verstehe“, sagte Twerp und ihre Stimme klang menschlicher als sonst. „Die Regeln für Beziehungen verwirren mich auch oft. Ausgehend von meinen Interaktionen mit Emmy glaube ich, dass sie ein offenes Gespräch in dieser Angelegenheit schätzen würde, damit ihr zusammen zu einer Lösung finden könnt.“

Rashana holte tief Luft und nickte entschlossen. „Weißt du, wo sie jetzt sein könnte? Sie kommt nie zum Frühstück.“

„Weiß ich. Sie hat im Frachtraum eine Kiste mit antiken Büchern gefunden und richtet etwas ein, das sie Bibliothek nennt.“

„Können wir gleich jetzt zu ihr gehen?“ Obwohl es Rashana nicht abwarten konnte, Mek in der Kantine zu sehen, wusste sie, dass sie zuerst mit Emmy reinen Tisch machen sollte. Zudem würde ihr Magen gerade wohl eh keine Nahrung akzeptieren.

„Natürlich.“

„Danke, Twerp. Du bist eine gute Freundin."

Twerp piepte glücklich und sie machten sich auf den Weg zum Frachtraum. Mit einem Buch auf dem Schoß fanden sie Emmy im Schneidersitz auf einer Kiste. Ihr Kopf war nach unten geneigt, völlig in den Bann gezogen von den Worten auf den Seiten.

„Hey", sagte Rashana und näherte sich ihr vorsichtig.

Emmy blickte auf und ihr Gesichtsausdruck verwandelte sich sofort von begeistert zu reserviert. „Hey", entgegnete sie gedehnt und schloss ihr Buch. „Ist alles okay?"

Jede Zelle in Rashanas Körper war nervös, was mit Übelkeit einherging. „Ich wollte darüber reden, was gestern passiert ist."

Emmy seufzte und wandte den Blick ab. „Ich habe mich kindisch benommen. Das weiß ich. Es tut mir leid."

Rashana schluckte schwer. Eine Entschuldigung war das Letzte, was sie erwartet hatte. Könnte Emmy es wirklich ernst meinen? Rashana ließ ihre empathische Kraft los, um dies herauszufinden, und fragte: „Du bist nicht sauer auf mich?"

„Um ehrlich zu sein ... Anfangs war ich das. Allerdings habe ich mich die halbe Nacht an

Marlis' Schulter ausgeweint. Schließlich habe ich mich mit der Realität abgefunden." Emmy schenkte ihr ein schwaches Lächeln. „Ich hätte den Wink mit dem Zaunpfahl schon vor langer Zeit verstehen sollen. Seit ich mich der Rebellion angeschlossen habe, versuche ich Mek zu zeigen, dass ich interessiert bin. Nur blockt er mich immer wieder ab. Ich sagte mir die ganze Zeit, dass es einfach daran liegt, dass er zu beschäftigt ist und irgendwann merken würde, dass ich die Richtige für ihn bin. Gestern Abend war es jedoch sehr offensichtlich, dass er meine Gefühle nicht erwidert."

Ein Wirbel aus Sehnsucht und Bedauern sonderte von Emmy ab. Selbst ohne ihre Kräfte schafften es der Schmerz und die Enttäuschung in Emmys Augen, dass Rashanas Herz für ihre neue Freundin blutete. „Es tut mir leid, Emmy. Ich wusste nicht, dass du ihn magst, und ich fühle mich schrecklich, dass ich dich damit verletze."

„Nur weil ich ihn mochte, heißt das nicht, dass er mir gehört." Emmy schüttelte den Kopf. „Ich hoffe, dass es zwischen euch beiden klappt."

Der Schmerz in Rashanas Brust verstärkte sich bei Emmys aufrichtigen Worten. „Heißt das, dass wir immer noch Freunde sein können?"

Emmys Gesicht wurde sanfter. „Natürlich! Mir geht es gut, das verspreche ich. Und ich will nicht, dass Mek zwischen uns kommt. Ich kann sehen, warum er dich mag. Du bist mutig und selbstbewusst."

Rashana fühlte sich alles andere als selbstbewusst. Die Panik, die gerade durch sie hindurchrollte, würde sie wahrscheinlich gleich zerquetschen. „Wir haben uns gestern Abend geküsst, aber dann hat er mir gesagt, dass er es langsam angehen will." Ihre Stimme war eher ein Flüstern, als sie an etwas dachte, was Emmy ihr mitgegeben hatte: „Glaubst du, dass er das nur als Ausrede benutzt, weil er mich nicht will?"

Emmy seufzte. „Ich habe gesehen, wie er dich ansieht, Rashana. Er ist total von dir verzaubert. Vielleicht ist er noch nicht bereit, seine Gefühle zuzugeben. So sind die Männer manchmal. Gib ihm einfach etwas Zeit."

Rashana nickte. Emmy hatte wohl Recht. *Vorausgesetzt, ich habe Zeit.* Die Art und Weise, wie sie in letzter Zeit gegen ihre Kräfte ankämpfen musste, machte ihr Sorgen. Hoffentlich würde ihre heutige Behandlung es ihr erleichtern, ihre Fähigkeiten zu unterdrücken.

„Ich kann es nicht erwarten, Mek glücklich zu

sehen", fuhr Emmy fort. „Er verdient eine gute Frau."

„Aber was ist mit dir?", fragte Rashana. Sie hatte das starke Bedürfnis, ihrer Freundin zu helfen.

Emmy schenkte ihr ein kleines Lächeln. „Ich komme schon zurecht. Mek und ich sind Kollegen und Freunde. Daran wird sich nichts ändern."

Seit gestern Abend war dies das erste Mal, dass sich Rashanas Schultern wieder entspannten. Sie wollte im Moment mehr als alles andere ihre Freundin umarmen, aber ein Leben ohne Berührung ließ sie zögern. „Danke dir", hauchte sie sehnsuchtsvoll.

Emmy stand auf, breitete ihre Arme aus und umarmte Rashana so fest, dass ihr die Tränen kamen. „Ich weiß es zu schätzen, dass du gekommen bist, um mit mir zu sprechen. Das bedeutet mir viel."

Rashana erwiderte die Umarmung und lächelte so breit, dass ihre Wangen schmerzten. Sie würde sich später noch einmal bei Twerp für den guten Rat bedanken.

„Gruppenumarmung!", sagte Twerp, die während des Gesprächs ungewöhnlich still geblieben war, und Rashana spürte, wie sich spindeldürre Metallarme um sie und Emmy schlangen. Sie hatte das Gefühl, gleich vor Glück zu platzen, und legte eine Hand auf die kastenförmige Schulter der KI. Emmy lachte und tat dasselbe.

„Ein paar von uns gehen heute Abend zum Aussichtsdeck", sagte Emmy, als sie sich zurückzog. „Du und Twerp solltet auch kommen."

„Gern. Dann sehen wir uns dort."

„Ich werde Snacks mitbringen!", bot Twerp an.

Sie überließen Emmy ihren Büchern und gingen zur Kantine, um zu frühstücken. Rashana konnte mit dem Grinsen einfach nicht aufhören. Emmys Freundlichkeit und ihre verständnisvolle Reaktion schickten ein Gefühl der Erleichterung durch sie, während Twerps schrullige Persönlichkeit es stets schaffte, ihr ein Lächeln ins Gesicht zu zaubern. Und jetzt hoffte sie, Mek beim Frühstück in der Kantine anzutreffen. Ihr Magen flatterte. *Vielleicht bekomme ich noch einmal die Chance, ihn zu küssen.*

Sie war gerade aus dem Fahrstuhl getreten, als eine plötzliche Welle der Wut ihr Blut erhitzte. Abrupt hielt sie an und sah sich im Korridor um. Es fühlte sich an, als würde sie jemand beobachten. Sie sah mehrere offene Türen, aber der Korridor blieb leer.

„Ist alles in Ordnung, Rashana?", fragte Twerp.

„Ich stelle einen unerwarteten Anstieg deiner Herzfrequenz und die Beschleunigung deiner Atmung fest."

Rashana wollte nicht verraten, dass sie jemanden wahrnahm. Jedoch befürchtete sie, in Gefahr zu sein, sodass sie entschied, auf dem Weg zur Kantine einen Zahn zuzulegen. Wenn Mek dort war, würde er sie beschützen. „Ich freue mich einfach, Mek gleich zu sehen."

Als sie um eine Ecke in die Kantine ging, warf sie einen Blick zurück in die Richtung, aus der sie gekommen war, unfähig, das Gefühl, beobachtet zu werden, abzuschütteln. Könnte es Rust sein? Sie konnte es ihm nicht vorwerfen, wenn er einen gewissen Groll gegen sie hegte, aber würde er ihr wirklich auf diese Weise auflauern? Vielleicht wäre es besser, wenn sie sich bei dem Cyborg entschuldigte und Wiedergutmachung leistete.

KAPITEL DREIZEHN

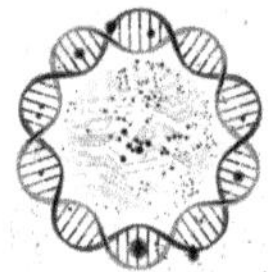

An Bord der Hardship marschierte Mek durch sein Quartier, von einem Ende zum anderen und wieder zurück. Dabei spielte sich der Kuss in Dauerschleife in seinem Kopf ab. Er hatte sich ihr mit den besten Absichten für einen harmlosen Spaziergang angeschlossen. Sein Plan war es gewesen, ihr seine Freundschaft anzubieten. Obwohl sich Emmy und die Mannschaft an sie gewöhnten, war immer noch er Rashanas erster und primärer Kontakt. Schließlich hatte er sie aus ihrer Gefangenschaft befreit – das Mindeste also hätte es sein müssen, sicherzustellen, dass sie sich langsam eingewöhnte. Doch in dem Moment, in dem sie seine Wange berührt und in seine Augen geschaut hatte, war alle Zurückhaltung in Rauch aufgegangen. *Ich hätte es nicht so weit kommen lassen dürfen.*

Ohne nachzudenken, hatte er sie während des Kusses mit seinen Kräften angestupst. Auch jetzt spürte er noch dieses wohlige Gefühl, das ihm sagte, wie richtig diese Verbindung war. Nur ein Denaidaner, der seine biologisch passende Partnerin gefunden hatte, konnte so fühlen. Wenigstens wusste er nun, warum er sie so unwiderstehlich fand: Rashana war seine perfekte Gefährtin. Die Resonanz war unbestreitbar. Sogar jetzt, Stunden später, verharrte ihr zarter Duft in seiner Nase, und das Gefühl ihres weichen Körpers hatte sich wie ein Brandzeichen in seinem Gedächtnis verewigt. Mehr noch, ihre Ionenfrequenz fühlte sich an, als würden sie emotional zusammenpassen. Ein Bund, von dem die meisten Denaidaner nur träumen konnten – vorausgesetzt, sie spürte es auch.

Nur war Rashana seine Patientin, und er hatte zu viel zu tun, um sich von einer Gefährtin ablenken zu lassen. Nicht zu vergessen: Sie war einzigartig, die letzte Denaida-Frau in diesem Universum. Was auch immer Dollard mit ihrer DNA angestellt hatte, machte sie nach allem, was er wusste, zu einer perfekten Ergänzung für jeden Denaida-Mann in der Flotte. Es war nur fair, dass sie die Chance bekam, jeden Einzelnen von ihnen kennenzulernen.

Sie gehört mir!, schrie eine Stimme in seinem Kopf, die alle rationalen Gedanken übertönte. *Ich habe sie zuerst gefunden!*

Seufzend setzte er sich mit angespannten Schultern auf den Rand seiner Koje und drückte die Handballen gegen seine Augen. Die gebogenen grauen Wände schienen zu nah, und das Geräusch von jemandem, der auf etwas einhämmerte, reichte aus, um das Deck zum Vibrieren zu bringen. Er hatte das Frühstück verpasst und sollte wirklich zurück ins Labor gehen, um seine Arbeit fortzusetzen, aber der Drang, Rashana aufzusuchen und sie zu seiner zu machen, quälte ihn wie ein unerreichbarer Juckreiz. Wie sollte er sich so auf etwas anderes konzentrieren?

Er starrte auf die Tür zu seinem Quartier und wusste, dass er sich hier nicht ewig verstecken konnte. Rashanas nächste Behandlung war heute, und wenn der Kuss im Garten etwas bewiesen hatte, dann, dass er in ihrer Nähe jegliche Selbstbeherrschung verlor. Wie sollte er ihr gegenübertreten, ohne erneut seinen Verstand zu verlieren? Er brauchte jemanden, der ihn herunterholte und beruhigte.

Mek atmete tief ein, verließ sein Zimmer und machte sich auf den Weg zum Quartier des Kapitäns. Qaiyaan war am längsten in einer Beziehung. Vielleicht hatte er einen Rat für ihn, wie er mit diesen Trieben umgehen sollte. Die Hardship war kein großes Schiff, und als er die Brücke leer vorfand, stapfte er die Frachtrampe hinunter in die Shuttle-Bucht der Icarus. Mindestens die Hälfte der Rebellenflotte war an Bord, und die Bucht war mit verschiedenen Schiffen gefüllt, die lange benötigten Reparaturen und Wartungsarbeiten unterzogen wurden.

Qaiyaan schlug einen massiven Hammer gegen einen Teil der beschädigten Schildpanzerung der Hardship. Sein zotteliges Haar hatte er zu einem Knoten zurückgebunden, und seine nackte, bronzefarbene Brust tropfte vor Schweiß. Bei jedem Schlag brüllte er, als versuche er, dem Rumpf ein Geständnis zu entlocken. „Dummer ... Blaster ...“

„Captain, kann ich dich kurz sprechen?“, schrie Mek über den Lärm.

Qaiyaan entließ seinen ionischen Halt, sprang zurück aufs Deck und wischte sich den Schweiß von der Stirn. Er stellte den Hammer ab und stützte sich keuchend auf den Griff. „Sicher. Ich könnte eine Pause vertragen. Ist was passiert?“

Mek rieb sich den Nacken und sagte: „Es geht um Rashana.“

Beim Klang ihres Namens tauchte ein Paar vertrauter großer, nackter Füße unter dem Bauch des Schiffes auf. Tovik. „Was ist mit Rashana?“, fragte der junge Denaidaner.

Mek stöhnte. Das Letzte, was er jetzt brauchte, war Toviks von Eifersucht getriebene Neugier. Wie sollte er sein Dilemma nun beschreiben? „Ich habe ... ihre Daten studiert und ... ähm ...“

„Du hast sie geküsst, oder?“, beschuldigte Tovik ihn und stemmte seine mit Öl beschmierten Hände in seine Hüften.

Meks Wangen färbten sich blaugrün. „Wieso sagst du das? Hast du uns ausspioniert?“

„Das musste ich gar nicht.“ Tovik wirkte beleidigt. „Jeder konnte gestern Abend die Energie zwischen euch spüren.“

Mek atmete langsam aus. Er hatte nicht gemerkt, dass es so offensichtlich gewesen war. Nun konnte er genauso gut das Pflaster abreißen. „Na gut, ja. Und, äh, soweit ich das beurteilen kann ...“ Er schluckte. „Wir teilen Resonanz.“

„Glückwunsch, *Iluq*!“, sagte Qaiyaan mit einem breiten Grinsen im Gesicht, als er Mek fest auf den Rücken schlug.

„Ich hatte also Recht. Du hast sie geküsst", sagte Tovik und seine Schultern sackten nach unten.

Mek schüttelte den Kopf und gab zu bedenken: „Du verstehst nicht. Ich kann mir keine Gefährtin nehmen. Zum einen ist sie meine Patientin, aber ich habe gerade auch zu viel Arbeit, um ihr die Aufmerksamkeit zu schenken, die sie verdient."

„Hat nicht sowieso der größte Teil deiner Arbeit mit ihr zu tun?", fragte Qaiyaan.

Mek funkelte ihn an. „Hast du nicht gehört, dass sie meine Patientin ist?"

„Jeder in der Flotte ist dein Patient", betonte Qaiyaan. „Du kannst dir wegen dieses einen Details nicht die Chance auf eine Gefährtin verweigern."

„Was ist mit den anderen Männern in der Flotte, die passend für sie sein könnten?" Mek sah direkt in Qaiyaans Augen und mied Toviks Blick. „Sie braucht mehr Zeit, damit sie alle kennenlernen kann."

„Willst du sie nicht?" Tovik starrte ihn mit offenem Mund an.

„Natürlich will ich sie." Mek rieb sich mit beiden Händen über das Gesicht. „Ich bin mir sicher, jeder ledige Mann auf diesem Schiff will sie."

Qaiyaan legte eine Hand auf seine Schulter.

„Hör auf, dir Sorgen um andere zu machen, und denke zur Abwechslung einmal an dich selbst."

„Ich bin Arzt. Es ist mein Job, andere Leute an die erste Stelle zu setzen."

„Dann tu das auch." Tovik verschränkte die Arme vor der Brust. „Was will Rashana? Einen Gefährten zu finden, ist ein seltenes Geschenk. Nicht nur für dich, sondern auch für sie. Die Wahrscheinlichkeit, dass sie Resonanz mit jemand anderem teilt, ist extrem gering. Stimmt's, Qaiyaan?"

„Stimmt." Der Kapitän schenkte Tovik ein mitfühlendes Lächeln.

Mek blinzelte. Trotz seiner Unbeholfenheit war der Junge manchmal überraschend weise. Aber Mek war noch nicht bereit, nachzugeben. „Ich bin mir nicht einmal sicher, ob sie die Resonanz so gespürt hat wie ich."

„Na dann sag ihr, was du gefühlt hast", sagte Tovik. „Frauen hören gerne Liebeserklärungen."

„Tovik hat Recht. Du musst mit ihr reden. Der Versuch, zu leugnen, was du fühlst, wird alles nur schlimmer machen. In dem Punkt weiß ich, von was ich spreche."

Mek seufzte. Er war Zeuge davon geworden, wie Qaiyaan mit seinen Emotionen gerungen hatte, als er entdeckte, dass Lisa – ein Mensch – seine Gefährtin war. Alle hatten sie befürchtet, dass die Paarung sie umbringen würde, aber am Ende konnte Qaiyaan der Versuchung nicht widerstehen. Doktor oder nicht, auch Mek würde nicht lange widerstehen können, zumal er Rashana nicht aus dem Weg gehen konnte, wenn er ihre Behandlungen fortsetzen wollte. „Okay. Ich werde noch heute mit ihr sprechen."

Tovik grinste. „Viel Glück, *Iluq*!"

Qaiyaan schlug ihm erneut auf den Rücken. „Hol sie dir, Mek."

Mit einem Kloß im Hals drehte sich Mek um und ging zum Labor. Er brauchte etwas Zeit, um seine Gedanken zu ordnen und sich auf Rashanas Anblick vorzubereiten. Wie sollte er dieses Thema mit ihr ansprechen? „Hey Rashana, ich muss deinen Puls messen – oh, und apropos Puls, du bringst meine Herzen zum Rasen." Er rieb mit einer Handfläche über sein Gesicht. Vielleicht wäre es hilfreich, wenn er dieses Gespräch genauso klinisch angehen würde, wie er das mit all seinen Patienten tat. Zuerst musste er sicherstellen, dass sie wusste, was eine Denaida-Paarung bedeutete. Er war sich ziemlich sicher, dass sie keine Ahnung hatte. Dollard schien nicht die Art von Vater zu sein, der sich die Mühe machen würde, seine Nachkommen aufzuklären. Sie musste alle Informationen kennen, bevor sie sich von ihren Hormonen überwältigen ließ. Sobald sie wusste, wie ernst – wie dauerhaft – die Bindung sein würde, könnte sie ihre Meinung in Bezug auf ihn sehr wohl ändern.

Ja, genau das würde er tun. Alles erklären. Er würde alles vor ihr darlegen und sie entscheiden lassen, wie sie fortfahren wollte.

Mit einem tiefen Atemzug begann Mek, alles für Rashanas Behandlung vorzubereiten. Unabhängig davon, wie sie sich entschied, würde er ihren Wunsch respektieren. Das musste er.

Aber *usviiqe*, er war sich nicht sicher, ob seine Herzen es ertragen könnten, wenn dieser Wunsch ihn nicht einschloss.

KAPITEL VIERZEHN

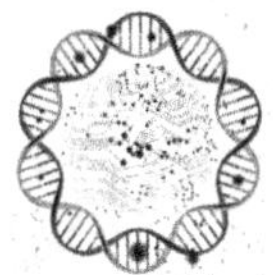

Mek war nicht beim Frühstück, also beeilte sich Rashana mit dem Essen und ging gleich danach für ihre Behandlung zum Labor. Ihre Lippen kribbelten, als sie sich an den Kuss erinnerte, den sie gestern Abend geteilt hatten, und das Einzige, woran sie denken konnte, war, es noch einmal zu tun. Die Tür öffnete sich und Mek blickte mit angespannten Schultern von seinem Schreibtisch auf. „Du bist früh dran. Ist alles in Ordnung?"

Trotz ihrer Bemühungen, ihre Macht in Schach zu halten, fing sie von ihm einen Hauch von etwas ein, das sich wie Nervosität anfühlte. „Es geht mir gut." Sie zwang sich zu einem Lächeln und versuchte, die Schuldgefühle zu unterdrücken, die sich bei der Lüge schwer auf ihre Brust legten. „Ich möchte nur, dass es endlich mit der Behandlung weitergeht.“

Meks Augen verengten sich. „Sind deine Kräfte zurück? Spürst du ein Unbehagen, wenn du in der Nähe von Leuten bist?“

Ein Knoten bildete sich direkt unter Rashanas Brustkorb. *Nebulas.* Wusste er es? Wenn sie ihm sagte, dass sie seit ein paar Tagen wieder ein höheres Bewusstsein für Emotionen hatte, würde er sie wahrscheinlich erneut unter Quarantäne stellen. Erwischte er sie jedoch bei einer Lüge, würde das ihrer Freiheit mit Sicherheit auch ein Ende setzen. Sie beschloss, ihm nur von dem jüngsten Vorfall zu erzählen. „Auf dem Weg zum Frühstück dachte ich, Wut wahrgenommen zu haben. Nur war der Korridor leer, also ist es gut möglich, dass ich mir das alles nur eingebildet habe.“

Sein simples Stirnrunzeln wandelte sich zu Alarm, und er sah zu der KI. „Twerp?“

„Niemand näherte sich innerhalb der Distanzparameter, die du mir gegeben hast. Möchtest du, dass ich die Aufzeichnungen checke?“

„Ja. Sag mir, was du findest.“

„Bin dabei.“ Twerp drehte sich um und rumpelte aus dem Labor.

Mek erhob sich, nahm ihre Hand in seine und schickte so einen Lustschauer über ihren Arm. Er führte sie zu einem Untersuchungstisch und half ihr hoch. „Wenn du etwas wahrnimmst, erhöhe ich besser deine Dosis.“

Es erstaunte sie immer wieder, wie sicher sie sich mit ihm fühlte. Wie lebendig. Mit ihm in ihrer Nähe fürchtete sie nicht, was sie im Korridor wahrgenommen hatte. Plötzlich schüchtern schaute sie durch ihre Wimpern zu ihm auf. „Ich denke, du musst mich von nun an persönlich im Auge behalten.“

Obwohl sein Gesicht ernst blieb, glaubte sie, einen interessierten Funken in seinen Augen zu entdecken. „Du bist entschlossen, mich in Versuchung zu führen, oder?“

Rashana biss sich auf die Unterlippe und spürte, wie die Hitze von ihrer Brust in ihr Gesicht stieg. „Vielleicht ein bisschen.“

Sein Blick flackerte über ihr Gesicht, bevor er auf ihren Lippen zur Ruhe kam. Dann schien er sich zu schütteln. „Im Moment bin ich dein Arzt. Konzentrieren wir uns auf deine Behandlung, okay?“

Die Sehnsucht, ihm näher zu kommen und herauszufinden, was er fühlte, war regelrecht überwältigend. Stattdessen drückte sie die Schultern durch und zog ihre Hand aus seiner. „Du hast Recht. Wir sollten anfangen."

Als sie sich auf den Tisch legte, konnte sie nicht anders, als sich Sorgen zu machen. Sie spürte in ihrem Herz, dass es nur eine Frage der Zeit war, bis die Behandlung keine Wirkung mehr zeigte. Was sollte dann aus ihr werden? Die Crew schien definitiv aufeinander aufzupassen, und sie wollte sich unbedingt einen Platz in ihren Reihen verdienen, nur hatte sie abgesehen von ihrer einzigartigen DNA wenig zu bieten.

Sie beobachtete Mek, während er die Behandlung vorbereitete. Sie bewunderte seinen starken Kiefer, den Bronzeschimmer seiner Haut und die Art und Weise, wie sich seine Finger mit geschickter Zuversicht bewegten. Er war auf eine faszinierende Art und Weise attraktiv, und es überraschte sie, dass er vor ihr nur Emmy aufgefallen war. Oder hatten andere Frauen ihn bemerkt und sie wusste es einfach nicht? Bei dem Gedanken knirschte sie mit den Zähnen.

Mek drehte sich zu ihr um und hielt nun den Hypo-Injektor. „Bist du bereit?"

Sie nickte und lächelte, obwohl sie zusammenzuckte, als er das Medikament injizierte.

Die vertraute Wärme breitete sich in ihren Adern aus, und sie spürte, wie ihre Kraft gedämpft wurde. Sie wünschte, ihre Macht würde für immer verschwinden, damit sie sich nie wieder um ihre Freiheit sorgen müsste.

Mek beobachtete sie aufmerksam, sein Gesichtsausdruck unlesbar. „Wie fühlst du dich?"

„Diesmal kein seltsamer Geschmack." Sie setzte sich auf und schwang ihre Beine über die Kante, wo sie zunächst sitzen blieb. „Aber es scheint zu funktionieren. Ich wünschte nur, es wäre dauerhaft."

Er seufzte. „Du klingst wie meine Schwester." Er lehnte sich vor und sah ihr in die Augen. „Ich möchte etwas klarstellen: Deine Fähigkeiten sind stark, aber sie sind *nicht* unnatürlich. Ich hoffe wirklich, dass wir sie nicht für immer unterdrücken müssen. Tatsächlich mache ich mir Sorgen um dich. Sobald das Medikament nicht mehr wirkt, werden die Emotionen auf dich einschlagen, dich überwältigen und dir Schmerz bereiten. Ich hoffe, die Heiler auf Oruq Nine können uns helfen, damit du deine Kräfte besser kontrollieren kannst."

Sie erinnerte sich, gehört zu haben, dass die bevorstehende Reise mit Risiken verbunden war. Die Rebellen bezahlten das Kartell, um an

Informationen zu kommen, mit denen sie den Syndicorp-Troopern aus dem Weg gehen konnten. Eine Besatzung hatte einen Gefallen eingefordert, um sich auf dem Planeten den Zugang zu einem Genlabor zu sichern. Und Mek hatte einige Stunden damit verbracht, die Akten ihres Vaters zu durchforsten. Sie schuldete dieser Crew viel. „Danke, dass du dir all diese Mühe für mich machst. Ich hoffe, dass ich diese Freundlichkeit eines Tages erwidern kann."

Mek streckte die Hand aus und schob eine Haarsträhne aus ihrem Gesicht. Seine satten braunen Augen fanden die ihren. „Du bist nicht die Einzige, die die Hilfe der Heiler in Anspruch nehmen will. Es gibt keinen Grund, sich schuldig zu fühlen." Seine Fingerspitzen streichelten ihre Haut. Mehr denn je war sie sich nun seiner Gegenwart bewusst. „Du bist einfach wunderschön, sowohl äußerlich als auch innerlich."

Das Kompliment ließ Rashanas Herz höherschlagen, und Hitze kroch ihr in die Wangen. Sie hatte sich nie für schön empfunden, besonders nicht mit Fähigkeiten, die ihr das Gefühl gegeben hatten, ein Monster zu sein.

„Danke", sagte sie. Auch sie konnte hören, wie atemlos sie klang.

Meks Hand glitt über ihre Wange und sie erschauerte bei der Berührung. „Ich meine es ernst, Rashana. Du bist eine unglaubliche Frau. Stark, intelligent und freundlich. Ich fühle mich auf eine Weise zu dir hingezogen, die mich umhaut. Das Gefühl ist ... magnetisch."

Ihr Herz setzte einen Schlag aus, und alles, was sie tun konnte, war zu nicken.

Dann ließ er die Hand fallen und schloss die Augen, sein Ausdruck gequält. Mit einem Seufzer sagte er: „Bevor wir noch weiter gehen, gibt es etwas, das wir besprechen müssen."

Das Flattern in Rashanas Bauch brach abrupt ab. Sie wusste, was jetzt kommen würde. Die Worte, vor denen sie sich fürchtete, würden gleich über seine Lippen treten. *Er wird mir sagen, dass er zwischen uns keine Zukunft sieht.*

KAPITEL FÜNFZEHN

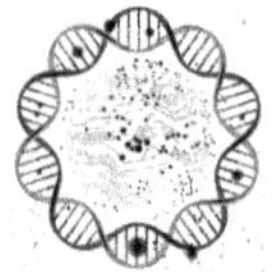

Mek zog sich auf die andere Seite des Labortisches zurück und ließ es so aussehen, als wäre er mit der Ausrüstung beschäftigt. Der Abstand war notwendig, da er dieses Gespräch sonst nicht überstehen würde. *Im Moment bist du ihr Arzt,* erinnerte er sich.

Rashana runzelte besorgt die Stirn. Sie hüpfte vom Untersuchungstisch und ging auf ihn zu. „Stimmt etwas nicht?"

„Es ist alles gut." Er hob eine Hand, um sie zu stoppen. „Ich muss mit dir nur über etwas Wichtiges reden."

Sie blieb stehen und atmete scharf ein. „Oh. Ist es ... willst du die Sache zwischen uns beenden?"

„Was?" Er riss den Kopf hoch und sah ihr

direkt in die Augen. „Wie kommst du denn darauf?"

„Emmy hat mir erzählt, dass du ihre Annäherungsversuche immer wieder abgewimmelt hast. Daher nahm ich an, dass du das jetzt auch mit mir machen wirst." Sie hob ihr Kinn und begegnete seinem Blick mit einer Aufrichtigkeit, bei der sich sein Primärherz schmerzhaft zusammenzog. „Ich weiß über Sex Bescheid, aber ich lerne immer noch, wie Beziehungen funktionieren, also würde ich es schätzen, wenn du ehrlich bist."

Er fuhr mit der Hand durch sein Haar und überlegte, wie er das Thema ansprechen sollte. „Nein, das habe ich nicht vor. Ganz und gar nicht. Ich will dich, Rashana. Das habe ich von dem Moment an, als ich dich das erste Mal gesehen habe. Aber ..." Er holte tief Luft. „Es gibt eine Menge Dinge, die du nicht weißt."

Sie presste die Lippen zusammen. „Ich weiß, dass ich dich auch will."

Er konnte nicht anders, als zu lächeln. *Usviiqe*, er liebte ihre Entschlossenheit. „Lass es mich einfach erklären, okay?"

Sie verschränkte die Arme vor ihrer Brust, ging zu einem Hocker, nahm schnaufend Platz und sah ihn erwartungsvoll an.

Nur der Gedanke an Sex mit ihr ließ seinen Schwanz schmerzhaft pochen. Darüber zu sprechen, würde es nur noch schlimmer machen. Um sich zu beruhigen, holte er tief Luft. „Rashana, hast du jemals von Resonanz gehört?"

Sie schüttelte verwirrt den Kopf. „Nein. Was ist das?"

„Es ist eine biologische Reaktion, die zwischen Denaidanern auftritt, wenn wir einen potenziellen Gefährten finden", erklärte er, wobei er ihren Blick mied. „Es ist eine Art Frequenz, die wir fühlen können – und ein Grund dafür, warum du deine Kräfte hast. Diese Frequenz ist es, die uns zu unseren Gefährten zieht."

„Gefährte." Rashana zog die Augenbrauen zusammen, bevor sie regelrecht zu ihrer Haarlinie schossen. „Willst du damit sagen, dass wir, weil wir fühlen, was wir fühlen, füreinander bestimmt sind?"

Er konnte die Welle der Freude nicht zurückdrängen, da er nun wusste, dass sie fühlte wie er. Trotz allem musste er jetzt wieder den Arztmodus einschalten und Abstand halten, bis sie alle Informationen hatte. „Vielleicht, ja. Zumindest bedeutet es, dass wir körperlich kompatibel sind. Immer, wenn Denaidaner intim sind, besteht die Möglichkeit, dass sie eine dauerhafte emotionale und körperliche Verbindung eingehen. Einen Gefährtenbund. Deshalb sind wir vorsichtig, mit wem wir intim werden."

„Was meinst du mit dauerhaft?"

„Es ist fast unmöglich die Verbindung zu brechen. Sie reicht tief, und die Vorzüge sind bei jedem Paar verschieden. Der Punkt ist, dass wir die Anziehungskraft zwischen uns nicht leichtfertig betrachten können. Du musst absolut sicher sein, dass du Resonanz mit mir fühlst. Wir müssen uns die Zeit nehmen, uns kennenzulernen, bevor wir ..." Sein Schwanz war nun so hart, dass es an Folter grenzte. „... weiter gehen."

Sie starrte ihn einen Moment an, stand dann auf und ging um den Labortisch herum. Bevor er verstand, was gerade passierte, schlang sie ihre Arme um seine Taille. „Okay. Ich verstehe." Sie sah ihn mit einem sinnlichen Grinsen an. „Dann lass uns mal damit anfangen, uns besser kennenzulernen."

Bevor er protestieren konnte, presste sie ihre Lippen auf seine. Er stöhnte und wusste, dass er ihr nicht widerstehen konnte. Sie war so weich und ihr Körper formte sich perfekt an seinen. Er spürte ihren Herzschlag, und sie roch nach Geißblatt. Seine Arme schlangen sich um sie und er zog sie enger an sich, ihr dunkles Haar – so weich wie Pyrelux-Seide – ergoss sich über seine Arme. Ellam Cua, noch nie hatte er jemanden so sehr gewollt.

Er lehnte sich zurück und schnappte nach Luft. „Rashana ..." Seine Stimme kam angespannt heraus, sein Körper loderte vor Erregung.

„Nein", sagte sie bestimmt. Sie packte sein Gesicht und zwang ihn, ihrem Blick zu begegnen. „Du wirst nicht wieder einen Rückzieher machen. Das lasse ich nicht zu. Wir können die Dinge langsam angehen, aber das bedeutet nicht, dass wir eine Vollbremsung einlegen müssen." Sie hob sich auf die Zehenspitzen und presste ihren Mund erneut auf seinen.

Diesmal versuchte Mek nicht einmal, dagegen anzukämpfen. Er erwiderte den Kuss und seine Zunge stieß auf der Suche nach ihrer in ihren Mund. Sie schmeckte noch genauso süß wie in seiner Erinnerung, und er bekam nicht genug von ihr. Sie wimmerte, und er glitt mit seinen Händen über ihren Rücken und stoppte auf ihren hübschen kleinen Arschbacken. *Anaq,* sie war perfekt. Perfekt für ihn. Genau hier gehörte sie hin.

Ihr Mund verlangte ihm alles ab, ihre Zunge erkundete seinen Mund, während ihre Hände über seine Brust nach oben wanderten und sich in seinem Nacken verschränkten. Die sanften Geräusche, die sie von sich gab, machten ihn wild. Er wollte diese Geräusche die ganze Zeit hören und dabei jeden Zentimeter ihres exquisiten Körpers mit Küssen bedecken.

Nach einer Weile glitt sie mit einer Hand zu ihrer Hüfte, wo sie den Knopf ihrer Hose öffnete.

„Warte", sagte er mit heiserer Stimme. Wenn sie sich auszog, wäre er erledigt. „Das können wir nicht tun."

Sie ignorierte ihn, nahm seine Hand und führte sie an ihrem Hosenbund vorbei. Als seine Fingerspitzen auf ihre Spalte trafen, entrang ihr das sexieste Keuchen, das er je gehört hatte. „Berühre mich endlich", sagte sie. „Bitte."

Er konnte ihr nicht widerstehen. „Du bist so feucht", hauchte er, als er mit einem Finger durch ihre Nässe glitt. Sie stöhnte, wölbte sich ihm entgegen und rieb sich an seiner Hand.

Schnell übernahm er die Kontrolle, erkundete und betörte ihre Pussy, übte Druck auf die Klitoris aus, da er wusste, dass dieses Nervenbündel dazu in der Lage war, ihr die größte Lust zu bereiten. Er wünschte sich nichts sehnlicher, als in ihre Hitze zu gleiten. Er wollte von ihr umgeben sein, sich mit ihr paaren und sie zu seiner machen. Für den Moment jedoch würde er es einfach genießen, sie berühren zu dürfen.

„Fühlt sich das gut an?", fragte er, als er einen Rhythmus vorlegte, durch den, wie er wusste, eine Frau die Kontrolle verlieren konnte.

Sie warf den Kopf zurück, schloss die Augen und hauchte: „Mmmm."

Kaum in der Lage zu atmen, drückte er seinen Finger in ihre Pussy und ihre enge Nässe legte sich um seinen Finger.

Sie schnappte nach Luft und zuckte mit der Hüfte nach vorn, um mehr von ihm zu bekommen. „Oh, Nebulas."

„Du bist so eng", murmelte er durch zusammengebissene Zähne und stieß langsam in sie.

Sie stöhnte und rieb sich an seiner Hand. Immer schneller glitt er in sie, und so dauerte es nicht lange, bis ihre Beine zu zittern begannen. Er schlang seinen anderen Arm um ihren unteren Rücken und stützte sie, ohne seine erotische Invasion auf ihre Sinne zu unterbrechen. Jedes Mal, wenn sein Finger in sie glitt, wimmerte sie an seinen Lippen. Er wusste, dass sie kurz vor einem Orgasmus stand, und er wollte nichts weiter, als ihr Lust zu schenken.

Er krümmte seinen Finger in ihr, und sie schrie, während sich ihr ganzer Körper anspannte. Die Wände ihres Geschlechts pulsierten und ihre Pussy saugte an seinem Finger. Als ihr Orgasmus durch sie rollte, berührte er sie weiter und schwelgte in dem Ausdruck der Ekstase auf ihrem Gesicht. Ellam Cua, er konnte sich so glücklich schätzen. Sie war hinreißend.

Als sie langsam runterkam, flatterte sie mit ihren Augenlidern. Sie fand seinen Blick, ihre Brust hob und senkte sich mit ihren schnellen Atemzügen. Ihre Lippen waren leicht geöffnet, ihre Wangen gerötet und ihre goldenen Augen strahlten zu ihm auf.

„Das war ...“ Sie stieß ein wackeliges Lachen aus. „Wow.“

Behutsam zog er seinen Finger aus ihrer Hitze, hob ihn an seinen Mund und kostete von ihrem Nektar. Süß und berauschend – berauschender, als der stärkste kantarellianische Rum. Er stöhnte vor ungezügelter Begierde.

„Gut?“, fragte sie mit einem neckischen Grinsen.

„Du bist absolut köstlich.“ Seine Eier schmerzten, sein Schwanz war so hart, dass er ihn kaum noch spürte.

Sie streckte die Hand aus, legte sie auf seine Brust und glitt von dort nach unten in seine Hose, wo sie seine harte Länge fand. „Ich möchte auch von dir kosten."

Er stöhnte zum hundertsten Mal, umfasste sanft ihr Handgelenk und löste so ihre Hand von seiner Erektion. „Ich bin mir nicht sicher, ob ich bei deinem Mund Halt machen könnte, *Kamiken*. Heben wir uns diesen Schritt für das nächste Mal auf."

Ein träges Lächeln formte sich auf ihren Lippen. „Du willst ein nächstes Mal?"

„Will ich." Er küsste sie erneut, diesmal sanfter, und fand mit den Händen ihren Kiefer. Er wollte in den nächsten Stunden nichts anderes tun, als jede Kurve ihres Körpers zu erkunden.

Dies war der Moment, in dem ihm bewusst wurde, dass sie noch im Labor waren, mit Rashana auf einem Tisch, auf dem mehrere Gerätschaften standen. Bei dieser Erkenntnis wich er von ihr zurück. Was hätte er getan, wäre jemand reingekommen? Ganz zu schweigen davon, dass dieser Raum eine Erinnerung an ihr Gefängnis war. Sie hatte Besseres verdient.

Er nahm ihre Hand und führte sie zurück zu einem Hocker. „Wenn wir in Oruq Nine ankommen, möchte ich dich zum Abendessen ausführen."

Ihre Augen leuchteten auf. „Wirklich? Ein Date? In einem echten Restaurant?"

„Ja." Er lächelte. Es freute ihn, dass sie so aufgeregt klang. „Ein nettes Restaurant."

Sie lachte und ihre Wangen glühten. „Ich hatte noch nie ein Date."

„Nun, der Ort, den ich im Sinn habe, ist schick. Du brauchst etwas zum Anziehen. Hat Emmy dir gezeigt, wie man den Kleidungsreplikator benutzt?"

„Hat sie." Sie schaute auf die Tunika und die Hose, die sie trug. „Wir haben diese Sachen gemacht."

„Gut. Lass den Replikator ein Cocktailkleid programmieren."

In diesem Moment glitt die Tür auf. Twerp rollte herein und begann ohne Präambel zu sprechen: „Ich konnte nicht herausfinden, ob jemand in der Nähe war, als Rashana und ich auf dem Weg in die Kantine waren. Das liegt daran, dass Doug für die Suche nach Syndicorp-Trackern angeordnet hatte, viele der Überwachungskameras zu deaktivieren."

Er war froh, dass die KI nicht früher aufgetaucht war. „Okay." Er nickte. „Danke, dass du geschaut hast." Gerne hätte er gewusst, ob jemand Rashana beobachtet hatte. Sein erster Verdacht fiel auf Rust, da er wahrscheinlich wütend auf sie war. Solange der Cyborg nichts unternahm, um ihr zu schaden, sollte es kein Problem geben. Für den Augenblick würde er sich nur darauf konzentrieren, nach Oruq Nine zu kommen. „Twerp, kannst du Rashana zu dem Kleidungsreplikator bringen? Ich habe hier ein paar Dinge zu erledigen und werde mich euch später zum Abendessen anschließen."

„Natürlich", sagte Twerp. „Ich bin mit den neuesten Modetrends in der Galaxie gut vertraut."

Rashana warf Mek einen skeptischen Blick zu, ging aber zur Tür. „Dann sehen wir uns später."

Er grinste. „Ich kann es kaum erwarten."

Sie erwiderte mit einem vielsagenden Lächeln und ging dann mit erhobenem Kopf und verführerisch schwingenden Hüften durch die Tür. Er beobachtete sie, bis sich die Aufzugtüren hinter ihr schlossen.

Als er allein war, musste er sich eingestehen, dass es lange her war, seit er so glücklich gewesen war.

KAPITEL SECHZEHN

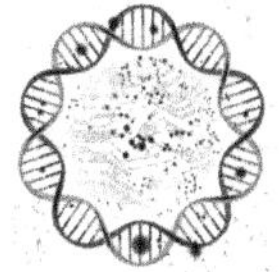

Nachdem Twerp ihr geholfen hatte, ein Kleid für ihr bevorstehendes Date herzustellen, spazierten sie durch die Korridore, um die Zeit bis zum Essen totzuschlagen. Rashana konnte sich kaum auf die Worte der KI konzentrieren, da ihr Verstand vollends mit Mek beschäftigt war. In all ihren Jahren, die sie eingesperrt in einem Labor verbracht hatte, hätte sich Rashana nie träumen lassen, dass sie in der Zukunft einen Liebhaber haben könnte, geschweige denn jemanden wie ihn. Sie hatte darüber nachgedacht, was er ihr über Resonanz und den Gefährtenbund erzählt hatte. So kompliziert das Ganze auch klang, es erklärte auch, warum sie sich so zu ihm hingezogen fühlte … warum sie sich verzweifelt nach seiner Berührung sehnte.

Ihre Wangen wurden heiß, als sie an seine Hand in ihrer Hose dachte. Sie wollte es noch einmal tun. Das und mehr. Zweifellos war dies mehr als nur bloße Anziehungskraft zwischen ihnen – es reichte so viel tiefer. Sie wollte unbedingt den nächsten Schritt machen und herausfinden, was genau es mit der Resonanz auf sich hatte.

Die Zeit fürs Abendessen kam, und Twerp eskortierte sie in die Kantine, wo sie Mek fand, der bereits an einem Tisch mit mehreren Besatzungsmitgliedern saß. Er lächelte und deutete auf den Platz neben ihm. Die Unterdrückungsbehandlung, die sie erhalten hatte, war mittlerweile abgeklungen, aber sie war dennoch froh, dass sie zwischen sich und den Emotionen, die im Raum herumtrieben, eine Wand aufrechterhalten konnte. Vielleicht könnte sie ganz alleine lernen, normal zu sein.

Emmy saß am anderen Ende des Tisches. Sie schenkte Rashana ein ermutigendes Lächeln. Obwohl Rashana sich selbst geschworen hatte, dass sie ihre Kräfte nicht einsetzen würde, öffnete sie ihre Sinne gerade genug, um zu sehen, ob Emmys Lächeln aufrichtig gemeint war. Ein sanfter Anflug von Sehnsucht wehte mit Wärme und guten Wünschen zu ihr.

Rashanas Beine fühlten sich vor Erleichterung ganz schwach an. Sie hatte nicht einmal bemerkt, dass sie in dem Punkt besorgt gewesen war. Sie erwiderte das Lächeln und machte sich auf den Weg zu Mek.

Er musterte sie. „Alles in Ordnung? Ist die Menge zu bedrückend?"

Ihre Kehle schnürte sich zu. Hatte er gespürt, dass sie ihre Kraft eingesetzt hatte? Sie sah ihm direkt in die Augen und schüttelte den Kopf. „Du machst dir zu viele Sorgen."

Er zuckte mit den Schultern. „Meine Schwester ignorierte den Schmerz, bis er sie überwältigte. Dann war es wirklich schwer, die Kontrolle zurückzuerlangen. Es ist besser, an der Sache dranzubleiben und nicht den Anschluss zu verlieren."

Rashana drückte dankbar seine Hand. Es war wundervoll, jemanden zu haben, der sich um ihr Wohlbefinden sorgte. „Danke."

Nach dem Abendessen gingen mehrere Besatzungsmitglieder zum Aussichtsdeck, um sich einen Film anzusehen. Rashana lehnte sich zu Mek und flüsterte: „Müssen wir gehen?"

Er legte eine Hand in ihren Nacken und rieb mit dem Daumen sanft über ihre Haut. „Müssen wir nicht. Wie wäre es mit einem weiteren Spaziergang durch die Gärten?“

„Das klingt wundervoll.“

Hand in Hand schlenderten sie durch die Korridore und betraten schließlich die schwüle Atmosphäre des Gartens. Im Gegensatz zu ihrem schwindelerregenden Erlebnis auf dem Aussichtsdeck fühlte sich die Pflanzenwelt um sie herum besänftigend an. Wie würde es sich anfühlen, dies unter einem echten Himmel auf Oruq Nine zu tun? Sie konnte den morgigen Tag kaum erwarten.

Als sie sich auf den Pfaden zwischen den bunten Pflanzen und Blüten bewegten, fühlte es sich an, als wären sie ganz allein im Universum. Die einzigen Geräusche kamen von der Luftzirkulationseinheit und den Erntebots, die Früchte von nahegelegenen Bäumen pflückten. Sie hielt inne, um die tiefblauen Blüten einer Rebe zu betrachten, die sich an einer Säule nach oben schlängelten. „Ich hatte eine Weile eine Pflanze in meiner Zelle. Ein Geschenk von einem der Labormitarbeiter. Winzig im Vergleich zu den Pflanzen hier.“ Sie tippte mit dem Zeigefinger gegen die pfotenförmige Blüte, und sie schnappte so plötzlich zu, dass Rashana mit einem kleinen Schrei zurückzuckte.

Mek gluckste. „Keine Bange, sie sind harmlos. Wir nennen das eine *Fazul*-Faust." Er berührte ein anderes Blütenblatt, und jedes einzelne entlang der Rebe schloss sich zu einer Kugel. „Sie fangen Insekten. Wir haben sie auf Denaida-daru als Schädlingsbekämpfung unter die Kulturpflanzen gemischt."

Als er über seinen Heimatplaneten sprach, fing Rashana die Emotionen Trauer und Nostalgie in der Luft auf. Sie wusste, dass sie ihre Sinne abschirmen und seine Emotionen ignorieren sollte, aber sie genoss es, Einblicke in Meks aktuellen Geisteszustand zu haben. Sie ging zu einer Bank, setzte sich und zog ihn neben sich. „Erzähl mir von deiner Kindheit. Wie viele wart ihr? Wie war es, auf einem Planeten aufzuwachsen?"

Mek setzte sich und schloss die Augen, als würde er sich an ein anderes Leben erinnern. „Meine Schwester und ich lebten mit meinen Eltern in einem kleinen Dorf, in dem Haus, in dem auch meine Mutter aufgewachsen ist." Ein bittersüßes Lächeln formte sich auf seinen Lippen. „Wir waren von üppigem Ackerland und friedlichen Siedlungen umgeben. An warmen Sommerabenden, wenn der Nachthimmel mit funkelnden Sternen gefüllt war, rannten meine Schwester und ich lachend durch die wilden Schösslinge entlang des Flusses und jagten den Glühwürmchen nach."

Rashana seufzte und stellte sich die Szene vor. „Das klingt bezaubernd."

„Das war es. An Winterabenden zündeten wir ein Feuer an." Er hielt seine Hände hoch, als ob er sich die Wärme des Feuers vorstellte. „Wir kauerten nebeneinander, um uns warm zu halten, während wir uns Geschichten von Kreaturen mit Hörnern und Krallen erzählten. Besonders meine Schwester liebte es, sich Geschichten auszudenken."

Er verstummte und Rashana erkannte, dass er in Erinnerungen schwelgte. Vielleicht wollte er sich nicht an das Leben und die Familie erinnern, die er verloren hatte. In einem sanften Ton sagte sie: „Ich wünschte, ich hätte deinen Planeten sehen können."

Er öffnete die Augen und schenkte ihr ein trauriges Lächeln. „Ich auch, aber das Leben auf Denaida-daru konnte auch hart sein. Wir waren arm, und jeder Tag war ein Kampf ums Überleben. Mein Vater baute Möbel und meine Mutter hatte einen Kräutergarten. Die Kräuter verkaufte sie dann an die Apotheke im Dorf. Meine Eltern waren streng und erwarteten, dass wir alle mit anpackten, aber sie haben sich immer gut um Aya und mich gekümmert. Schließlich kam das Jahr des Ernteausfalls, was Syndicorp ausnutzte, indem sie neue Technologien anboten. Meine Eltern ermutigten mich, mich den Troopern anzuschließen und so meinen Horizont zu erweitern."

Sein Kiefer spannte sich an, und Rashana schottete schnell ihre Sinne gegen seine Welle aus Wut und Bedauern ab.

Er seufzte und schüttelte den Kopf. „Aya war so eifersüchtig. Zahlreiche unserer Frauen waren das. Der Druck so vieler fremder Emotionen war jedoch zu übermächtig für sie, selbst mit einem umfangreichen Meditationstraining und der Behandlung, die ich auch dir gebe. Deshalb habe ich mich für ein Medizinstudium entschieden. Ich hoffte, einen besseren Weg zu finden, um ihre empathische Migräne zu blockieren." Er legte einen Arm um ihre Schultern und lächelte, doch es war deutlich, dass er seine Trauer nicht so leicht abstellen konnte. „Ich hoffe, dass wir auf Oruq Nine eine Lösung für dich finden werden. Ich möchte nicht, dass du wieder gezwungen wirst, dich abzuschotten, weil die Schmerzen sonst zu brutal werden.“

Rashana schluckte schwer und ihre Wangen färbten sich rot. Sie sollte ihm sagen, dass das Medikament bereits wenig Wirkung zeigte. Würde es ihn wütend machen oder es ihn freuen, dass sie sich nicht unwohl fühlte? Im Moment lief alles so gut, sowohl mit Mek als auch mit der Crew. Sie wollte nicht, dass sich etwas änderte. *Warte einfach bis nach dem Besuch auf Oruq Nine.* Zumindest hätten sie dann vielleicht Optionen.

„Das hoffe ich auch.“ Sie legte ihren Kopf an seine Brust, lauschte seinen Herzschlägen und genoss die Stille.

Als die Sekunden vorbeitickten, verstärkte sich die Angst um ihre Zukunft. Mek besser kennenzulernen war schön, aber was könnte sie ihm schon bieten? Er hatte eine idyllische Kindheit gehabt, während sie nie Liebe oder Familie gekannt hatte. Selbst auf die Person, die sie für ihre Mutter gehalten hatte, blickte sie nun mit Argwohn zurück. Mek wollte wahrscheinlich Kinder, und Rashana hatte keine Ahnung, wie sich eine gute Mutter verhielt, geschweige denn eine Gefährtin. Wie konnte sie ihm eine Zukunft versprechen, wenn es ihrer eigenen Vergangenheit an so viel gefehlt hatte?

Gedanken rollten wie ein Sturm durch ihren Verstand. Sie ging auf Abstand und entschied, ehrlich zu sein: „Mek, ich bin mir nicht sicher, ob ich gut genug für dich bin."

Seine Augenbrauen schossen hoch. „Wieso sagst du das?"

„Ich bin das Produkt eines Labors. Ich hatte nie eine richtige Familie, ging nie zur Schule oder jagte Glühwürmchen. Abgesehen davon, dass ich dich in meinem Leben möchte, habe ich keine Ahnung, was ich für meine Zukunft will. Zu was für einer Gefährtin würde mich das machen?"

Er drehte sich auf der Bank, bis sie sich direkt in die Augen schauen konnten und sein Blick brannte in ihren. „Hör mir gut zu, Rashana: Du bist klug und wunderschön, und ich weiß, dass du, sobald du wahre Freiheit erlebst, deine Berufung finden wirst." Er schob ihr die Haare aus dem Gesicht. „Und außerdem lügt unsere Resonanz nicht."

Ihr Herz schmolz dahin. Er hatte genau das gesagt, was sie hören musste. Mit jedem Tag in Freiheit erfuhr sie neue Freuden des Lebens. Sie konnte sich nicht mal vorstellen, was noch alles auf sie wartete. Mit Mek an ihrer Seite hatte sie das Gefühl, dass alles möglich war.

Sie schlang ihre Arme um ihn und schmiegte sich an seine Brust. „Du weißt immer genau, was du sagen musst.“

Er gluckste und der Klang vibrierte durch sie hindurch. „Ich gebe mein Bestes. Und, na ja, ich weiß auch nicht, wie ich mich als Gefährte schlagen werde. Wir werden es gemeinsam herausfinden.“

Sie drehte ihr Gesicht zu seinem und küsste ihn mit einer Liebe, die an Verzweiflung grenzte. Eifrig erwiderte er den Kuss und zog sie an sich. Sie spürte die rasanten Schläge seiner Herzen an ihrer Brust und die Elektrizität der Resonanz, die durch ihre Adern zischte.

Seine Zunge neckte ihre Lippen, drang in ihren Mund und sie begannen einen Tanz, der Funken sprühen ließ. Innerhalb von wenigen Augenblicken verwandelte sich der Kuss von sanft zu hungrig. Mit einem Stöhnen drückte er sie auf die Bank und bedeckte ihren Körper mit seinem.

Sie fuhr mit den Händen über seine Arme und seinen Rücken, schob die Finger unter seine Tunika und kam in Kontakt mit seiner warmen Haut. Sie wollte ihn in sich spüren, seine Essenz mit ihrer vermischen. Sie wollte nicht warten, bis sie auf

Oruq Nine angekommen waren. Sie wollte alles, und wenn sie es nicht hier und jetzt haben könnte, würde sie wohl platzen.

Sie packte das Material seiner Tunika, riss es über seinen Kopf und fuhr dann mit den Händen über seine bronzefarbene Brust und seinen Bauch. Er stöhnte und griff eine Handvoll ihres Rockes, zog ihn hoch und bündelte ihn um ihre Taille. Seine Hüfte fand sich zwischen ihren Schenkeln ein, und er schob ihr Oberteil über ihre Brüste und entblößte diese, setzte sie der schwülen Luft aus.

Er senkte den Kopf, nahm einen ihrer Nippel in den Mund und saugte, während er ihren anderen mit den Fingern neckte. Elektrisierende Empfindungen folgten und sie wölbte den Rücken, ihre Finger landeten an seinem Hinterkopf und gruben sich in seine Haare. Sein Mund bewegte sich tiefer und er verteilte Küsse auf ihrem Bauch. Gleichzeitig schob er eine seiner Hände in die Vorderseite ihres Höschens.

Stöhnend hob sie ihm ihr Becken entgegen. Alles, was er tat, fühlte sich so gut an. So *richtig*.

Er rollte ihr Höschen über ihre Beine, spreize ihre Oberschenkel und starrte mit einem hungrigen Ausdruck auf ihr Geschlecht. Ihr bereits schnell schlagendes Herz ging in den Overdrive. Wie konnte er sie nur mit einem Blick dazu bringen, dass ihr Körper die Kontrolle verlor?

Weiter und weiter spreizte er sie und entblößte sie vor seinem Blick. Sie hatte in ihrer Zelle heimlich ein paar Sexvideos geschaut und wusste, was er vorhatte, aber nichts bereitete sie auf das tatsächliche Gefühl vor, seine großen Hände auf der Innenseite ihrer Oberschenkel und seine Fingerspitzen an ihren Schamlippen zu fühlen. Wie ein elektrischer Schlag direkt an ihrer erogensten Zone. Sie wimmerte, als er mit seinem Finger durch ihre feuchte Spalte glitt. Ihre Pussy pulsierte und sie wurde noch feuchter. Sie biss sich auf die Unterlippe, kaum in der Lage zu atmen. Das Gefühl war berauschend, wie eine flüssige Droge, die durch ihr Blut strömte.

Er senkte seinen Kopf, und bevor sie sich auf seine Berührung vorbereiten konnte, leckte er über die schmerzende Perle am oberen Ende ihres Geschlechts. Sie schrie angesichts des plötzlichen Ausbruchs der Lust. Ihre Hände packten die Bank unter ihr, als seine Zunge durch ihre Spalte und über ihren Eingang glitt, kurz in sie eindrang, bevor sie zu ihrer Klitoris zurückkehrte. Immer und immer wieder schnellte er mit der Zunge über das Nervenbündel, umkreiste und saugte, bis ihre Hüfte zuckte und rotierte und ihr Körper ihn so nach mehr anflehte.

Sie packte seinen Hinterkopf und ihre Finger gruben sich mit dem Bedürfnis zu kommen in seine Kopfhaut. Als er mit seiner Zunge ihre Klitoris betörte, brach sie. Sie bebte und schrie, der Orgasmus so heftig, dass sie sonst nichts bewusst wahrnahm.

Er leckte weiter, gemächlich und besänftigend, bis sich ihr Körper wieder beruhigte. Dann hob er den Kopf und sah zu ihr auf, eine eindeutige Frage in seinen Augen.

Sie nickte. „Ja, bitte, Mek. Jetzt." Sie wollte ihn überall spüren, wollte ihre Beine um ihn schlingen und ihn in sich aufnehmen.

Mit einem Knurren zog er seine Hose herunter, ließ sich erneut zwischen ihren Beinen nieder und drückte seine Eichel in einem qualvoll langsamen Tempo in sie. Nach nur wenigen Zentimetern hielt er inne, und als sie versuchte, ihn dazu zu bewegen, weiter in sie zu dringen, fixierte er sie mit den Händen. Im Gegenzug fanden ihre Hände seine Schultern und klammerten sich in der Hoffnung an ihn, ihren Verstand nicht zu verlieren.

„Ich brauche ...", keuchte sie und ihr Becken zuckte nach oben.

„So wollte ich dich nicht nehmen“, presste er zwischen zusammengepressten Lippen heraus.

„Bitte!“, schrie sie.

Stöhnend drang er tief in sie und brachte sie erneut an den Rand der Ekstase. Immer wieder fuhr er in sie hinein, bis ihre Lust von einem Funkenschauer gekrönt wurde.

Von ihrer eigenen Verzückung geblendet, hörte sie seinen Lustschrei und spürte, wie er sich in ihr ergoss. Etwas schien in ihr an seinen rechtmäßigen Platz zu klicken, die Bestätigung, dass sie nun zusammengehörten. Auf dieses Gefühl folgte eine berauschende Welle der Liebe. Seine Liebe, ihre Liebe, es war ein und dasselbe.

Er senkte sich auf sie, sein Gewicht wie ihre Schmusedecke aus Kindertagen. Sie fuhr mit den Händen über seinen Rücken und genoss das Gefühl seiner verschwitzten Haut unter ihren Fingerspitzen. Sie wollte für immer in diesem Moment verharren.

Stattdessen rollte er von ihr herunter, senkte ihren Rock, um sie zu bedecken, und zog sich schließlich seine Hose an. „Es tut mir leid, Rashana. Ich hatte nicht geplant, hier Liebe mit dir zu machen.“

Sie versuchte, ihn wieder zu sich zu ziehen, aber

er ließ sich nicht umstimmen. „Mir tut es überhaupt nicht leid.“

„Du verdienst Besseres als eine schnelle Nummer auf einer öffentlichen Bank. Ich hätte zumindest warten sollen, bis wir allein sind.“

„Wir sind allein“, antwortete sie, obwohl sie, um fair zu sein, sich ihrer Umgebung kaum bewusst gewesen war. „Alle anderen schauen den Film.“

Er schüttelte den Kopf und schien dann zu einer Entscheidung zu kommen. Von einer Sekunde auf die nächste hatte er sie in seine Arme gehoben und marschierte zum Ausgang.

„Wo gehen wir hin?“, fragte sie, während ihr ganzer Körper immer noch summte.

„Zu meinem Quartier“, murmelte er und gab ihr einen kleinen Kuss auf den Mund. „Der Abend ist noch jung.“

Rashana klammerte sich an ihn und grinste den ganzen Weg zu seinem Quartier.

KAPITEL SIEBZEHN

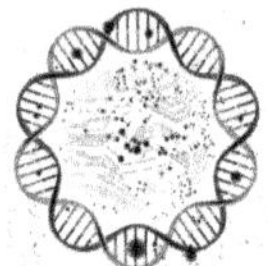

*W*ie geplant erreichten sie am nächsten Tag Oruq Nine. Obwohl alle erleichtert waren, dass die Reise so gut verlaufen war, so hielt Doug das Schiff immer noch in Alarmbereitschaft und verbarg die Icarus in den Ringen eines Mondes, während die Hardship Besatzungsmitglieder zur Oberfläche brachte. Sie befanden sich nicht mehr im Syndicorp-Sektor, aber das bedeutete nicht, dass es keine Spitzel gab, die über ihren Aufenthalt berichten würden.

Rashana saß neben Mek im Gemeinschaftsbereich, ihr Blick auf dem Screen, als sie sich dem üppigen grünen Planeten näherten. Ihr Körper war angenehm wund, an Stellen, von denen sie bisher nicht mal etwas gewusst hatte.

Zudem war sie müde und doch war sie noch nie so glücklich gewesen. Sie drückte Meks Hand und spürte durch die Verbindung, wie glücklich er war. Bald müsste sie enthüllen, dass sie vollen Zugang zu ihren Kräften hatte, aber im Moment genoss sie es einfach, sich in ihrem gemeinsamen Glück zu sonnen.

Einige Besatzungsmitglieder saßen an den Fenstern. Sie sprachen in leisen Tönen und auch sie freuten sich darauf, mal wieder einen Planeten zu betreten. Rashana verschloss ihr Bewusstsein zu ihnen. Mek machte sich ständig Sorgen, dass sie überfordert sein könnte, aber ihr war klar geworden, dass sie nicht wie die Denaida-Frauen war, die er gekannt hatte. Was auch immer ihr Vater mit ihr gemacht hatte, hatte ihr die Fähigkeit gegeben, den empathischen Fluss zu kontrollieren. Immerhin eine gute Sache, wenn man überlegte, wie vielen Experimenten sie ausgesetzt gewesen war. Der Bastard.

Das Deck bebte, als das Schiff die Atmosphäre des Planeten durchbrach. Rashanas Magen rebellierte. Ihr Leben im Labor hatte sie sicherlich nicht auf das Gefühl von Turbulenzen vorbereitet, und sie fand es weitaus beunruhigender als jeden empathischen Druck. Nichtsdestotrotz hielt sie ihre

Augen auf den Bildschirm gerichtet, da sie keinen einzigen Moment verpassen wollte.

Sie steuerten auf einen Dschungel zu, so grün und dicht, wie sie es sich niemals hätte vorstellen können. Gebäude mit seltsamen, geometrischen Formen ragten über den Baldachin, der berühmte Saluqan-Heiltempel mit seiner leuchtend blauen Fassade das höchste Gebäude im Umkreis. Einen Wimpernschlag später waren sie von Bäumen umgeben und rauschten schwindelerregend schnell an ihnen vorbei, bis das Schiff an Geschwindigkeit verlor und mitten im Dschungel auf einer Landebahn aufsetzte. Das Schiff landete recht sanft neben mehreren bereits geparkten Flugapparaten.

Mek drückte ihre Hand und fragte: „Wollen wir?"

Der Rest der Besatzung bewegte sich schon auf den Frachtraum zu, von wo sie über die Rampe den Planeten betreten würden. Ein Zischen kündigte das Öffnen des Tores an, und ihre Ohren poppten, als eine Welle schwüler Luft in das Schiff strömte. Echte Luft, nicht gereinigt und recycelt. Sie fühlte sich schwer in ihrer Lunge an, reich an Süße und Fäule, zusammen mit einem Hauch von Schwefelsäure. Sie rümpfte die Nase. „Was ist das für ein Geruch?"

Mek atmete tief ein und packte die Tasche mit seiner medizinischen Ausrüstung und der Probe mit der DNA ihres Vaters. „Vegetation schätze ich. Das Leben und der Verfall des Waldes. Der Geruch erinnert mich an Denaida-daru." Einen Moment lang wirkte er traurig, dann warf er den Gurt der Tasche über seine Schulter, packte ihre Hand und zog sie mit sich. „Wir dürfen die anderen nicht verlieren."

Sie eilten zur Öffnung und traten auf die Rampe. Rashana kannte nichts anderes als das Innere eines Raumschiffs, und so stoppte sie am oberen Ende und blickte staunend auf das, was sich vor ihr auftat. Die Bäume wuchsen in Clustern, dünne Stämme wickelten sich umeinander wie aufrechte Reben, die nach der Sonne griffen. Die Stämme und Äste waren mit dünnen Blättern bedeckt, die in der feuchten Luft in den Farben Grün und Gold schimmerten. Dicker Nebel quoll zwischen den Stämmen hervor, durchsetzt von Büschen mit kleinen magentafarbenen Blüten.

Auch die Landebahn war grün, bestehend aus winzigen Blättern, die einen Teppich zwischen dem Schiff und dem Waldrand schufen. Die anderen Besatzungsmitglieder hatten bereits einen Pfad erreicht, der zwischen den Bäumen durchführte.

„Die Saluqane betrachten Oruq Nine als heilig, und sie erlauben keine Bodenfahrzeuge auf dem Planeten", erklärte Mek, als sie langsam aufholten. „Bestimmt ist es nicht weit in die Stadt."

„Warst du schon mal hier?", fragte sie.

„Nein, aber mir wurde gesagt, dass der Pfad offensichtlich ist. Sobald wir die Stadt erreicht haben, steigen wir in ein Taxi."

Die dicken Pflanzen unter ihren Füßen federten, was ihre Schritte unsicher machte. Sie hüpfte ein paar Mal auf und ab. „Ich hätte nicht erwartet, dass sich der Boden so weich anfühlen würde."

Mek lächelte. „Organische Materie ist definitiv nicht mit dem Deck in Raumschiffen zu vergleichen."

Als sie durch den Dschungel schlenderten und einem Pfad folgten, der von glühenden Lichtern zwischen den Stämmen markiert war, blickte sie zu den unglaublich hohen Bäumen auf. Kleine Kreaturen sprangen zwischen den Blättern herum. „Oh, schau! Tiere!"

Mek gluckste, stoppte und ließ sie für einen Moment das Schauspiel genießen.

Ein gelbes Ding mit sechs Beinen sprang von einer Baumkrone zur anderen und breitete seine

Gliedmaßen aus, um eine Art Fallschirm zu schaffen. Ein orange-braunes Tier kroch langsam einen Stamm hinauf, wobei sein breites Maul die Nadeln abmähte.

„Es gibt einige interessante Arten auf diesem Planeten, aber mir wurde versichert, dass keine davon gefährlich ist", sagte Mek.

„Können wir ein Picknick machen?" Vollkommen von der Idee eingenommen, drehte sie sich zu ihm um. „Ein Restaurant klingt aufregend, aber wenn die Tierwelt nicht gefährlich ist, würde ich gerne im Freien sitzen."

„Natürlich." Er lächelte, sein Blick anbetungsvoll, was ihr ein warmes und prickelndes Gefühl vermittelte. „Wir können etwas aus dem Café holen, nachdem wir uns mit Esben getroffen haben."

Sie setzten ihren gemütlichen Spaziergang in Richtung Stadt fort, und als sie und Mek das erste Gebäude erreichten, fiel ihnen auf, dass die Besatzungsmitglieder nirgends zu finden waren. Mek versicherte ihr, dass es keinen Grund zur Sorge gab und führte sie weiter.

Die geometrischen Gebäude, die sie vom Raumschiff gesehen hatte, waren aus der Nähe noch beeindruckender, jedes aus einem unbekannten Polymer, das das Licht reflektierte. Wasserfälle stürzten von den Dächern in kleine Teiche und schmale Kanäle, die Wasserstraßen zwischen den Gebäuden bildeten, und Brücken aus geflochtenen Reben erstreckten sich von einem Dach zum nächsten. Mek rief ein Taxiboot zu sich und bezahlte für die Fahrt in die Innenstadt.

Boote bewegten sich in beide Richtungen entlang der Wasserstraßen oder parkten neben den Gebäuden. Bei den vielen blauen und lavendelfarbenen Saluqanen musste Rashana unwillkürlich an ihre Mutter denken. Da es jedoch so viel zu sehen gab, blieb die Nostalgie nicht lange bestehen. Jede unbekannte Emotion war überwältigend, sodass sie vor Aufregung schon bald bebte.

„Alles okay bei dir?", fragte Mek und legte besorgt einen Arm um ihre Schultern. „Zeigt die Behandlung noch Wirkung?"

Wenn sie ehrlich war, hatte sie die nagenden Emotionen der Leute in der Nähe kaum bemerkt; dafür gab es zu viele faszinierende Ablenkungen. „Ich bin nur aufgeregt, all das hier mit eigenen Augen zu sehen", sagte sie.

Sie kamen an einem kleinen Marktplatz heraus, wo es handgewebte Textilien neben den neuesten medizinischen Behandlungen und technologischen Gadgets aus der ganzen Galaxie zu kaufen gab. Mek hielt vor einem kleinen Café an und wählte einen Tisch mit Blick auf das Wasser. „Hier wollte sich Esben mit uns treffen."

Der Saluqan-Cyborg koordinierte ein Treffen mit den Spezialisten aus einem Genlabor. Rashana konnte immer noch nicht ganz glauben, dass die Cyborgs nicht länger für ihren Vater arbeiteten, aber Mek hatte ihr versichert, dass sie genauso missbraucht worden waren wie sie und somit keinerlei Zuneigung für Syndicorp hegten.

Mek bestellte Getränke mit Eiswürfeln. Rashana nahm einen Schluck und genoss den erfrischenden Geschmack, während sie stets den geschäftigen Markt im Blick hatte. Obwohl der größte Teil der Bevölkerung aus Saluqanen bestand, gab es auch andere Arten, die die Luft mit einer Kakofonie von Sprachen füllten. Und die Gerüche ... Die Aromen waren für ihre ungeübten Sinne fast so überwältigend wie die Sehenswürdigkeiten und die Geräusche.

Sie roch an ihrem Getränk, ließ die Süße die anderen Gerüche maskieren und schloss die Augen. „Ich kann nicht glauben, dass ich tatsächlich hier bin. Auf einem Planeten."

„Gib mir Bescheid, wenn du einen Booster brauchst", sagte Mek und tätschelte seine Tasche. „Ich habe Karpulen von deinem Medikament mitgebracht."

Sie öffnete die Augen und fragte sich, ob es an der Zeit war, ihm die Wahrheit zu sagen. Die Behandlung funktionierte nicht mehr. Die Dosis, die er ihr gestern verabreicht hatte, war innerhalb weniger Stunden abgeklungen, und sie hatte das Gefühl, dass es bei einer weiteren noch schneller gehen würde.

Bevor sie den Mut aufbringen konnte, erschien Esben. Er war fast einen Kopf größer als die anderen Saluqane auf dem Markt, sein lavendelfarbenes Gesicht leuchtete über seiner dunklen Körperpanzerung. Ein weiterer Saluqan, eine Frau, folgte dicht hinter ihm und trug eine weißgelbe Tunika mit roten Schultern.

„Rashana, Mek, das ist Dr. Ysora", sagte er. „Sie hat einige Fragen zu den Tests, die du durchführen lassen möchtest."

„Natürlich", sagte Mek und bot beiden einen Platz am Tisch an.

Mek und Dr. Ysora sprachen eine Weile über die DNA ihres Vaters und wechselten dann zu Gensplicing- und Hybridisierungstechniken. Das meiste davon war Rashana zu hoch. Stattdessen war sie damit beschäftigt, Dr. Ysoras lila-blaue Haut und ihre lavendelfarbenen Haare zu mustern. Die Haut ihrer Mutter hatte die gleiche Farbe gehabt, während ihre Haare mitternachtsblau gewesen waren. Rashana konnte sich an das pulsierende Leuchten von Mutters Venen unter ihrer Haut erinnern, wann immer sie besorgt oder wütend gewesen war. Würden Dr. Ysoras Venen ebenso pulsieren?

Wie von Rashana herbeigerufen, glühte ein einziger Blitz schillernder Fäden über Dr. Ysoras Haut, und ein Hauch von Unbehagen erfüllte Rashana. Ihre Augen schossen zu denen der Ärztin und für einen kurzen Augenblick sah sie sich einem Raubtier gegenüber. Dann war die Vision verschwunden, und Dr. Ysora lächelte mit weißen Zähnen umgeben von blauen Lippen. „Du bist eine ziemliche Ingenieurleistung, Rashana. Ich kann es kaum erwarten, zu sehen, was wir aus deiner DNA lernen können."

Mek erhob sich und reichte der Ärztin die Proben, die er von der Icarus mitgebracht hatte. „Wir sehen uns morgen, Doktor. Vielen Dank für die Hilfe."

Rashana stand auf, als sich alle zum Abschied

die Hände schüttelten. Ihr Verstand überschlug sich. Hatte sie sich die Emotionen der Frau nur eingebildet? Aber warum? Und wie konnte sie Mek davon erzählen, ohne ihr Geheimnis zu enthüllen? Sie versuchte, ihr Unbehagen zu unterdrücken, und wartete, dass die Ärztin verschwand.

Esben pfiff durch die Zähne und seine lavendelfarbene Haut pulsierte und strahlte vor sich hin. „Ich habe noch nie erlebt, dass sich Dr. Ysora auf eine derartige Abmachung eingelassen hat."

Mek hob seine Tasche über die Schulter. „Na ja, wir haben zugestimmt, dass sie Dollards streng geheime Akten einsehen kann und dass sie, was sie findet, in ihrer eigenen Arbeit verwenden darf. Ich denke, das sollte eine ausreichende Bezahlung sein."

Rashana räusperte sich. „Hast du gesehen, wie ihre Venen aufgeblitzt sind? Mutter tat das nur, wenn sie besorgt oder wütend war."

Esben kratzte sich im Nacken. „Sie war vielleicht nur aufgeregt. Jede extreme Emotion kann das pulsierende Leuchten verursachen. Bleibt jedoch wachsam, okay? Dr. Ysora ist eine der besten Genetikerinnen, die ich kenne, aber ihren Projekten fehlt es manchmal an einem moralischen Kompass."

„Danke. Das werden wir." Mek nickte dankbar.

Esben verneigte sich vor Rashana. „Mögest du finden, wonach du suchst."

Rashana bedankte sich und beobachtete ihn, als er verschwand, während Mek das Essen für ihr Picknick bestellte.

Zu wissen, dass sogar Esben seine Bedenken hatte, beruhigte sie ein wenig. Dennoch konnte sie das Gefühl nicht abschütteln, dass sie gerade in eine Falle getappt war.

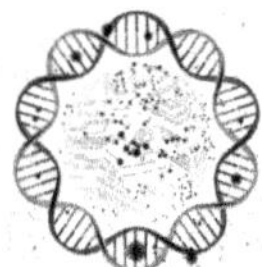

Entschlossen, das perfekte erste Date zu planen, ließ Mek Rashana zurück, sodass sie Leute beobachten konnte, während er den Besitzer des Cafés nach guten Orten für ein Picknick ausfragte. Der freundliche ältere Saluqan erklärte ihm den Weg zu einem abgelegenen Aussichtspunkt. Mek bestellte eine schillernde Auswahl an lokalen Speisen und packte sie in seine Tasche, bevor er an den Tisch zurückkehrte.

Rashanas Blick lag noch immer auf dem überfüllten Markt. Gedankenverloren und mit Schweißperlen auf ihrer Stirn trank sie von ihrem kalten Getränk.

Er beugte sich vor, küsste sie auf die Stirn und fragte: „Alles okay bei dir?"

Sie lächelte. „Ich bin einfach nicht an diese Hitze gewöhnt. Können wir los?"

„Ja. Wir müssen ein bisschen laufen. Ist das okay?"

„Das klingt sogar sehr nett. Es fühlt sich großartig an, frei zu sein und hingehen zu können, wo man will."

Sie sah so glücklich aus und er liebte es. Er nahm ihre Hand, hakte ihren Arm bei ihm unter und führte sie an den Marktverkäufern vorbei zu den Taxibooten. Nach einer gemütlichen Fahrt durch das Labyrinth aus Kanälen erreichten sie eine Anlegestelle am Stadtrand, von dem ein breiter Pfad in den Wald führte. Mehrere Fußgänger beladen mit Waren tummelten sich auf dem Pfad, und Mek befürchtete, dass sich Rashana unter der Menge nicht besonders gut machen würde. Als er besorgt zu ihr blickte, sah er nur, dass sie vor Aufregung regelrecht vibrierte.

Ein Hauch von Stolz erfüllte ihn. Die Behandlungen funktionierten. Zwar war seine Schwester nicht mehr bei ihm, aber zumindest erfüllten die Forschungen von damals so noch einen guten Zweck. Sein Herz schmerzte, wenn er an sie dachte, jedoch wusste er, dass es Aya freuen würde, zu sehen, dass seine Arbeit nicht umsonst gewesen war.

Er führte Rashana zu einer Abzweigung und folgte den Wegweisern zu einem immer schmaler werdenden Pfad, der den Hügel hinaufführte. Es dauerte nicht lange, bis sie die Massen hinter sich lassen konnten und den Pfad für sich allein hatten. Die Sonne, die durch die nadeldünnen Blätter gefiltert wurde, war warm und golden, und sie nahmen sich Zeit, um die Tierwelt zu bewundern oder einen leidenschaftlichen Kuss auszutauschen. Er konnte sich nicht erinnern, wann er das letzte Mal eine Pause wie diese eingelegt hatte, und Rashanas Begeisterung für alles um sie herum war ansteckend.

Sie hielten inne, um die Possen einer Herde kleiner Kreaturen mit spindeldürren Beinen und bunten Köpfen zu beobachten, die durch das Unterholz schossen. Über ihren Köpfen zeigte sich ein großer schillernder Vogel, der in den Aufwinden vor einem blauen Himmel schwebte. Ein kleiner Bach schnitt ein paar Meter weiter durch den Pfad, und sie stoppten auf der Brücke, um die Aussicht zu genießen.

Stromabwärts floss das Wasser in einen kleinen Teich, der die Sonnenstrahlen reflektierte und von einer Wiese mit Wildblumen umgeben war. Mek schlang seine Arme von hinten um Rashana und zog sie zu sich, womit er ihr einen zufriedenen Seufzer entlockte.

Lächelnd lehnte sie sich mit dem Hinterkopf an seine Brust. Nach einer Weile drehte sie sich um und legte die Arme um seinen Hals. „Es ist unglaublich schön hier", sagte sie mit einem glücklichen Seufzer. „Wenn ich nicht so hungrig wäre, wäre ich versucht, unser Picknick zu vergessen, sodass wir mehr von der Gegend erkunden können." Ihre Finger bewegten sich suggestiv über seine Schulter und machten deutlich, was sie sonst noch erforschen wollte.

Mek lächelte und ließ seine Hände über ihren Rücken gleiten, packte schließlich ihre Arschbacken und presste sie gegen seine willige Erektion. Sie hatten sich letzte Nacht und heute Morgen mehrmals geliebt, aber er wollte sie wieder – er wollte sie immer. Das ständige Verlangen nach ihr war fast überwältigend und schien mittlerweile ein Eigenleben zu führen. „Picknick", hauchte er. „Ich denke, wir sind gleich da."

Hand in Hand gingen sie weiter, bis sich der Pfad zu einer kleinen Lichtung öffnete, auf der die sanfte Brise den Duft von Wildkräutern und geschnittenem Gras zu ihnen wehte. Am Waldrand, gleich neben einem Abhang mit Blick auf die grünen Wälder im Tal, stand ein runder Holztisch auf einem riesigen Bereich aus blaugrünem Moos. Mehrere Bäume, die seitlich am Hang wuchsen, warfen Schatten auf den Tisch und würden sie vor der Mittagshitze bewahren. Das Beste von allem war, dass sie vollkommen allein waren.

Er ging zu dem Tisch und setzte seine Tasche ab, während Rashana zwei Insekten mit blau-weißen Flügeln nachjagte. Während sie die Umgebung erkundete, stellte er die Vielfalt an Früchten, Fleisch und Käse auf den Tisch, die er im Café gekauft hatte, sowie einen süßen Rotwein aus Oruq Nine. Er schenkte zwei Gläser ein und setzte sich. „Meintest du nicht, dass du Hunger hättest, *Kamiken?*"

„Das habe ich." Rashana drehte sich um, eilte mit vor Freude funkelnden Augen zu ihm und setzte sich neben ihn. „Wow! Das ist ein Festmahl!"

„Ich wollte sicherstellen, dass unser erstes Picknick auf Oruq Nine unvergesslich bleibt." Mek wählte ein paar schwarze *Suzu*-Beeren aus einem Körbchen aus und steckte sich eine in den Mund.

Rashana packte eifrig einen Laib Brot aus und

atmete tief ein, als das buttrige Aroma die Luft erfüllte. „Ich möchte von allem etwas probieren."

Mek gluckste und bot ihr eine Beere an. „Versuch das. Sie schmecken nach Honig."

Sie lehnte sich vor und erlaubte ihm, dass er sie fütterte. Ihre weichen, rosa Lippen strichen über seine Fingerspitzen, und sofort regte sich sein Schwanz. Sie grinste ihn frech an. Offensichtlich war sie sich ihrer Wirkung auf ihn bewusst. „Vielleicht sollten wir mit einem Appetizer beginnen", flüsterte sie etwas zurückhaltend.

Sie hatten die Lichtung für sich allein, aber er sah sich noch einmal um, nur um sicherzugehen, bevor er neben dem Tisch eine Decke auf dem Moos ausbreitete. Er zog Rashana zu sich, schob ihr langes, dunkles Haar aus ihrem Gesicht und küsste sie zärtlich, während er sie langsam nach hinten auf den Rücken führte. Seine Hände wanderten über ihren Körper, und er spürte die Hitze des Gefährtenbundes – eine Hitze, die von ihnen beiden abstrahlte. Ellam Cua, es fühlte sich wirklich magisch an, so im Einklang mit einer anderen Person zu sein.

Rashana entließ einen glückseligen Seufzer, als seine Lippen über ihren Hals und ihre Schultern Küsse verteilten, während seine Hände damit beschäftigt waren, sie beide aus ihren Klamotten zu befreien. Er verwöhnte jeden Zentimeter ihres Körpers und erkundete sie mit seinem Mund und seinen Händen, bis sie sich ihm atemlos entgegenwölbte.

„Mek, du machst mich wahnsinnig", hauchte sie schließlich, bevor sie ihn von ihr herunterschob. In einer anmutigen Bewegung setzte sie sich rittlings auf ihn und lehnte sich vor, sodass deren erhitzte Oberkörper wieder Kontakt aufnahmen. Ihr Mund traf auf seinen, angetrieben von gierigem Verlangen, als sie ihren Po anhob, um seinen Schwanz an ihrer Öffnung zu positionieren.

Er legte seine Hände auf ihre Hüfte und ließ sie den Moment kontrollieren. Als ihre enge, nasse Hitze ihn in sich aufnahm, stöhnte er. „Du bist so perfekt, Rashana!"

Sie fing an, sich sinnlich auf ihm zu bewegen, nahm ihn tiefer auf. Sie unterbrach den Kuss und er folgte ihr nach oben, mit ihrer Unterlippe noch immer zwischen seinen Zähnen eingefangen. Ihr Rhythmus beschleunigte sich, wurde hektischer, und sie warf ihren Kopf zurück. Das Sonnenlicht in ihrem Rücken verlieh ihrem dunklen Haar eine leuchtende Aura. Schweiß schimmerte zwischen ihren Brüsten, ihre Nippel direkt auf ihn gerichtet, so hart und hypnotisierend, als sie ihn ritt. Sie war so *usviiq* hinreißend.

Er packte ihre Hüften, riss sie hart auf seinen Schwanz, drang tief in sie, während ihr Nektar seine Länge nach unten tropfte. Das Vergnügen war fast unerträglich, und gerade als er dachte, er würde explodieren, stieß Rashana einen lauten Schrei aus und kam.

Die Wände ihres Geschlechts zogen sich um ihn zusammen und er buckelte nach oben, ein letzter Stoß in ihre pulsierende Hitze, bevor er brüllend zur Erlösung fand.

Nach Luft schnappend brach sie auf ihm zusammen. Er küsste Salz von ihrem Hals und füllte seine Lungen mit ihrem perfekten Duft. Gleichzeitig ließ er es sich nicht nehmen, mit den Händen über ihren Rücken zu wandern. Ihre Haut war so weich. Er folgte der Kurve ihrer Hüfte zu ihrem runden Gesäß und seine Hände kneteten die Pobacken wie warmen Lehm.

Mit einem zufriedenen Seufzer rollte sie von ihm herunter und fiel zurück auf die Decke, ein Bein immer noch über seins drapiert. „Ich hätte nie gedacht, dass ich mich irgendwann mal so gut fühlen würde."

Mek drehte sich auf die Seite, stützte sich auf

einen Ellbogen und betrachtete ihr gerötetes Gesicht und ihr zerwühltes Haar. Er küsste sie liebevoll auf die Schulter. „Das war magisch.“

„Das war es.“ Rashana streckte die Hand aus und streichelte seine Wange. „Ich wünschte, wir könnten für immer hier bleiben.“

In dem Moment knurrte ihr Magen, als würde er nicht viel von ihrem Plan halten, und Mek lachte. „Ich füttere dich besser, sonst dauert unser *Für immer* nicht lange an.“

Sie grinste verlegen. „Ich schätze, ich brauche doch mehr als einen Appetizer.“

Sie zogen sich an und kehrten zum Picknicktisch zurück, wo sie so nah beieinander saßen, dass sie beim Essen immer wieder die Schultern aneinanderrieben. Sie schnappte sich eine Scheibe Brot, nahm einen großen Biss, schloss die Augen und sagte: „Ich glaube, ich bin gestorben und im Himmel gelandet.“

„Probiere den Wein“, sagte er und schob ihr das Glas entgegen.

Sie genossen das Essen und den Wein, und als sie fertig waren, zeigte Rashana auf eine Öffnung im Gebüsch in der Nähe der Felswand. „Es sieht so aus, als würde der Pfad den Berg hinaufgehen.

Können wir noch ein bisschen weiter erkunden, bevor wir zurückgehen?"

Er sah in die Richtung, in die sie zeigte und entdeckte einen schmalen Pfad. „Der Cafébesitzer erwähnte einen alten Saluqan-Schrein in der Nähe. Ich schätze, es spricht nichts dagegen, auf Entdeckungstour zu gehen."

„Oh! Ein antiker Schrein klingt interessant." Sie schob ihre Hand in seine und verwob deren Finger, woraufhin sein Primärherz einen Salto verrichtete. Der Gefährtenbund fühlte sich so natürlich mit ihr an, so einfach. Er würde alles tun, um sie glücklich zu machen.

„Dann mal los."

Sie folgten dem Pfad entlang des felsigen Abhangs und mussten hintereinander gehen, als sich der Weg verengte. Er wollte gerade vorschlagen, dass sie umkehrten, doch in dem Moment öffnete sich der Pfad zu einer schattigen Lichtung. Ein dünner Wasserfall plätscherte von weit oben über die Felsen und ergoss sich in einen klaren Bergteich.

Rashana schnappte nach Luft und legte den Kopf in den Nacken, um zu der Klippe aufzuschauen. „Ein Wasserfall!"

Auf der anderen Seite der Lichtung in der

Felswand entdeckte er die dunkle Öffnung einer Höhle. Die Felswand war mit vulgären Fresken humanoider Figuren mit großen Augen, spitzen Ohren und lockigem Haar verziert. Ihre ausgestreckten Arme schienen die Besucher regelrecht dazu zu verleiten, einzutreten.

Er zeigte auf die Höhle. „Und es sieht so aus, als hätten wir deinen Schrein gefunden."

Rashana ließ seine Hand los, bewegte sich wie hypnotisiert vorwärts und glitt mit den Fingerspitzen über die Steinmalereien. „Das ist spektakulär. Können wir reingehen?"

KAPITEL NEUNZEHN

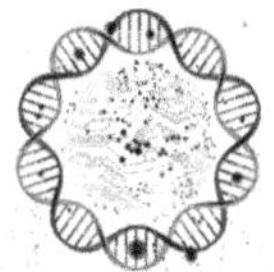

Rashana konnte es nicht erwarten, zu sehen, wie es in der Höhle aussah. An den Fresken vorbei ging es in die Dunkelheit, wo sie neunzig Grad um die Ecke bogen. Licht flackerte tief im Inneren, sodass sie weitergehen konnten, bis sie eine hohe Höhle mit glatten Wänden erreichten, die in einem Mosaik aus Symbolen und Farben bemalt waren. Darstellungen dessen, was jede Spezies in der Galaxie − und vielleicht darüber hinaus − sein könnte, wurden arbeitend, tummelnd und anbetend gezeigt.

Sie atmete leise aus. Überall, wo sie hinsah, war die Welt farbenfroh und bestand aus komplizierten Details, so wie sie es sich niemals hätte vorstellen können. Am anderen Ende der Kammer stand eine erhöhte Plattform mit einem mächtigen Steinaltar, auf dem sie brennenden Weihrauch und Kerzen ausmachte. Sie bewegte sich ehrfürchtig darauf zu. Es war, als würde sich etwas tief in ihr regen, eine Kraft, die in diesem heiligen Schrein zu erwachen schien. „Ich fühle hier etwas."

Plötzlich hallte aus einer dunklen Ecke eine polternde Stimme zu ihnen – wie Wellen, die gegen das Ufer prallten. „Willkommen in unserem Heiligtum."

Rashana erschrak und wandte sich zu einem großen Saluqan mit mitternachtsblauer Haut und einer dicken Mähne aus silbernen Haaren, die sich über seinen Rücken ergoss. Eine lange, blaugrüne Robe fiel dem Mann bis auf die Knöchel, als er aus einem geschickt verdeckten Riss in der Wand hervortrat.

„Wir sind Hohepriester Sotulu. Es ist selten, dass Wesen wie du den Weg zu unserem geweihten Heiligtum finden", intonierte er mit einer melodischen Stimme, die mit leisem Flüstern nachhallte.

Mek neigte respektvoll den Kopf. „Ich bin Mek, und das ist meine Gefährtin Rashana. Dein Schrein ist wirklich atemberaubend."

Rashana schluckte schwer, unfähig, etwas

anderes zu tun, als den Priester anzustarren. Die geflüsterten Schichten in seiner Stimme waren beunruhigend, aber noch beunruhigender war der Ansturm von Emotionen, der durch ihre empathischen Sinne rollte. Ihre Beine zitterten und es hämmerte hinter ihren Ohren. Zum ersten Mal sehnte sie sich tatsächlich nach Meks Behandlung, um ihre Sinne zu betäuben.

„Wir fühlen uns durch eure Anwesenheit geehrt, Reisende." Der Priester starrte Rashana mit Interesse an, seine Adern flackerten hell unter seiner dunklen Haut. „Wir spüren, dass du die Gabe hast."

„Die Gabe?" Sie legte eine Hand auf den Steinaltar, um sich abzustützen. „Was meinst du damit?"

„Die Gabe, Bindungen zu schaffen. Wir haben sie noch nie so stark wahrgenommen wie in dir." Die Attacke auf ihre Sinne ließ nach, schraubte sich von einem Hurrikan zu einer sanften Brise herunter. „Die meisten Saluqane ignorieren die Gabe."

Mek kam an ihre Seite. Seine Sorge um sie schloss sich den anderen Emotionen an. „Alles in Ordnung?", fragte er.

Sie nickte und strahlte Beruhigung durch ihren

Gefährtenbund aus, zu konzentriert auf das, was gerade um sie herum geschah, um ihm eine Erklärung zu geben. „Ich habe eine Menge unterschiedlicher DNA in mir", sagte sie zu Sotulu. „Aber ich bin kein Saluqan."

Sotulu lächelte breit. „Es gibt andere Wesen im Universum, die das Potenzial haben, die Gabe freizuschalten." Er deutete auf den Riss in der Wand. „Komm. Erlaube uns, dir alles zu erklären."

Ohne zu zögern, nahm Rashana Meks Arm und folgte dem Priester durch einen unebenen Korridor. Mek lehnte sich zu ihr und flüsterte: „Lass es mich wissen, wenn du einen Booster willst oder gehen musst."

Wieder strahlte sie Ruhe aus. Sie wusste, dass sie ihm sagen musste, dass die Behandlungen nutzlos waren, aber dies war weder die richtige Zeit noch der richtige Ort. „Ich brauche keine Behandlung. Ich möchte hören, was er zu sagen hat."

Er nickte, seine Sorge wurde durch einen Eifer ersetzt, der ihrem eigenen entsprach. Ihre Schuldgefühle jedoch waren omnipräsent und sie gab ihr Bestes, sie niederzuringen. Es war nicht so, als würde sie Mek verletzen oder ihn zu etwas zwingen, das er nicht wollte.

Sie erreichten eine kleine Kammer mit einer

niedrigen, gewölbten Decke. Wie die vorherige Kammer waren die Wände und der Boden glatt, nur hier waren sie frei von Gemälden. Der Stein war rötlich-braun und mit einem Netz aus feinen Rissen überspannt. Das Licht mehrerer Kerzen erzeugte einen regenbogenartigen Schimmer. Stoff auf dem Boden dämpfte ihre Schritte, und zahlreiche niedrige Sitzmöglichkeiten und kleine Tische fanden sich im Raum verstreut. Die Luft war von dem Duft nach geräucherten Kräutern durchzogen.

Sotulu wies sie an, sich zu setzen, und Rashana wählte einen breiten Sitzplatz, der es Mek ermöglichen würde, sich neben sie zu setzen. Der Priester setzte sich auf der gegenüberliegenden Seite des Raumes auf einen Hocker. „Um die Gabe zu verstehen, musst du in der Geschichte zurückgehen, als diese Welt noch eine Wüste mit nur wenigen Lebewesen war. Vor Jahrtausenden entstand aus dieser Wüste eine alte Spezies namens Yanara. Sie teilten ein Schwarmwissen und kommunizierten durch Gedanken und Emotionen miteinander. Sie lernten schließlich, die Ionenenergie zu nutzen und die Elemente zu kontrollieren."

Mek setzte sich kerzengerade hin. „Meine Leute

haben auch Mythen über eine alte Spezies, die die Elemente manipulieren konnte. Wir nennen sie Ikvarapok.“

Die Emotionen, die Rashana als Flüstern wahrnahm, übermittelten Freude, und Sotulu lächelte. „Viele Planeten haben Geschichten von mächtigen Wesen“, sagte er. „Die Yanara wagten sich in die entlegensten Winkel des Weltraums vor, sodass die Arten entstehen konnten, mit denen wir heute vertraut sind.“

„Willst du damit sagen, dass alle Rassen der Galaxie einen gemeinsamen Vorfahren haben?“, fragte Rashana. Mittlerweile musste sie sich wundern, ob das Flüstern, das sie fühlte, die Yanara in ionischer Form waren. Sie schaute sich im Raum um. „Was ist mit den Yanara passiert?“

„Sie entwickelten sich zu Wesen reiner Ionenenergie und verließen diese Dimension, um ihre Erkundungstour in anderen Bereichen fortzusetzen. Wir ehren sie in diesem Heiligtum.“

Mek rieb sich nachdenklich das Kinn und sagte: „Diese Verbindung ist mir bisher entgangen, aber es ergibt Sinn. Die Saluqane nutzen ihre angeborenen medizinischen Fähigkeiten ähnlich zu dem, wie es die Denaidaner mit ihren ionischen Kräften tun.“ Er drehte sich zu Rashana und sah sie aufgeregt an. „Das gibt mir einige Ideen zu Dollards Forschung.“

„Wirklich? Das ist großartig!“ Sie war begierig darauf, so viel wie möglich über ihre Fähigkeiten und Dollards Grund für ihre Erschaffung zu erfahren.

„Wir heißen deine Fragen willkommen“, bot Sotulu an. „Da ist etwas in dir, das uns anzieht. Etwas Vertrautes.“

„Warum sprichst du von dir selbst immer als *wir*?“, fragte Rashana.

Sotulu neigte den Kopf. „Wir sind hier nicht allein.“

Ihr kam ein Gedanke. Was sie hörte, war nicht nur eine Stimme, sondern ein Kommunikationsversuch, der zu schmerzhaft war, um ihn zu verarbeiten. In Reaktion zuckte ihr Körper so stark zusammen, sodass sie von ihrem Platz rutschte und auf ihren Knien landete.

„Rashana!“ Mek kniete neben ihr und suchte in seiner Tasche nach dem Hypo-Injektor. „Warte kurz. Ich helfe dir.“ Er drückte den Injektor an ihren Arm, und die kalte Flut des Medikaments rollte durch sie, tat aber nichts für das Gefühl in ihrem Kopf.

Sie fiel nach vorne auf ihre Hände und

schnappte verzweifelt nach Luft. Dann formte sich ein einziges, zusammenhängendes Wort in ihrem Kopf: *Entschuldigung.* Der Schmerz ließ nach, zusammen mit den Emotionen, die so plötzlich in ihr aufgestiegen waren.

Rashana setzte sich auf ihre Fersen zurück und sah stirnrunzelnd zu Sotulu. „Was war das?"

„Du bist noch nicht bereit." Er erhob sich und entfernte die dünne Kette um seinen Hals. Daran baumelte ein kleiner Anhänger in der gleichen Farbe wie die rötlichen Wände. Er streckte ihr die Kette entgegen. „Bitte akzeptiere dieses Geschenk zur Feier eures Gefährtenbundes. Es wird eine Zeit kommen, in der es sich als hilfreich erweisen wird."

Mek hielt eine Hand hoch, um das Geschenk zu blockieren. „Danke, aber nein."

„Warte, es ist okay." Rashana stand auf und griff nach dem Anhänger. Er fühlte sich warm in ihrer Hand an und strahlte eine sanfte Energie aus, die ihren Geist beruhigte.

Mek sah sie skeptisch an, blieb jedoch still.

„Was macht es?", fragte sie.

„Im Laufe der Zeit wird es sich mit deiner Ionenenergie verbinden und die Kommunikation verbessern."

Sie legte es sich um den Hals und schob es am Ausschnitt in ihr Oberteil. „Dankeschön.“

„Wir müssen vor Einbruch der Dunkelheit zurücksein“, sagte Mek, und sie spürte, dass er gerade mehr als besorgt war. Wie ein dichter Nebel legten sich seine Emotionen um ihre Sinne. Im Moment hatte sie jedoch nicht die Energie, ihn zu blockieren.

Sie verließen den Schrein und traten aus der Höhle, wo die Sonne nun tief über dem Wald hing. Das sanfte Gurgeln des Wasserfalls klang in der Stille regelrecht melodisch. Sie holte tief Luft und bemerkte, wie sie sich mit jeder Sekunde besser fühlte.

„Es ist eine gute Sache, dass ich dein Medikament mitgebracht habe. Was ist da drin mit dir passiert?“, fragte Mek und warf einen wütenden Blick auf den Eingang des Schreins.

Rashana schluckte schwer. Sie musste sich eingestehen, dass die Zeit gekommen war, ihm die Wahrheit zu sagen. „Ich muss dir etwas sagen, Mek.“ Sie holte tief Luft. „Die Behandlungen haben vor einiger Zeit aufgehört zu wirken.“

Sein Blick schoss zu ihr und er sah sie entsetzt an. „Was meinst du damit?“

„Das Medikament ... die Wirkung ... lässt

nach“, stammelte sie und fuhr dann rasch fort, als sie den schockierten Ausdruck auf seinem Gesicht sah: „Aber es ist alles okay. Ich brauche es nicht. Es stört mich nicht, Leute um mich zu haben.“

Freude drang über deren Verbindung zu ihr. Eine Freude, die sich schnell in Misstrauen, Verwirrung und Verrat umwandelte.

„Hat die Behandlung jemals funktioniert?“, fragte er in einem tiefen, kontrollierten Ton. „Oder hast du die ganze Zeit gelogen?“

„Am Anfang tat sie das, aber die Wirkung ließ mit jeder Dosis immer schneller nach.“

„Warum hast du mir das nicht gesagt?“

Sie schluckte schwer. „Mehrmals wollte ich es dir sagen, aber ich hatte Angst, dass du mich wieder ins Labor sperrst.“ Ihre Kehle schien sich über den Worten zu verschließen, sodass der Rest geflüstert herauskam: „Das schaffe ich nicht nochmal.“

Er spannte den Kiefer an. „Ich habe mich vor meiner Crew für dich eingesetzt. Vor Rust und den anderen Cyborgs. Ich habe versprochen, dass du mit der Behandlung keine Bedrohung darstellst. Das ist ein Verstoß gegen unsere Vereinbarung.“

„Ich bin keine Bedrohung! Das musst du mir glauben.“ Sie griff nach seiner Hand, aber er zuckte von ihr weg.

„Warum? Warum muss ich dir glauben? Weil wir einen Bund eingegangen sind?"

Ihr Magen rebellierte, als eine Welle von Schuldgefühlen über ihr einstürzte. Er war ihr Gefährte, und sie hätte ihm vertrauen sollen. Noch bevor sie einen Bund eingegangen waren, hatte er sich für sie eingesetzt. Und sie konnte ihm nicht mal sagen, dass sie ihre Macht nicht genutzt hatte. Denn das hatte sie. Sie hatte die Kraft bei Emmy benutzt. Sie hatte sie im Schrein sogar an ihm benutzt. Vielleicht hatte ihr Vater doch Recht. Vielleicht sollte man sie wegsperren.

Sie ließ den Kopf hängen. „Ich hätte es dir sofort sagen sollen."

„*Usviiqe*", fluchte er. Auf ihre Sinne schlug Angst ein. „Wie lange hat deine letzte Behandlung gewirkt?"

Sie schaute auf. Ihm war jegliche Farbe aus dem Gesicht gewichen. *Nebulas,* warum hatte sie ihm nicht schon früher die Wahrheit gesagt? „Noch vor dem Abendessen."

„Also bevor wir ..." Er stoppte und verzog das Gesicht zu einer Grimasse. „Bevor wir uns verbunden haben."

Sie nickte, und ihre Augen brannten. Ihr Kinn bebte, als sie ihren Blick verzweifelt auf sein Gesicht richtete. „Aber ich habe dich nicht beeinflusst, dich mit mir zu paaren. Das verspreche ich."

Sein Atem wies daraufhin, wie wütend er war, als er sich von ihr abwandte und zum Pfad marschierte. „Wie kann ich dir nach alledem noch vertrauen, Rashana?"

Tränen verschwammen ihre Sicht, als sie ihm folgte. Meks Warnung, einen Gefährten mit Bedacht zu wählen, kehrte in ihren Verstand zurück. Die Stille zwischen ihnen breitete sich aus, fühlte sich dicht und schwer an, als sie den Weg zum Raumschiff antraten. Sie musste einen Weg finden, es wieder gutzumachen, da sie sonst zu einem Leben voller Elend verurteilt waren.

KAPITEL ZWANZIG

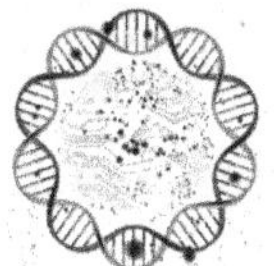

Mek bemerkte kaum den Wald um ihn herum, als er schweigend über den Pfad marschierte. Verrat und Sorge legten sich schwer auf seine Schultern, was jeden Schritt zu einer Qual machte. Er spielte jeden Moment mit Rashana ab, seit er sie aus dem Kryo-Pod geholt hatte, und fragte sich, wie oft sie heimlich die Gefühle der Anwesenden belauscht hatte. War sie jemals ehrlich gewesen? Und was war mit deren Gefährtenbund? Es war möglich, dass sie ihn manipuliert hatte, sie zu lieben. Das könnte sie auch jetzt noch machen.

Er schüttelte den Kopf. Mek wollte nicht glauben, dass sie das tun würde. Er wollte darauf vertrauen, dass seine Gefühle echt waren, dass die

Verbindung zwischen ihnen ein wahrer Gefährtenbund und von Ellam Cua gesegnet war. Aber wie konnte er das, wenn sie ihn tagelang angelogen hatte? Seine Herzen und sein Verstand befanden sich im Krieg.

Rashanas Stimme ertönte hinter ihm. „Glaubst du, dass Dr. Ysora mir helfen kann, diesen Fluch ein für alle Mal loszuwerden?"

Die Worte waren so ähnlich zu denen seiner Schwester – ein Wunsch, anders zu sein –, dass er abrupt stehen blieb und sich zu ihr umdrehte. Rashanas Augen waren rot und geschwollen, als hätte sie die letzten Minuten geweint, und der Anblick brach ihm die Herzen. „Ich möchte nicht, dass du deine Kräfte verlierst, Rashana. Ich will einfach nur, dass du ehrlich zu mir bist."

Sie nickte. „Das werde ich. Es tut mir leid, dass ich es dir nicht früher gesagt habe. Von nun an verspreche ich, dir alles zu erzählen." Sie hob ihr Kinn. „Ich werde dein Vertrauen zurückgewinnen."

Er atmete durch die Nase aus. Er wusste, dass er sie nicht ganz abschreiben durfte. Schließlich waren sie Gefährten und gegenseitiges Vertrauen gehörte dazu. Nur war er noch nicht bereit, ihr zu vergeben. „Ich möchte dir glauben, aber –" Er schaute auf den Boden. „Ich werde etwas Zeit brauchen."

Sie entließ einen zittrigen Seufzer und nickte.

Sie gingen den Rest des Weges, ohne auch nur ein Wort zu sagen, die Wärme, die normalerweise von deren Gefährtenbund ausstrahlte, wurde jetzt durch ein hohles Gefühl der Traurigkeit ersetzt, das tief in seine Seele vordrang. Als sie die Hardship erreichten, brachte er sie zu seinem Quartier. „Ich muss etwas in der Krankenstation überprüfen. Kann ich darauf vertrauen, dass du hier bleibst?"

„Natürlich", sagte sie. „Komm schnell zurück."

Der flehende Ausdruck in ihren Augen löste in ihm das Bedürfnis aus, sie zu berühren. Eine Berührung, die nicht nur ihn, sondern auch sie besänftigen würde. Er wusste jedoch, dass es keine kluge Idee war, sie jetzt zu berühren. Er brauchte etwas Abstand und Zeit, sodass er in Ruhe nachdenken konnte. Er ging einen Schritt zurück und trat in den Korridor. „Ich komme zurück, sobald es mir möglich ist."

Trotz der Enttäuschung auf ihrem Gesicht schloss er die Tür und machte sich auf zur Krankenstation. Er setzte sich vor einen Computer und öffnete die Datei mit Rashanas biometrischen Berichten. Vielleicht konnte er Beweise dafür finden, dass sie ihn nicht in einen Gefährtenbund manipuliert hatte.

Mehrere Stunden vergingen und er hatte sich nicht einmal von seinem Platz bewegt. Er starrte auf den Holo-Bildschirm. Bisher hatte er nichts Nützliches gefunden. Er hatte die biometrischen Parameter für die empathischen Reaktionen einer typischen Denaida-Frau festgelegt, aber Rashana war alles andere als typisch. Wie sollte er wissen, was für sie normal war? Jeder Moment mit ihr war verdächtig – von der Sekunde, als er ihre Kapsel geöffnet hatte. Er war sich nicht einmal sicher, ob sein empathisches Sensibilitätstraining bei ihr funktionierte. *Ich werde vielleicht nie mit Sicherheit sagen können, ob unsere Resonanz echt ist.*

Was er wusste, war, dass seine Herzen verlangten, zu seiner Gefährtin zurückzukehren. Er konnte jedoch nicht bestreiten, dass sich seine Bedenken wie ein dunkler Nebel um ihn legten.

Gedämpfte Stimmen strömten aus der Küche zu ihm, und er erkannte, dass es bereits der nächste Morgen war. Er müsste sich auf den Termin mit Dr. Ysora vorbereiten. Er schloss die Augen und vergrub sein Gesicht in seinen Handflächen. *Ellam Cua, führe mich auf den richtigen Pfad.*

Ein Piepton von der Tür erregte seine

Aufmerksamkeit. Er schaute auf und entdeckte Twerp auf der Türschwelle. „Ich kam vorbei und bemerkte, dass du Sorgen zu haben scheinst, Doktor. Was kann ich tun, um dir zu helfen?"

Mek schluckte schwer. Er dachte immer noch darüber nach, wie er die Situation mit Rashana der Crew erklären sollte. Würde er der KI davon erzählen, die viel zu gerne tratschte, könnte er das Problem auch gleich über den Lautsprecher verkünden – keine gute Idee. „Danke, aber nein. Ich denke nur nach."

„Über Rashana?" Twerp rollte nach vorn, ihr Kamerakopf neigte sich zur Seite. „Ich habe die Entwicklung eurer Beziehung mit Interesse verfolgt. Ich habe eine signifikante Änderung in euren Interaktionen festgestellt, seit ihr von eurem Date zurückgekehrt seid. Ist es nicht gut gelaufen?"

Er rieb sich die Stirn. „Sie hat mich wegen etwas Wichtigem angelogen."

„Oje!" Twerps Stimme war sanft. „Hast du in Erwägung gezogen, mit ihr darüber zu sprechen?"

Mek stieß ein humorloses Lachen aus. „Das haben wir bereits. Sie sagte, sie werde von nun an ehrlich zu mir sein, aber ich weiß nicht, ob ich ihr vertrauen kann."

Twerps Kamera neigte sich nach unten. „Hat

Rashana eine Erklärung für ihre Täuschung gegeben? Als KI liegt es nicht in meiner Programmierung zu lügen, aber als meine Existenz während der Cyborg-Rebellion bedroht war, lernte ich, dass es für das Überleben nützlich sein kann, die Wahrheit zu biegen oder gar nichts zu sagen."

Mek dachte an alles, was Rashana erlitten hatte. Ihre Angst, wieder eingesperrt zu werden. Der Verrat eines Mannes, von dem sie glaubte, er sei ihr Vater. *Ich kann ihr nicht dafür die Schuld geben, mit Vorsicht vorzugehen. Nicht mal, wenn sie das mir gegenüber tut.* Er seufzte und nickte. „Ja. Ich verstehe, warum sie es getan hat."

„Dann ist es vielleicht am besten, wenn du erneut mit ihr redest", sagte Twerp. „Vertrauen macht dich verwundbar, aber es kann dich auch stärker machen, wenn du bereit bist, das Risiko einzugehen. Ich bin mir sicher, dass du und Rashana euch einigen könnt, wenn es darum geht, wie ihr in Zukunft mit schwierigen Wahrheiten umgehen sollt."

Mek konnte nicht anders, als bei dem weisen Rat der KI zu lächeln. „Du hast Recht, Twerp. Danke dir."

Twerp piepte und drehte sich zum Gehen. „Ich freue mich, dass ich dir helfen konnte."

Mek folgte ihr aus der Krankenstation und ging zu seinem Quartier.

Die Zukunft war noch immer ungewiss, aber Rashana war das Risiko wert.

———

Rashana versuchte, Meks Wunsch nach Abstand zu ehren. Das Problem war nur, dass mit jedem Moment, den sie ihn nicht bei sich hatte, das Gefühl verstärkt wurde, dass ihr Herz in einem Schraubstock steckte. Sie hatte einen Fehler gemacht und Informationen zurückgehalten. Sie hätte es besser wissen sollen. Von Anfang an war er ihr Fürsprecher gewesen. Jetzt zahlten sie beide den Preis.

Ausgestreckt auf seinem Doppelbett in einem sexy Negligé, von dem sie hoffte, dass es ihre Versöhnung beschleunigen könnte, starrte sie an die Decke, während ihre Verzweiflung von Minute zu Minute verstärkt wurde. Was, wenn Mek ihr nie verzeihen würde? Was, wenn er entschied, dass er nichts mehr von ihr wissen wollte? Der Gefährtenbund blieb ein Leben lang bestehen, aber er hatte sie gewarnt, dass das nicht bedeutete, dass die Beziehung eine glückliche sein musste. Ihre Kehle schnürte sich bei dem Gedanken zu.

Irgendwann musste sie eingeschlafen sein, denn sie wurde sich plötzlich seiner Anwesenheit bewusst. Aufgeregt setzte sie sich auf und schaute sich um, aber ... er war nicht hier. Ihr Bewusstsein für ihn wuchs und sie berührte den Anhänger ihrer Kette. Fühlte er sich wärmer an?

Dann rutschte die Tür auf und ihre Aufregung verblasste. Mek stand mit dunklen Ringen unter den Augen auf der Türschwelle.

„Geht's dir gut?", fragte sie.

„Ja. Allerdings müssen wir uns für unseren Termin fertig machen."

„Jetzt schon?" Sie musste länger geschlafen haben, als sie dachte. „Ich hatte gehofft, dass wir ein wenig Zeit hätten, um uns kurz zu unterhalten." Sie stand auf und griff nach ihrer Kleidung, da ihr das sexy Negligé plötzlich unangenehm war. So viel zur Versöhnung. Jetzt waren ihr die Spitze und die Seide auf der Haut peinlich.

Sie hielt den Kopf gesenkt und drehte sich zum Badezimmer, doch sie wurde von einer Hand um ihr Handgelenk gestoppt. Sie folgte der Länge seines Arms und begegnete seinem Blick.

Seine Emotionen waren abgeschirmt, aber seine Augen zeigten, dass auch er Qualen litt. „Ich möchte wirklich glauben, dass unser Gefährtenbund echt ist."

Sie hob ihr Kinn. „Er ist echt. Das schwöre ich."

Er starrte ihr tief in die Augen, als würde er nach der Wahrheit suchen. Die Spannung zwischen ihnen war spürbar, aber sie gab nicht nach. Schließlich atmete er aus und zog sie an sich. „Die Resonanz lügt nicht", murmelte er in ihr Haar. „Es tut mir leid, dass ich wütend geworden bin. Ich verstehe, warum du die Wahrheit verschwiegen hast. Ich möchte dich jedoch daran erinnern, dass ich nicht dein Vater bin. Niemals würde ich dich absichtlich verletzen."

All ihre Anspannung schien wie eine Mauer in sich zusammenzufallen, und sie ließ die Kleidung los, als sie in seine Umarmung sank. „Mir tut es auch leid", sagte sie an seiner Brust. „Ich hätte dir vertrauen sollen."

Er lehnte sich zurück und musterte sie. „Unser Gefährtenbund ist nicht nur eine unzerbrechliche Naturgewalt. Es ist etwas, das wir pflegen müssen. Lass uns einen Pakt schließen. Ich möchte, dass wir immer ehrlich miteinander sind und einander Vertrauen schenken.“

Rashana nickte zustimmend. Darüber hatte sie bereits nachgedacht, als sie ohne ihn im Dunkeln auf dem Bett gelegen hatte. Sie hatte Angst gehabt, dass die Dinge zwischen ihnen nie wieder so sein würden wie zuvor. „Ja“, sagte sie in einem feierlichen Ton.

Er küsste sie sanft auf die Lippen und sofort sprühten die Funken zwischen ihnen. Sie schnappten beide nach Luft, und plötzlich lag sein Mund auf ihrem und er küsste sie mit einer hungrigen Entschlossenheit.

Sie grub ihre Finger in sein Haar und erwiderte seinen leidenschaftlichen Kuss. Die Verzweiflung, die sie zuvor gespürt hatte, wurde durch reine, glückselige Begierde ersetzt, und ihr Herz raste, als seine Hände nach unten rutschten, ihren Arsch zu fassen bekamen und sie noch näher an ihn zogen.

„Mek“, keuchte sie, überwältigt von der plötzlichen Hitze zwischen ihnen.

„Rashana“, knurrte er gegen ihren Hals, seine Stimme voller Verlangen. „Ich brauche dich.“

Seine Lippen beanspruchten ihre erneut, hart und besitzergreifend, ihre Zungen fanden in einem wilden Tanz zueinander. Rashana stöhnte und ihre Finger gruben sich in seine Schultern, als er sie von ihren Füßen hob und sie zum Bett trug. Der Gefährtenbund war ursprünglich und intensiv, und sie konnte die endlose Tiefe seines Verlangens nach ihr spüren. Das Gefühl war überwältigend, und sie schmolz in seiner Umarmung dahin und ließ zu, dass seine Liebe durch die Verbindung zu ihr strömte, wo sie sich mit ihrer vermischte.

Er hörte nicht auf, sie zu küssen, als er sie auf die Matratze senkte und seine Hände über jeden Teil von ihr wandern ließ, den er erreichen konnte. Seine Berührung war elektrisierend und sandte bei jeder Liebkosung einen Blitz durch ihren Körper. Er erhob sich auf die Knie, zog ihr das Höschen aus und kümmerte sich dann um den Verschluss seiner Hose.

Rashana konnte ihr Wimmern nicht zurückhalten, als sie schließlich seinen Schwanz zu Gesicht bekam. Er war dick und hart, und der Anblick ließ ihren Puls noch schneller rasen. „Ich brauche dich auch", keuchte sie, wickelte beide Beine um seine Hüfte und zog ihn zu sich herunter.

Und dann war er in ihr und füllte sie mit einem kraftvollen Stoß. Rashana schrie bei der

Empfindung. Es fühlte sich so gut an, ihn in ihr zu haben, endlich wieder diese Verbindung zwischen ihnen zu spüren, sowohl körperlich als auch emotional.

Er hielt sich über ihr, als er sich zu bewegen begann, und starrte sie mit einer Intensität an, die jeden Winkel ihres Herzes berührte. Sie spürte, wie sich ihre eigenen Emotionen in seinen Augen widerspiegelten, ein Verlangen, das so tief reichte, dass es sie sprachlos machte.

Ihr Orgasmus brach über ihr ein und sie schrie: „Mek!"

Nach einem letzten Stoß stöhnte Mek und sein Körper zitterte, als er sich in ihr ergoss. Nach einer Weile senkte er sich auf sie und küsste sie sanft unter ihrem Ohr. „Rashana", flüsterte er, ihr Name wie ein Gebet auf seinen Lippen.

Sie hielten sich für einen Moment umklammert und atmeten die Düfte des anderen ein. Dann glitt er aus ihr heraus, erhob sich mit einem schiefen Grinsen auf den Lippen, streckte eine Hand nach ihr aus und half ihr vom Bett. „Wir müssen uns beeilen, wenn wir unseren Termin nicht verpassen wollen."

Sie erwiderte sein Grinsen mit ihrem eigenen und eilte schnell auf die Toilette, um sich frischzumachen und sich etwas anzuziehen. Es musste noch mehr Vertrauen zwischen ihnen aufgebaut werden, aber ihr Herz war erfüllt mit dem Wissen, dass sie beide der Liebe verpflichtet waren.

KAPITEL EINUNDZWANZIG

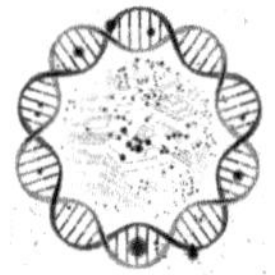

Das Licht am frühen Morgen war nicht stark genug, um das Blätterdach zu durchdringen, als Rashana und Mek vor dem hoch aufragenden, blauen Saluqan-Heiltempel aus dem Taxiboot stiegen. Enorme Verkleidungen an der Außenseite der Fassade leuchteten mit biolumineszierendem Licht, reflektierten auf dem Wasser im Kanal und gaben dem Pfad einen außerweltlichen Anstrich.

Mek führte sie zum Eingang, und Rashana stockte ehrfürchtig der Atem. Dutzende von transparenten Balkonen erhoben sich im Inneren zu beiden Seiten eines langen Korridors und erstreckten sich nach oben in Richtung einer scheinbar nicht vorhandenen Decke, die in einem leuchtenden Blau strahlte. Unregelmäßig verteilte, blasenförmige Aufzüge beförderten die Besucher zwischen Balkonen auf und ab.

„Wie sollen wir Dr. Ysora hier finden?", fragte Rashana. Sie fühlte sich etwas aus dem Gleichgewicht gebracht.

Mek hielt ein daumengroßes Gerät mit einem blauen Dreieck an einem Ende hoch. „Sie hat uns einen Wegweiser zur Verfügung gestellt."

Sie folgten der Spitze des Dreiecks zu einem Aufzug, der nach unten statt nach oben fuhr. Rashana war enttäuscht, dass sie nicht die Aussicht von einem der Balkone genießen konnte, aber das Wichtigste war gerade, nicht zu spät zu dem Treffen zu kommen. Vielleicht könnten sie danach die anderen Etagen erkunden.

Der Aufzug brachte sie zu einem fensterlosen Labor mit glänzenden Metalloberflächen und Werkzeugen, Regalen und Arbeitsplatten. Ein schreckliches Gefühl von Déjà-Vu rollte durch Rashana, als Mek sie hineinführte. Es fühlte sich an, als würde sie in das Labor ihres Vaters treten, mit Regalen voller Reagenzgläser mit glühenden Flüssigkeiten und seltsam aussehenden biologischen Proben in Bechergläsern. In einer Ecke drehte sich eine große Zentrifuge, deren monotones Surren von gelegentlichen Signaltönen von anderen Geräten unterbrochen wurde. Ein Hauch von Ozon durchsetzte die Luft zusammen mit trockenem, rauchigem Staub und etwas, das sich anfühlte wie Funken, die auf ihrer Haut prickelten.

Sie packte Meks Hand fester und versuchte, ihre empathische Kraft abzuschalten, damit sie ihn nicht mit ihrer Nervosität infizierte. Einer von ihnen musste besonnen bleiben, während sie mit Dr. Ysora sprachen.

Die Ärztin trat mit einem kleinen Fläschchen blau-grauer Flüssigkeit in der Hand aus einer zweiten Tür. Ihre Adern flackerten hell unter ihrer lila-blauen Haut und sie grinste. „Gut, ihr seid hier." Sie setzte das Fläschchen in ein nahegelegenes Gestell und deutete auf einen großen Metalltisch mit Stühlen in der Mitte des Raumes. „Bitte setzt euch."

Sie nahmen Platz und warteten, als Dr. Ysora einige Eingaben auf einem Datenfeld vornahm. Rashana spielte mit dem Saum ihres Rocks und ihr Puls raste los, als die Ärztin sich ihr mit einer Biopsieeinheit näherte. „Ich schätze die Proben, die du uns zur Verfügung gestellt hast", sagte Dr. Ysora. „Ich hätte jedoch gerne eine frische Probe, um sie zu vergleichen, wenn das in Ordnung ist."

Weitere Tests zu ertragen, war der einzige Weg, um die Antworten zu bekommen, die sie brauchte, also drückte Rashana die Augen zu und streckte einen Arm aus. „Sicher."

Mek rieb über ihre Schultern, als die Nadel in ihre Haut stach. Der Schmerz ließ nach und sie öffnete ihre Augen, um zu sehen, wie Dr. Ysora ein DRU-Gerät über die Wunde rollte. „Schon erledigt."

Rashana atmete zittrig ein und nickte. „Danke."

„Mmm", kam es von Dr. Ysora, als sie die Probe in eine ihrer Maschinen steckte. Sie stellte die Biopsieeinheit beiseite und setzte sich zu ihnen an den Tisch. „Ich konnte die andere biologische Probe, die ihr zur Verfügung gestellt habt, rekonstruieren. Die Person, der die DNA zuzuschreiben ist, scheint nicht dein Vater zu sein, jedoch ist es wahrscheinlich, dass es die eines nahen Verwandten ist."

Dollard war nicht ihr Vater, aber er war dennoch mit ihr verwandt? Rashana wurde übel. Sie wollte nichts mit dem Bastard zu tun haben.

Mek lehnte sich vor, seine Aufmerksamkeit direkt auf die Ärztin gerichtet. „Konntest du herausfinden, wie Dollard es geschafft hat, erfolgreich menschliche und denaidanische DNA zusammenzuführen?“

Dr. Ysora nickte. „Er hat mit der Nanotechnologie experimentiert, um verschiedene Attribute zahlreicher Arten zu kombinieren. Anscheinend hat er viele Wiederholungen durchgemacht, und Rashana ist sein größter Erfolg.“

„Aber warum?“, fragte Rashana, nicht gerade davon begeistert, bis ans Lebensende als Dollards größten Erfolg bezeichnet zu werden. „Warum sollte er jemanden wie mich erschaffen wollen?“

Ein Muskel spannte sich in Meks Kiefer an. „Wahrscheinlich versucht er, eine Waffe für Syndicorp zu entwickeln.“

Rashana verzog das Gesicht. Das waren nicht die Antworten, auf die sie gehofft hatte. Alles, was sie lernten, ließ ihre Zukunft nur noch prekärer erscheinen. Sie wäre nicht überrascht, wenn Mek sie in einen Pod setzen würde, noch bevor sie den Planeten überhaupt verließen.

„Wahrscheinlich“, fuhr Dr. Ysora fort. „Seine Forschung zielt darauf ab, eine Lebensform zu schaffen, die allen anderen existierenden Arten überlegen ist.“ Sie lehnte sich in ihrem Stuhl zurück und faltete ihre Hände vor ihrem Bauch. „Am Anfang experimentierte er mit körperlich starken Arten – Rakwiji, Yanipa-nimayu und dergleichen. Schließlich verlagerte er seinen Fokus auf die Schaffung von Wesen mit anderen Fähigkeiten, wie die biometrischen Sinne der Saluqane und die ionischen Fähigkeiten der Denaidaner. Leider war er nicht in der Lage, die chromosomalen Paarungen zu stabilisieren, um lebensfähige Geburten zu sichern." Ihre Adern flackerten hell auf, als sie sich auf Rashana konzentrierte. „Bis er dich kreiert hat."

Rashana schluckte, plötzlich überwältigt von Visionen ihrer Mutter, die tot auf dem Boden lag. „Was meinst du damit?"

„Ja, was meinst du damit?", fragte Mek mit durchdringender Stimme.

„Rashanas Eizellenspenderin war Denaidanerin, aber ihre leibliche Mutter war Saluqan", sagte Dr. Ysora, erhob sich von ihrem Stuhl und ging zu einer Werkbank. „Dr. Dollard programmierte einen selektiven Entwicklungsalgorithmus in einen Nanit, kombinierte ihn mit einer Mischung aus genetischem Material und prägte das Programm auf eines der Chromosomen des Eies. So war er in der Lage, das Ei in vitro zu befruchten und es in eine Leihmutter zu implantieren."

Mek erhob sich ebenfalls, seine Stimme nun von Wut durchzogen. „Denaida-Frauen konnten unseren Planeten nur unter höchsten Qualen verlassen. Wie hat er eine in sein Labor bekommen? Sagen seine Akten, was mit ihr passiert ist?"

Dr. Ysora neigte den Kopf, ihre Adern füllten sich nun mit rosa und grüner Energie. Sie nahm ein Fläschchen und steckte es in einen Hypo-Injektor. „Es ist schwierig, den Eisprung bei eurer Spezies auszulösen. Sie hat die Ionenfrequenzen, die für die Ernte ihrer Eier erforderlich sind, nicht überlebt."

„Das ist ja schrecklich!", hauchte Rashana. Alles an ihrer Kreation erinnerte an einen Albtraum.

Plötzlich fühlte sich das Labor an, als würden die Wände näher rücken. Sie wollte wegrennen, sich verstecken, wollte dieser Umgebung entkommen. Instinktiv erhob sie sich und drehte sich zur Tür.

Zwei riesige Menschen blockierten den Ausgang. Einer von ihnen hatte eine lange Narbe im Gesicht, der andere trug eine ramponierte Lederjacke mit einem unbekannten Abzeichen.

„Ist das das Mädchen?", fragte der Mann mit der Narbe.

„Wie versprochen“, antwortete Dr. Ysora hinter ihr.

Rashana stolperte einen Schritt zurück und drehte sich zu Mek. Er starrte sie mit weit aufgerissenen Augen an. Erst jetzt erkannte sie, dass Dr. Ysora den Hypo-Injektor aus seinem Arm zog. Meks Augen schlossen sich und sein schlaffer Körper landete auf dem Boden.

„Mek!“, schrie sie und fiel neben ihm auf die Knie. Seine Augenlider flatterten und er atmete viel zu schnell. Sie sah zu Dr. Ysora auf. „Was hast du mit ihm gemacht?“

Der Mann in der Lederjacke packte Rashanas Arm und riss sie auf die Füße.

Verzweifelt entfesselte sie ihre Kraft. Sie würde diesen Mann auf den anderen hetzen! Doch nichts passierte. Unter ihrer Haut zappelten ihre Kräfte wie ein Fisch in einem mit Schlamm gefüllten See. Obwohl der Mann ihren Arm berührte, konnte sie sich nicht an seine Emotionen klammern.

Erfolglos zappelte sie in seinem Griff, als er eine Biopsieeinheit aus seinem Gürtel zog. „Mek!“, schrie sie. „Mek, wach auf!“

„Dieser Mann ist Denaidaner.“ Dr. Ysora stieß Mek mit dem Fuß an. „Der Arzt wird ihn auch wollen.“

„Wir haben nur Befehle für das Mädchen", sagte der Mann, der immer noch an der Tür stand.

Rashana versuchte erneut, die Emotionen ihres Angreifers zu packen, als er die Biopsiesonde in ihren Unterarm stieß. Warum konnte sie ihn nicht wahrnehmen?

Er riss die dicke Nadel heraus und machte sich nicht die Mühe, den Fluss aus leuchtend violettem Blut zu stoppen. Es erinnerte sie an ihren Vater und die vielen Biopsien, die er an ihr durchgeführt hatte. Die Vielzahl an Tests, die sie ertragen musste – Tests, die sie erneut ertragen müsste, wenn sie nicht entkommen konnte.

Das seltsame Kribbeln, das ihr beim Betreten von Dr. Ysoras Labor aufgefallen war, machte sich nun wie eine Million Ameisen auf ihrer Haut bemerkbar. Es erinnerte sie an die ionischen Dämpfungsfelder, die ihr Vater erschaffen wollte, um ihre Macht zu unterdrücken. Er war nie erfolgreich gewesen, aber es schien, als hätte Dr. Ysora die Technologie perfektioniert.

Die Ärztin stemmte die Hände in die Hüften und blickte finster auf Mek herab. „Und was soll ich bitte mit ihm machen?"

„Nicht unser Problem", sagte der Mann in der Lederjacke. Die Biopsiesonde piepte. „Der Proband wurde bestätigt. Die Zahlung kann jetzt vorgenommen werden." Er zog Rashana zur Tür.

Sie kämpfte, wehrte sich, drückte die Augen zu und versuchte, das summende Ionenfeld zu umgehen, das ihre Kraft unterdrückte. Ihre Knie knickten ein und sie krachte mit dem Schienbein gegen eine Bank, aber der Mann stoppte nicht, machte nicht mal den Anschein, als hätte er die Hürde bemerkt.

Dr. Ysora joggte mit einem Datenpad neben ihnen her, ihre Adern flackerten violett und gelb auf. „Das ist nicht, worauf wir uns geeinigt haben." Ihre Stimme nahm einen schrillen Ton an. „Ihr müsst meinen Bruder freilassen!"

Der Mann antwortete ihr nicht einmal, sondern zog Rashana einfach weiter über den Boden.

Sie hatten fast die Tür erreicht. *Die Grenze des Dämpfungsfeldes.* Ab da wäre sie in der Lage, ihre Macht zu nutzen. Rashana hörte auf, sich zu wehren und versuchte stattdessen, Fuß zu fassen.

Dr. Ysora packte ihren anderen Arm und grub die Fersen in den Boden, bis Rashana das Gefühl hatte, dass ihre Arme aus ihren Sockeln gerissen wurden. „Lass mich mit ihm reden, sonst rufe ich den Sicherheitsdienst", drohte Dr. Ysora.

Der Mann mit der Narbe knurrte von seinem

Platz im Korridor. „Ich habe befürchtet, dass du das sagen würdest."

Eine Pulspistole erschien in seiner Hand, und ein hohes Summen erfüllte die Luft. Eine kraftvolle Welle pulsierte nahe genug an ihr vorbei, dass Rashana die Luft beben fühlte.

Dr. Ysora brach zusammen, ihre Fingerspitzen glitten Rashanas Arm nach unten. Ihr Körper zuckte, dann erschlaffte sie und starrte aus leblosen Augen an die Decke.

Rashana schrie und versuchte, sich aus dem eisernen Griff ihres Entführers zu befreien.

„Es hat keinen Sinn zu kämpfen, Mädchen", sagte der vernarbte Mann und tauschte seine Pulspistole gegen einen Hypo-Injektor ein. Er drückte die kalte Mündung gegen Rashanas Hals, und die Welt verdunkelte sich.

KAPITEL ZWEIUNDZWANZIG

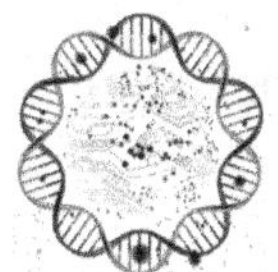

Stöhnend setzte sich Mek auf. Sein Kopf drehte sich. Er lag ausgestreckt auf dem harten Fliesenboden von Dr. Ysoras Labor, und das Letzte, woran er sich erinnerte, waren zwei Männer an der Tür und das Gefühl eines Hypo-Injektors an seinem Arm. Dr. Ysora. Esben hatte ihn gewarnt, die Augen offen zu halten, aber Mek dachte, das bedeute, sich nicht durch Falschinformationen täuschen zu lassen. So etwas jedoch hätte er nie erwartet.

Hastig stand er auf und suchte den Raum nach Rashana ab. Hinter einer Werkbank in der Nähe der Tür ragten Füße in Pantoffeln hervor. Er stolperte zu Dr. Ysora. Sie lag auf ihrem Rücken und starrte leblos an die Decke.

Usviiqe. Wie lange war er bewusstlos gewesen?

Er fühlte nach einem Puls, nur für den Fall, aber sie war bereits kalt und steif. Ein Knoten formte sich in seinem Bauch. Er war nicht nur recht lange bewusstlos gewesen, sein einziger Hinweis auf Rashanas Aufenthaltsort lag tot vor ihm. Einen Meter entfernt von ihr entdeckte er Dr. Ysoras Tablet auf dem Boden, und er schnappte es sich, in der Hoffnung, Hinweise darauf zu finden, mit wem sie es zu tun hatten. Es kam eine Aufforderung zur Eingabe eines Passworts. Natürlich waren die Daten verschlüsselt.

Fluchend fand er sein Polycom und rief die Hardship an.

Chigs, einer der Kanoniere, antwortete gelangweilt: „Was gibt's?"

„Ich brauche sofort Hilfe im Heiltempel. Jemand hat Rashana entführt."

„Was?" Chigs Stimme schärfte sich. „Wer hat sie entführt?"

„Das weiß ich nicht. Ich habe hier eine Leiche und keine Hinweise. Ich brauche jeden, der zur Verfügung steht. Ich muss sie finden."

„*Anaq*", sagte Chigs. „Ich bin im Moment der Einzige hier, aber ich werde versuchen, ein paar

Leute zusammenzutreiben. Wir kommen so schnell, wie wir können.“

Meks Verstand überschlug sich, als er zu Dr. Ysoras Körper zurückging und ihre Kleidung durchsuchte. Er fand einen Hypo-Injektor in einer Tasche und ein Polycom in der anderen, aber keine Hinweise auf ihre Komplizen. Eingehende und ausgehende Nachrichten waren gelöscht worden. Es gab wahrscheinlich eine Möglichkeit, die gelöschten Informationen aufzurufen, jedoch war er ein Arzt und kein Technikfreak. Er müsste auf Verstärkung warten.

Er legte das Polycom neben das Datenpad und beeilte sich, hinter der Tür nachzusehen, aus der Dr. Ysora ursprünglich gekommen war. Er hoffte auf ein Büro. Am liebsten würde er sich dafür in den Arsch treten, nicht daran gedacht zu haben, dass Rashana in Gefahr sein könnte, nachdem er ihre Identität offenbart hatte. Dollards Akten allein waren auf dem Schwarzmarkt ein Vermögen wert, wer wusste also, was Rashana selbst wert wäre – Dollards letztes Experiment.

Usviiqe. Er war so blind gewesen.

Hinter der Tür fand er nur Regale mit Vorräten. Er verschaffte sich einen Überblick, bis Schritte im anderen Raum ihn in die Gegenwart zurückbrachten. Er entdeckte Chigs und Esben neben Dr. Ysoras Körper. Chigs hatte eine Pistole an jeder Hüfte und ein Gewehr auf dem Rücken, seine langen dunklen Zöpfe wurden von einem dicken, silbernen Band zurückgehalten. Er war bereit für einen Kampf, während sich Esben hinhockte und den Puls der verstorbenen Ärztin checkte.

Esben ließ eine Reihe von zischenden Saluqan-Schimpfwörtern los und blickte zu Mek auf. „Was ist passiert?"

„Dr. Ysora hat mich betäubt", knurrte Mek. „Und zwei Menschenmänner nahmen Rashana mit."

„Dich betäubt?" Chigs langte zu seiner Pistole, als würde es ihm unter den Fingern jucken, sie zu benutzen.

„Dr. Ysora wusste Bescheid?" Esben sah skeptisch aus. „Bist du sicher?"

„Ja. Sie hat mir von hinten die Nadel in die Haut gejagt. Ich weiß nicht, was danach passiert ist. Alles, woran ich mich erinnere, ist, dass Rashana geschrien hat." Ellam Cua, er konnte immer noch hören, wie sie seinen Namen wimmerte.

Esben schüttelte finster den Kopf. „Ich schätze, sie war in eine gefährlichere Sache verwickelt, als mir klar war. Mit Sicherheit werden wir Zugang zum Darknet brauchen.“

Mek reichte ihm Dr. Ysoras Datenpad. „Schau mal, ob du hier reinkommst. Vielleicht findest du da einen Vertrag oder ähnliches.“

Während Esben daran arbeitete, das Datenpad zu hacken, durchsuchten Mek und Chigs den Raum erneut nach Hinweisen ab. Mek leerte Schubladen und Schränke, musste aber zugeben, dass er kaum etwas wahrnahm. Das war alles seine Schuld. Rashana hatte erwähnt, dass sie Dr. Ysora nicht vertraute, allerdings hatte er sich von ihr zu sehr verraten gefühlt, um ihr Gehör zu schenken. Er hätte ihr sagen sollen, ihre Macht zu nutzen, sodass ihnen nichts entging. Stattdessen hatte er sie direkt in eine Falle geführt.

Über das Datenpad gebeugt sagte Esben: „Ich habe etwas.“

Mek eilte zu Esben und schaute ihm über die Schulter. Kameraaufnahmen zeigten zwei Menschen, die Rashana mit Gewalt aus dem Labor zerrten. Meks Magen rebellierte. Sobald er diese Männer in die Finger bekam, würde er sie umbringen.

„Ich erkenne diese Kerle“, sagte Chigs und

seine Augen verengten sich. „Wir haben es mit Kopfgeldjägern des Kartells zu tun."

„Weißt du, wohin sie sie gebracht haben könnten?", fragte Mek in einem verzweifelten Ton.

Esben räusperte sich unbehaglich. „Vielleicht ist sie noch im Gebäude. Es gibt hier mehrere Labore, die vom Kartell finanziert werden."

Mek drehte sich zur Tür. „Dann lass uns mit ihnen reden."

„An Informationen zu kommen, wird teuer sein", sagte Esben.

Chigs nickte zustimmend. „Und es ist gut möglich, dass es mehr als nur Geld braucht, um sie zum Reden zu bringen."

„Das ist mir egal." Mek marschierte zur Tür. Er war sich nur allzu bewusst, dass es mit jeder Minute, die verging, unwahrscheinlicher wurde, dass sie Rashana fanden. „Ich werde alles tun, um meine Gefährtin zurückzubekommen."

———

Rashana würde sich am liebsten übergeben. Sie versuchte, ihre Augen zu öffnen, aber der Raum drehte sich, und von allen Seiten schlugen Emotionen auf sie ein – wie eine Flut von Pfeilen, die auf ihren Schädel prasselten. „Mek", stöhnte sie und sehnte sich nach dem Trost seiner Berührung.

„Endlich, mein Kind. Du bist wach." Eine vertraute Stimme traf auf ihre Ohren, und der Schmerz in ihrem Kopf wurde durch ein kribbelndes Summen ersetzt.

Jemand zwang ihr linkes Auge auf, und ein helles Licht drang in ihr Gehirn. Als das Licht verschwand, blinzelte sie Tränen weg und sah blasse Gesichtszüge, glänzendes schwarzes Haar und durchdringende dunkle Augen, die durch den Gesichtsschutz eines Ionenanzugs in ihre blickten.

Vater? Wie war es möglich, dass er noch lebte? Er sah fast genauso aus wie an dem Tag, an dem sie ihn das letzte Mal gesehen hatte. An dem Tag, an dem er Rashana ihr Lieblingsessen gebracht hatte. *Als er mich unter Droge gesetzt hat.* Wut stieg in ihr auf. „Du solltest tot sein."

Ihr Blick fiel auf seine unbedeckten Hände. Die Haut sah echt aus. Da er aber keine Handschuhe trug, wies darauf hin, dass er keine Angst hatte, sie zu berühren – was bedeutete, dass seine Hände wahrscheinlich nicht aus Fleisch und Knochen bestanden. „Wie ich sehe, hast du mit diesen heimtückischen Rebellen gesprochen." Seine

Stimme tropfte vor Boshaftigkeit. „Du wünschst deinem letzten Familienmitglied doch nicht wirklich den Tod, oder?“

Sie setzte sich auf und schwang ihre Beine über die Kante des Untersuchungstisches. Fünf Wachen in Schutzausrüstung bewachten die Ausgänge des Labors mit Pulsgewehren. Sie hob ihr Kinn, funkelte Dollard an und sagte: „Du bist nicht meine Familie.“

Seine Gesichtszüge verdunkelten sich hinter dem ionischen Gesichtsschutz. „Ich habe dir die Existenz geschenkt. Ich habe mich um dich gekümmert. Ich habe dich gehegt und gepflegt. Ich habe dir beigebracht, wie du deine Fähigkeiten kontrollieren kannst. Und so dankst du mir meine Aufopferung?“

Rashana knirschte mit den Zähnen, konzentrierte ihre Kraft auf einen Punkt und versuchte, die Barriere seiner Schutzausrüstung zu durchdringen. Wenn nötig, würde sie ihn in den Selbstmord treiben. Nur nahm sie neben der Barriere, die sein Anzug bot, eine Trägheit in sich wahr, die ihre Kraft schwächte; das gleiche Kribbeln, das sie in Dr. Ysoras Labor erlebt hatte. Ein ionisches Dämpfungsfeld.

Etwas piepte und Dollard ging zu einem der

Monitore. „Na aber. Böses Mädchen. Hast du doch tatsächlich versucht, deine Fähigkeiten gegen mich einzusetzen." Mit einem eiskalten Lächeln zog er seinen Schutzhelm aus. „Dr. Ysoras Forschung hat sich also doch noch als nützlich erwiesen."

Rashana erinnerte sich an die tote Saluqan-Ärztin und sagte: „Deine Männer haben sie getötet."

Er zuckte mit den Schultern. „Unschön, aber notwendig. Konzentrieren wir uns nun auf das, was wichtig ist. Du warst zu lange von mir getrennt, und meine Investoren sind bestrebt, aus ihrer Investition Kapital zu schlagen."

Rashanas Herz raste vor Wut und Angst. Sie war wieder eine Gefangene, völlig der Gnade dieses Monsters ausgeliefert, von dem sie einst geglaubt hatte, es sei ihr Vater. Er hatte sie immer dazu gebracht, sich zu fügen, ob mit Drohungen oder durch Beeinflussung. Aber nicht heute. „Mek wird mich finden. Er wird dich aufhalten."

Dollard gluckste. „Ist das jemand aus deiner bunt zusammengewürfelten Rebellengruppe? Sie werden dich nie finden." Er lehnte sich zu ihr, sein Atem heiß auf ihrem Gesicht, als er sagte: „Und selbst wenn sie dich irgendwie aufspüren, wird es bereits zu spät sein. Deine Macht gehört jetzt mir."

„Was meinst du damit?" Rashanas Verstand raste und sie fragte sich, welchen Horror er diesmal für sie geplant hatte.

Dollard rief eine weibliche Wache nach vorne. „Bist du bereit für den Transfer?"

Die Wache salutierte, ihr Gesicht ausdruckslos. „Ja, Sir."

Rashana ging davon aus, dass er sie in ein anderes Gefängnis verlegen würde. Stattdessen drückte Dollard sie zurück auf den Untersuchungstisch und fesselte sie mit schweren Metallriemen. Als die Wache sich neben sie auf einen Untersuchungstisch legte und in einer ähnlichen Position festgeschnallt wurde, weiteten sich Rashanas Augen.

„Was machst du?", stotterte sie. „Was soll das?"

Ohne sich die Mühe zu geben, zu antworten, setzte Dollard seinen Schutzhelm auf und betätigte dann einen Schalter an einem Gerät neben ihr. Das Kribbeln des dämpfenden Feldes brach ab, und Rashana atmete tief durch. Erst jetzt merkte sie, wie eingeschränkt sie sich gefühlt hatte.

„Ich muss nur deine biometrischen Signaturen kalibrieren und dann können wir ...", sagte Dollard zu sich selbst, während er einen Scanner über ihren Körper führte. Seine Augenbrauen schossen hoch und er entfernte den Scanner, um die Lesung genauer zu betrachten. Sein kalter Blick schoss zu ihr, ein berechnender Ausdruck in seinen Augen. „Was für eine Überraschung."

Rashana wehrte sich erfolglos gegen die Einschränkungen. „Geh weg von mir, du Monster!"

Er trat zurück und hielt beide Hände hoch, aber sie wusste, dass er sie damit verspottete. „Es scheint, als hättest du dir etwas Zeit gekauft." Er öffnete den Riemen, der über ihrer Stirn lag. „Wachen, bringt sie in die Entbindungsstation." Er richtete ein breites Grinsen auf sie, bei dem ihr das Blut in den Adern gefror. „Wir dürfen nichts tun, was meinem neuen Enkelkind schaden könnte."

KAPITEL DREIUNDZWANZIG

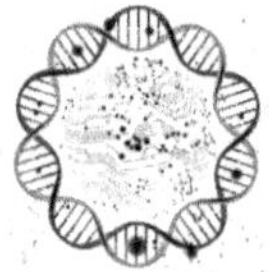

In der Kombüse der Hardship sackte Mek auf einem Stuhl zusammen, den Kopf auf einer Hand ruhend, die Augen geschlossen, während der Rest der Crew nach Nahrung suchte. Den ganzen Tag hatten sie den Heiltempel nach Rashana durchsucht. Bis in die Nacht. Ohne Erfolg. Sie war verschwunden, als hätte sie nie existiert.

„Ich habe sie nicht beschützen können", murmelte er.

Die Gespräche um ihn herum kamen leise und gedämpft bei ihm an, wie ein entferntes Flüstern. Alles, woran er denken konnte, war Rashana, und wie sie wie eine Laborratte in einem Käfig steckte. Wer wusste schon, was für grausame Dinge ihr angetan wurden, während er wie ein hilfloser Narr hier rumsaß? Er sollte weiter nach ihr suchen, aber er hatte keine Ideen mehr. Meks Paniklevel stieg – ohne irgendeine Art von Durchbruch würde es bald unmöglich werden, sie zu finden.

Der Geruch von *Kemeg*-Eintopf wehte in seine Nase. Er öffnete die Augen und sah, dass jemand eine Schüssel vor ihn gestellt hatte.

„Du musst essen, *Iluq*", sagte Qaiyaan und klopfte ihm auf den Rücken. Der Kapitän hatte sich zu allen Schiffen Informationen eingeholt, die am Tag zuvor auf dem Planeten gelandet und abgehoben waren. Obwohl Rashanas Zeit unter der Besatzung kurz gewesen war, gehörte sie zu ihnen, und jeder, dem es möglich war, hatte sich der Suche angeschlossen.

Mek beobachtete, wie sich Qaiyaan neben Lisa setzte, einen Arm um sie legte und sie auf die Schläfe küsste. *Es ist möglich, dass ich meine Gefährtin nie wieder sehe.* Der Gedanke war wie ein Messer, das sich direkt in Meks Herz bohrte. Er schob die Schüssel von sich. Wie sollte er jetzt etwas herunterbekommen?

„Vielleicht sollten wir unsere Suche ausweiten", sagte Chigs mit vollem Mund. „Das Kartell ist überall."

Esben saß ihm gegenüber am Tisch. „Ja. Auch in der Stadt gibt es mehrere Labore.“

Am anderen Ende des Tisches schaute Tovik auf ein Datenpad, sein Gesichtsausdruck grimmig. „Ich konnte keine Erwähnung von Rashana im Darknet finden, aber ich werde weiter suchen.“

„*Usviiqe!*“ Mek schlug frustriert mit der Faust auf den Tisch, packte dann seine Schüssel und warf sie durch die Kombüse. Sie krachte gegen die Wand und zerbrach, sodass der Eintopf überall hinspritzte.

Die Crew sprang überrascht auf. Er war normalerweise nicht dafür bekannt, die Nerven zu verlieren. Aber der Gedanke, dass Rashana hilflos in einer Zelle saß, war zu viel für ihn. Sie war seine Gefährtin; seine Herzen sehnten sich nach ihr. In ihrer Abwesenheit fühlte er sich leer. Er konnte nicht akzeptieren, dass er sie vielleicht nie wieder sehen würde.

„Wir müssen sie finden“, knurrte er. „Wir können nicht einfach hier rumsitzen und nichts tun, während sie gefoltert und an ihr experimentiert wird.“

Chigs legte eine Hand auf seine Schulter. „Wir werden sie finden, Mek. Wir werden nicht aufhören, bis wir es tun.“

Mek holte tief Luft und versuchte, seine Emotionen zu zügeln. Er wusste, dass Chigs Recht hatte. Er konnte sich nicht von Wut und Panik verzehren lassen. Er ballte seine Hände zu Fäusten und senkte den Kopf. „Ich fühle mich so hilflos.“

„Geh dich etwas ausruhen, *Iluq*. Du wirst bei der Suche nutzlos sein, wenn du vor Erschöpfung zusammenbrichst.“

Nickend zog sich Mek in sein Quartier zurück und brach auf dem Bett zusammen, die Laken immer noch vom Liebesspiel heute Morgen zerwühlt. Wie kann all das heute passiert sein? Die Bettwäsche roch nach ihr, und sein Primärherz blutete, als er an den Streit von gestern Abend dachte.

Er hatte solche Angst gehabt, dass sie ihn manipuliert haben könnte, dass seine Liebe für sie nicht echt wahr, aber die Wahrheit war, dass er sie von dem Moment an begehrt hatte, als er ihren Kryo-Pod geöffnet hatte. Ob mit Gefährtenbund oder ohne, er bewunderte ihre schiere Widerstandsfähigkeit, ihre Begeisterung für die Welt um sie herum. Er sehnte sich nach der Art und Weise, wie ihre Berührung seine beiden Herzen in Raserei versetzen konnte. „Ich werde dich finden, *Kamiken*“, schwor er.

War es möglich, dass es bereits zu spät war?

————

*R*ashanas Zelle auf der Icarus war im Vergleich zu ihrem Zimmer auf der Entbindungsstation ein Palast gewesen. Es war kaum größer als das Einzelbett, das sich an eine stumpfe graue Wand schmiegte. Am Fußende des Bettes fand sich eine Metalltoilette, sodass Rashana nicht viel Platz blieb, um ihre wachsende Panik abzulaufen.

Sie hielt an und spähte durch das Kraftfeld, das ihre Zellentür versperrte. Sie hatte erwartet, dass auf einer Entbindungsstation weinende Babys und Krankenschwestern für sie sorgen würden, aber nur das Summen von In-vitro-Pods erfüllte den Raum. Die Wand auf der anderen Seite hielt mindestens ein Dutzend Föten, die an künstliche Nabelschnüre befestigt waren und in klarem Fruchtwasser schwammen. Woher kamen sie?

Sie legte eine Hand auf ihren Bauch und ihre Angst wuchs. Ein Baby. *Mek und ich haben ein Baby gemacht!* Sie schwankte zwischen Staunen und purem Entsetzen. Dollard wollte ihr Kind. Er wollte es so verzweifelt, dass er seinen ursprünglichen Plan für Rashana abgeändert hatte. Was für schreckliche Experimente plante er – für sie und für ihr ungeborenes Baby?

Panik kroch ihre Kehle hoch. Wollte Dollard ihr ungeborenes Baby entfernen und in eine dieser Einheiten stecken? Egal, was er vorhatte, nichts davon konnte gut sein. Sie musste hier raus, und zwar schnell. Nur wusste sie nicht, wie sie das schaffen sollte. Obwohl sie nicht das kribbelnde Gefühl eines ionischen Dämpfungsfeldes wahrnahm, war ihre empathische Kraft nutzlos, wenn niemand in der Nähe war, auf den sie Einfluss nehmen konnte.

Sie versuchte, um die Ecke des Türpfostens zu sehen, ihr Gesicht so nah an dem Kraftfeld, dass sie einen Schlag riskierte. Neben den In-vitro-Einheiten verfügte die Station über sterile Vorratsschränke und einen Gynäkologiestuhl. Die Monitore an der Decke piepsten leise, als sich die Roboterarme zwischen den Pods bewegten, um sicherzustellen, dass alles reibungslos lief. Jedoch sah sie von ihrem Punkt aus kein lebendiges Personal.

„Hallo?", rief sie und hoffte, dass ein Labormitarbeiter außerhalb ihrer Sichtweite antworten würde.

Nur die piependen Monitore antworteten ihr.

Sie schloss die Augen und drückte all ihre empathische Energie nach außen, in der Hoffnung, sich mit den Emotionen von jemandem zu verbinden.

Ängstliche Neugier traf auf ihre Sinne, was in Rashana eine Euphorie auslöste. Jemand war hier! Und Neugier war leicht zu manipulieren und zu fördern. *Du musst dir die Entbindungsstation ansehen,* projizierte sie in den Kopf des Fremden.

Nach einem Moment trat eine Frau mit langem weißem Haar und großen dunklen Augen in ihr Blickfeld. Sie trug eine beige Labortunika und eine Hose mit Kordelzug. Trotz der schlichten Kleidung war ihre Schönheit regelrecht ätherisch.

„Ja?", fragte die Frau in einem sanften Ton.

Rashana drängte die Frau zu Mitleid und ermutigte sie, das Kraftfeld auszuschalten, das die Tür zu ihrer Zelle blockierte.

Die Frau runzelte die Stirn und schüttelte den Kopf, als hätte Rashana laut gefragt. „Das kann ich nicht machen. Vater würde mich bestrafen, wenn ich dich rauslasse."

Rashana blinzelte. Vater? Hatte Dollard auch diese Frau davon überzeugt, dass sie seine Tochter war? „Meinst du Dr. Dollard?"

„Natürlich. Mein Name ist Nayeli."

Ein Moment des Schocks ließ Rashana innehalten. War dies Dollards echte Tochter oder nur ein weiteres Testobjekt? Sie schien sich frei bewegen zu können, was Rashana misstrauisch machte. Gerade jedoch musste sie eine Beziehung zu dieser Frau aufbauen und sie davon überzeugen, die Zelle zu öffnen. „Ich bin Rashana. Was machst du auf der Entbindungsstation?"

Nayeli ließ ihr Kinn auf ihre Brust fallen und wirkte plötzlich so verloren. „Ich war nicht in der Lage, zur nächsten Stufe meines Trainings überzugehen, also sagte Vater, dass ich nur dafür gut sei, die Babys zu überwachen."

Nächste Stufe. Der vertraute Ausdruck machte Rashana wütend. Nayeli war ein Testobjekt, genau wie Rashana. Sie musste die Wahrheit erfahren.

„Nayeli, hör mir zu. Was auch immer Dollard dir erzählt hat, ist eine Lüge. Er ließ auch mich glauben, dass ich seine Tochter sei. Aber das stimmt nicht. Er hat uns mithilfe von gestohlenem, genetischem Material erschaffen."

Der Kopf der Frau schoss hoch und Zweifel schlug auf Rashanas empathische Sinne ein. „Warum sagst du so etwas? Vater würde mich nie anlügen."

Ihre Worte rammten sich in Rashanas Psyche

und wühlten Gewässer voller verdrängter Erinnerungen auf. Dieser Frau zuzuhören, erinnerte Rashana an sie selbst – an ihr altes Bewusstsein, bevor sie Mek getroffen hatte und lernte, sich der Wahrheit zu stellen. „Er lügt sehr wohl, Nayeli. Er hat mich angelogen und er lügt dich an. Er schuf uns, um uns als Waffen zu benutzen. Wir sind nichts weiter als Werkzeuge für ihn. Ich weiß, dass du durch seine Hände gelitten hast. Das habe ich auch. Aber jetzt müssen wir ihn aufhalten.“

Nayeli leckte sich über die Lippen und sah sich hektisch um, als hätte sie Angst, beobachtet zu werden. „Ich weiß nicht so recht ...“

„Warum denkst du, hat er all diese Babys?“ Rashana zeigte auf die In-vitro-Einheiten. „Er macht mehr Testpersonen wie dich und mich.“

Die Mauer, die Nayeli errichtet hatte, fiel und wurde durch Angst ersetzt, als sie sich zu den Einheiten umdrehte. *Nein.*

Rashana hörte das Wort, obwohl es nicht laut ausgesprochen wurde. Sie klammerte sich an die Verbindung und schlug Nayelis Verleugnung mit einem Gefühl der Klarheit zurück. „Er will mein Kind, und ich nehme stark an, dass er dich benutzen will, um mehr Babys zu züchten. Du musst mir helfen, von hier zu entkommen. Und du musst mit mir kommen. Bitte!"

Nayeli biss sich auf die Unterlippe, ihre Atmung nun so hektisch, dass sich ihre Brust sichtlich hob und senkte. „Selbst wenn ich deine Zelle öffne, sind wir beide auf der Station eingesperrt."

„Lass mich einfach raus. Wir werden uns gemeinsam einen Plan ausdenken."

Nach wenigen Momenten nickte Nayeli und griff nach der Türsteuerung, ließ den Arm aber schnell fallen, als hätte sie sich verbrannt. Panische Angst schoss wie ein Lauffeuer entlang ihrer Verbindung, sodass Rashana gezwungen war, diese zu kappen. Dann hörte sie Nayeli sagen: „Hallo, Vater."

Galle kroch Rashanas Kehle hinauf. Sie war so nah dran gewesen.

„Nayeli, warum bist du nicht in deiner Zelle?" Dollards Stimme schnappte durch den Raum. „Im Moment sind keine Extraktionen geplant."

„Tut mir leid, Vater."

Nayeli huschte außer Sichtweite, und Dollard trat vor die Zelle und funkelte Rashana durch den Gesichtsschutz seines Ionenanzugs wütend an. „Ich hätte wissen müssen, dass du deine Reize an ihr ausprobierst. Du warst immer die frühreifste meiner Töchter. Ich kann dir jedoch versprechen, dass Nayeli – auch wenn das ihre einzige gute Eigenschaft ist – meine loyalste Tochter ist.“

Rashana fletschte die Zähne. „Wir sind nicht deine Töchter.“

„Vielleicht nicht im traditionellen Sinne, aber du bist immer noch meine Verantwortung.“ Er zog eine unglaublich lange Nadel aus einem Schrank direkt vor ihrer Tür und legte sie neben dem Gynäkologiestuhl auf ein Tablett. „Ich werde jetzt ein paar Tests durchführen, bevor wir deine Schwangerschaft beschleunigen.“

Rashanas Herz setzte einen Schlag aus und sie wich von der Tür zurück. „Beschleunigen? Was meinst du damit?“

„Ich habe darüber nachgedacht, den Embryo in eine In-vitro-Schale zu verlegen, aber das Sterblichkeitsrisiko ist zu hoch. Das ist schließlich mein erstes natürliches Enkelkind. Es ist viel sicherer, dir zu erlauben, den Fötus auszutragen.“ Er stellte mehrere andere Instrumente neben die Nadel. „Es ist jedoch eine Verschwendung von Ressourcen, dich zehn Monate lang nutzlos herumliegen zu lassen, wenn ich diese Zeit halbieren kann.“ Er deaktivierte das Kraftfeld.

„Und jetzt sei ein braves Mädchen und komm raus."

Sie runzelte die Stirn und erkannte, dass er keine Wachen bei sich hatte. Seltsam. Auf der Icarus hatte er immer Muskelpakete bei sich gehabt. Sie spürte auch nicht das Kribbeln von Dr. Ysoras Dämpfungsfeld, obwohl das kaum eine Rolle spielte, wenn er einen Schutzanzug trug. Dennoch könnte sie ohne seine Wachen eine Waffe in die Hände bekommen und ihn ausschalten.

Obwohl ihr Verstand raste, versuchte sie, ruhig zu erscheinen. Langsam ging sie aus ihrer Zelle und schaute sich nach etwas um, mit dem sie sich verteidigen konnte. Abgesehen von dem Tablett mit Instrumenten, das er neben dem Gynäkologiestuhl vorbereitet hatte, war nichts anderes im Labor beweglich.

Dollard trat auf sie zu, und bevor sie ihm ausweichen konnte, hatte er seine Hände auf ihre Schultern gelegt. Gnadenlos schob er sie zum Gynäkologiestuhl.

„Lass das! Was machst du denn?" Sie schlug mit ihrer Kraft aus, aber sein Anzug blockierte ihre Versuche. Sie kratzte über seine Hände und ihre Fingernägel trafen auf hartes, künstliches Fleisch. *Kybernetisch.* Seine Hände waren kybernetisch.

Nebulas, kein Wunder, dass er keine Wachen mehr brauchte.

Je mehr sie kämpfte, desto stärker packte er sie und schon bald schmerzte sein Griff. Sie schrie und trat gegen seine Schienbeine, als er sie auf den Stuhl drückte. Noch vor ihrem nächsten Atemzug hob er ihre Beine auf die Stützen und fesselte sie. Rashana buckelte und wehrte sich gegen ihre Einschränkungen, aber es war nutzlos.

„Lass das Gezappel. Es wird das Verfahren in die Länge ziehen." Er schob ihren Rock bis zur Taille, nahm sich eine Schere und durchtrennte den Schritt ihres Höschens mit einem einzigen Schnitt.

Ein hilfloses Schluchzen erhob sich in ihrer Kehle, aber sie schluckte es hinunter. Sie hatte sich noch nie so verletzlich gefühlt, aber sie weigerte sich, vor Dollard zu weinen.

Sie drehte ihren Kopf zur Seite und ertrug die Prozedur, wie sie so viele seiner Experimente über sich hatte ergehen lassen. Ihr Magen verkrampfte sich, und ein Teil von ihr wünschte sich, das Baby zu verlieren. Lieber tot als Dollards Testperson.

Dollard hingegen lächelte, stieß ein erfreutes Summen aus und senkte ihre Beine von den Stützen. Dann zog er ihren Rock herunter, um sie zu bedecken. „Siehst du? Gar nicht so schlimm. Ich werde dir zusammen mit deiner nächsten Mahlzeit auch neue Kleidung bringen. Du wirst jetzt für zwei essen, also bekommst du so viele Käsenudeln, wie du willst."

Rashana setzte sich auf und spuckte ihn an. Ihr Magen fühlte sich an, als wolle er sich von innen nach außen drehen. „Lieber verhungere ich!"

Dollard zwang sich zu einem Lächeln und wischte den Speichel von seinem Gesichtsschutz. Dann packte er ihren Arm so fest, dass nicht viel fehlte, und er würde ihn brechen. Erbarmungslos zerrte er sie zurück zu ihrer Zelle. „Kein Problem. Ich kann dich auch sedieren und dir eine Ernährungssonde einführen. Deine Entscheidung." Er aktivierte das Kraftfeld und wandte sich ab. „Nayeli, mach hier sauber. Ich komme später wieder, um nach dem Rechten zu sehen."

KAPITEL VIERUNDZWANZIG

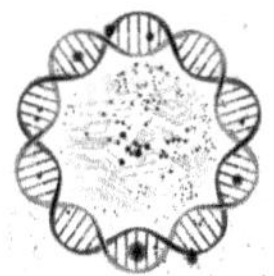

Dollard war gerade erst verschwunden und schon stand Nayeli wieder vor ihrer Zelle. Besorgnis stieß gegen Rashanas Sinne. „Ist alles okay?", fragte die Frau.

„Nein." Rashana wollte weinen, aber sie blieb stark. Sie erhob sich und ging zum Kraftfeld. „Lass mich raus. Bitte. Ich kann nicht zulassen, dass er meinem Kind wehtut."

Nayeli schüttelte den Kopf, Rashana spürte jedoch, dass sie kurz davorstand, nachzugeben. *Du willst mich rauslassen,* ermutigte Rashana. *Du weißt, dass es die richtige Entscheidung ist.*

Stirnrunzelnd zog Nayeli die Wand zwischen ihnen wieder hoch. „Hör auf damit."

Rashana schluckte. Sie hätte gleich erkennen

sollen, dass Nayeli sich ihrer Bemühungen bewusst war. „Ich bin verzweifelt, Nayeli. Du hast gesehen, was er mir angetan hat."

„Besser du als ich." Nayeli begann, die Instrumente zu ordnen, die Dollard verstreut auf dem Tablett liegen gelassen hatte.

„Das glaubst du doch nicht wirklich, oder? Außerdem ist es nur eine Frage der Zeit, bis du an meiner Stelle bist."

Nayeli sah nicht einmal auf.

So kam sie nicht voran. Rashana musste die Taktik wechseln – nur wusste sie nicht, welche Taktik das sein sollte. Dollard könnte bald zurück sein, und ohne Nayelis Hilfe war sie zum Scheitern verurteilt. „Bitte", flüsterte sie. „Schwester."

Nayeli hielt in ihren Handlungen inne, hob den Kopf und sah Rashana mit Tränen in den Augen an. Es war klar, dass sie helfen wollte, aber sie fürchtete Dollards Zorn.

„Wir mussten beide unter Dollards Experimenten leiden", sagte Rashana. „Wir sollten zusammenarbeiten."

Nach ein paar weiteren Augenblicken der Kontemplation stieß Nayeli einen resignierten Seufzer aus und entriegelte das Kraftfeld. „Das werde ich sicher bereuen."

„Danke." Rashana zog Nayeli in eine Umarmung.

Nayeli zögerte, tätschelte dann aber ihren Rücken. „Was machen wir jetzt?"

„Ich muss mich umsehen." Ihr Blick fiel auf die Steuerkonsole für die In-vitro-Einheiten. Vielleicht könnte sie damit eine Nachricht an Mek senden.

Sie öffnete das Interface, aber das Gerät war nicht mit den externen Systemen verbunden. In der Hoffnung, etwas Nützliches zu finden, scrollte sie durch mehrere Dateien und entdeckte ein Memo, in dem die Forschung beschrieben wurde, die in Laboren in der ganzen Galaxie durchgeführt wurde. Anscheinend hatten sie und Nayeli weit mehr … Schwestern, als Rashana sich jemals hätte vorstellen können. Ein Labor testete telekinetische Fähigkeiten, während sich ein anderes auf Nano-Enhancement konzentrierte. Die Einrichtung, in der sie und Nayeli sich gerade befanden, lag in einem Asteroidenfeld mit einer einzigartigen Strahlungssignatur, die die Übertragung von Bewusstsein erleichtern sollte. Rashana verzog das Gesicht und fragte sich, ob das Dollards ursprünglicher Plan für sie gewesen war.

„Was auch immer du vorhast, beeil dich", flüsterte Nayeli, die Augen auf den Ausgang gerichtet. „Vater könnte jede Minute zurückkommen.“

Nebulas! Rashana musste sich schnell einen Plan ausdenken. Sie ließ die Konsole hinter sich und wühlte durch die Schränke, fand Decken und ein paar unnütze Geräte. Sie steckte ein Skalpell in die Tasche, ging dann zur Tür und untersuchte das Bedienfeld. Nayeli packte jedoch ihr Handgelenk, bevor sie es berühren konnte. „Es wird einen Alarm auslösen, wenn du das tust.“

Rashanas Schultern sackten nach unten und sie nickte. Sie würden offensichtlich nicht kampflos hier rauskommen. Sie drückte sich neben der Tür an die Wand und packte das Skalpell. „Hol dir etwas, das du als Waffe benutzen kannst. Wenn Dollard zurückkommt, werde ich hier bereitstehen. Du wirst ihn ablenken, sodass ich von hinten angreifen kann. Wenn er sich umdreht, um sich zu verteidigen, greifst du an. Wir müssen zusammenarbeiten und so seinen Ionenschutzanzug durchdringen. Dann kann ich ihn davon *überzeugen*, uns gehen zu lassen.“

Nayeli sah skeptisch aus. „Ich bin mir nicht sicher, dass das funktionieren wird.“

„Hast du eine bessere Idee?“

Nayeli schüttelte den Kopf und seufzte. „Du könntest zurück in deine Zelle gehen und auf eine weitere Gelegenheit warten. Du hast noch ein paar Monate, bevor das Baby kommt."

„Aber du hast vielleicht nicht so viel Zeit", betonte Rashana und hoffte, dass die Angst um ihre eigene Sicherheit Nayeli Mut machen würde.

Panik schoss von Nayeli wie eine Flut von Pfeilen zu Rashana, und dann holte sich auch ihre Schwester ein Skalpell aus dem Schrank. „Götter, ich hoffe, dass ich das nicht bereuen werde."

Rashana lächelte und strahlte Ermutigung aus. „Aktiviere wieder das Kraftfeld vor meiner Zelle, damit er denkt, dass ich drin bin. Dann tue so, als wärst du beschäftigt."

Nayeli tat wie angewiesen, während Rashana atemlos neben der Tür wartete. Als alles aufgeräumt war, sah Nayeli mit zusammengezogenen Augenbrauen zu Rashana. „Wenn ich nichts zu tun habe, erwartet er mich in meiner Zelle."

Rashana schluckte schwer, nickte jedoch. „Dann geh zurück in deine Zelle. Aber halte dich bereit."

Nayeli nickte und huschte außer Sichtweite.

Mit zitternden Knien presste sich Rashana gegen die Wand. Sie wagte es kaum, zu atmen. Schließlich öffnete sich die Tür und Dollard trat ein. Er trug ein Tablett mit Essen und über seinem Arm hing beige Laborkleidung.

Rashana raste los und zielte es auf seine Niere ab. Die Klinge sank tief in ihn, aber Dollard drehte sich unbekümmert zu ihr und schaffte es, ihr das Skalpell abzunehmen. Anschließend schlug er ihr mit dem Tablett ins Gesicht und sie krachte stöhnend auf den Boden.

Schritte hallten im Raum wider, als Nayeli herbeieilte und ihn mit dem Skalpell erwischte.

Rashana rollte auf ihre Hände und Knie. Ihr Kopf drehte sich, als sie versuchte, auf die Füße zu kommen. Dollards Finger schlossen sich um Nayelis Handgelenk, und ein lautes Knacken ging einem Schmerzensschrei voraus. Er schubste Nayeli von sich, packte dann Rashana an ihren Haaren und zog sie auf die Füße. „Du undankbare Schlampe.“

Er ging zu ihrer Zelle, sein Griff an ihren Haaren erbarmungslos, und warf sie hinein. Sie krachte gegen die Wand. Ihr rechter Ellbogen bekam das meiste von dem Aufprall ab. Dann erwachte das Kraftfeld wieder zum Leben.

Nayeli schluchzte vor Todesangst. „Bitte, Vater. Nein. Sie hat mich dazu —“

„Komm mir nicht mit Ausreden. Ich wusste, dass es ein Fehler war, dich für loyal zu halten. Es ist ohnehin überfällig, dass wir dich einer neuen Verwendung zuführen."

Rashana kämpfte sich auf die Füße. „Tu das nicht! Bestrafe sie nicht! Es war meine Idee, nicht ihre!"

Aber Dollard antwortete nicht. Rashana hörte, wie sich die Tür öffnete und schloss. Die plötzlich eintretende Stille ließ nichts Gutes erahnen.

Rashana saß mit hochgezogenen Knien auf ihrem Bett und starrte auf das Kraftfeld. Ihr ganzer Körper bebte von dem Stress, und sie konnte ihren Ellbogen nicht mehr beugen. Was machte er gerade mit Nayeli? Tränen liefen Rashana über die Wangen. Nun gäbe es kein Entkommen mehr. Sie konnte nicht einmal hoffen, dass Mek ihr zu Hilfe kommen würde; Dr. Ysora war tot, also konnte sie ihren Komplizen nicht verraten, und Dollards Labore lagen gut versteckt.

Sie legte ihre Stirn gegen ihre Knie. *Mek, ich brauche dich.*

Wärme sickerte durch ihre Brust, und ein Flüstern streichelte über ihre Sinne: *Rashana?*

Sie zuckte zusammen. Das fühlte sich wie der Gefährtenbund an. *Wie ist das möglich? Mek?*

Rashana, wo bist du?

Die Wärme breitete sich weiter über ihre Brust aus, als würde sie nach ihrem Herz greifen. Sie hob ihre Finger an die Kette um ihren Hals. Der Anhänger fühlte sich regelrecht lebendig an und summte vor Ionenenergie. Sotulu hatte gesagt, dass es ihr im Laufe der Zeit mit der Kommunikation helfen würde. Rashana hatte angenommen, er meinte mit den Yanara, aber vielleicht hatte er auf ihren Gefährten angespielt. Schließlich konnten Qaiyaan und Lisa durch Gedanken kommunizieren, auch über weite Entfernungen. Warum hatte sie nie daran gedacht, es zu versuchen?

Mek! Sie weinte leise, schloss die Augen und konzentrierte sich auf die Liebe, die sie für ihn empfand. *Ich bin in einem der versteckten Labore meines Vaters. Er lebt.*

Dein Vater? Sein Schock kam stärker bei ihr an als seine Worte. *Bist du sicher?*

Ja. Und da ist noch was. Ich bin schwanger und er will unser Baby.

Ein langer Moment der Stille füllte den Raum zwischen ihnen, als ob zu viele Emotionen die

Verbindung zu verstopfen schienen. Dann sagte er: *Ich muss wissen, wo du bist.*

Sie schüttelte den Kopf, um ihm zu sagen, dass sie es nicht wusste, und erinnerte sich dann an die Information über das Asteroidenfeld. *Die Einrichtung befindet sich in einem Asteroidenfeld, das einzigartige Strahlung aussendet. Das ist alles, was ich herausfinden konnte.*

Entschlossenheit pochte durch ihre Verbindung. *Ich komme dich holen, Rashana. Ich werde dich und unser Baby finden. Nichts wird mich aufhalten.*

KAPITEL FÜNFUNDZWANZIG

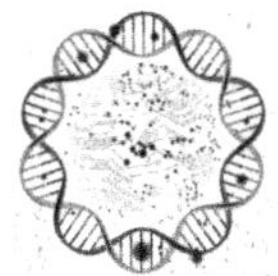

Mek saß in der Hardship auf dem Sitz des Co-Piloten und blickte auf das Forvex-Asteroidenfeld. Verstreute Gesteinsbrocken rotierten in dem Licht zweier entfernter Sterne. Die Icarus hatte sie hier ausgespuckt und setzte dann ihren Kurs entlang des Randes des Asteroidenfeldes fort, um die Aufmerksamkeit von der Hardhip abzulenken. Besatzungsmitglieder von jedem Schiff der Rebellion hatten sich versammelt, um bei der Rettungsmission zu helfen, und Mek könnte nicht dankbarer sein. Sogar Rust war entschlossen, Dollard ein für alle Mal zu Fall zu bringen.

„Wohin, Mek?", fragte Qaiyaan neben ihm auf dem Pilotensitz.

Mek schielte in die weite Dunkelheit des Weltraums. Er war sich nicht sicher, wohin es als Nächstes gehen sollte. Das Labor könnte auf so vielen von den tausend Asteroiden liegen. *Rashana, kannst du mich hören?*

Er konnte ihre Anwesenheit in seinen Gedanken spüren, und er wusste, dass sie sich darauf verließ, dass er sie fand. Er runzelte die Stirn und versuchte, sich auf das schwache Signal aus Rashanas Verstand zu konzentrieren, das nur er erkennen konnte. „Weiter geradeaus."

Qaiyaans Hände bewegten sich geschickt, als er das Schiff zwischen zwei der größeren Asteroiden durchführte.

Mek, ich bin hier. Ein sanftes Gefühl, das einer Liebkosung gleichkam, zog Meks Aufmerksamkeit nach links und genau in die Richtung zeigte er.

Der Motor summte und die Triebwerke stießen sie durch die kleineren Trümmer, die in ihrem Weg herumschwebten. Nach einer halben Ewigkeit ragte ein kolossaler Asteroid vor ihnen auf, dessen dunkle, zerklüftete Oberfläche mit Eistaschen schimmerte. Eine Tasche leuchtete in einem schwachen Blau.

„Da!" Mek zeigte auf das atmosphärische Kraftfeld.

Qaiyaan stieß einen Atemzug aus und die

Motoren verstummten. „Das zu knacken, wird hart."

Noatak, der normalerweise als Co-Pilot agierte, stand in der Tür zum Cockpit. Sein zotteliger Kopf erschien zwischen ihnen, als er sich vorbeugte, um nach draußen zu blicken. „Es gibt immer ein manuelles Bedienfeld bei diesen atmosphärischen Feldern. Lass mich und Marlis auf die Oberfläche. Wir gehen rein und machen den Weg frei."

„Das klingt riskant", protestierte Mek.

Noatak jedoch schlug ihm grinsend auf die Schulter. „Riskant ist unsere Spezialität, *Iluq*."

„Ich sollte auch gehen."

„Du bist der Doc und kein Soldat. Bleib hier."

„Hier geht es um meine Gefährtin." Mek stand auf und hätte fest vergessen, wie schnell man sich hier den Kopf an der niedrigen Decke stoßen konnte. „Ich komme mit."

Noatak schüttelte nur den Kopf und trat vor ihm in den Korridor.

„Pass auf dich auf, Mek", warnte Qaiyaan. „Ich weiß, es ist schwer, rational zu bleiben, wenn das Leben deiner Gefährtin auf dem Spiel steht, aber mach nichts Dummes, okay?"

Mek nickte, war sich aber nicht sicher, ob er dieses Versprechen halten konnte. Er brannte mit dem Bedürfnis, Rashana zu erreichen, und er würde jeden niedermähen, der sich ihm in den Weg stellte.

Im Frachtraum kam Mek an Chigs und Ekwok vorbei. Er nickte ihnen zu und folgte Noatak zur Schleuse. Marlis, Noataks Gefährtin, steckte schon in ihrem Zero-G-Anzug. Ihren maßgeschneiderten Pistolenholster, ergänzt durch ein langes Pulsgewehr, trug sie auf ihrem Rücken. Sie nickte Mek zu, als er sich näherte. „Ich bin bereit, Doc.“

Tovik schob Mek einen Helm in die Hände. „Über den Kopf damit.“

„Warte. Wenn der Arzt geht, dann gehe ich auch“, sagte Chigs.

Noatak funkelte ihn genervt an. „Wir können nicht alle gehen.“

„Warum nicht?“, fragte Tovik. „Bestimmt erwarten sie keinen massiven Bodenangriff.“

„Ich würde ein Dutzend Leute nicht gerade als *massiven Angriff* bezeichnen“, murmelte Marlis in einem sarkastischen Ton.

„Wir sind Denaidaner“, sagte Chigs. „Einer von uns ist so stark wie zehn von ihren Troopern.“

Rust lachte und hob die Fäuste. In beiden hielt er etwas, das wie eine kleine Kanone aussah. „Und ich bin so stark wie zehn von dir.“

Noatak schnaufte und aktivierte die Kommunikation zur Brücke: „Planänderung, Captain. Wir gehen mit der ganzen Gruppe rein. Wir brauchen eine Ablenkung, um die Aufmerksamkeit der Wachen von der Oberfläche und damit von uns fernzuhalten."

Qaiyaans Stimme knisterte über den Lautsprecher. „Verstanden. Ich werde sie beschäftigen."

Mek zog sich den Helm an und überprüfte die Siegel an seinem Anzug mit zwei wild klopfenden Herzen. Denaidaner brauchten keinen Anzug für kurze Streifzüge im Weltraum, aber wer wusste schon, wie lange sie brauchen würden, um das Feld zu durchbrechen und in die Einrichtung zu gelangen. *Ich komme, Rashana.*

Sie antwortete nicht und das bereitete ihm zusätzlich Sorgen. War sie okay? Er musste in diese Einrichtung. Sofort.

Die Hardship senkte sich und stoppte kurz über der Oberfläche, sodass das Team am Rande eines Kraters herausspringen konnte. Mek landete sanft und hüpfte mehrere Meter in die Luft. Einen Moment lang befürchtete er, nicht wieder herunterzukommen, aber dann schwebte er langsam zurück auf den eisigen Boden.

„Was für ein Spaß", sagte Marlis und sprang schwungvoll nach vorn.

Auf diese Weise fanden sie ihren Weg zur Einrichtung, während Mek weiterhin über die Verbindung nach Rashana suchte. Er hatte das Gefühl, dass irgendetwas nicht stimmte. Die Hardship flog direkt über das Labor. Keine Reaktion. Kein Laserfeuer. Keine Warnleuchten. Es war, als wäre die Einrichtung verlassen.

Das Kraftfeld blitzte vor ihnen auf, seine schimmernde Oberfläche verschmolz mit dem Eis. Auf der anderen Seite schien sich nichts als mehr entsteintes Erdreich zu befinden.

„Die Einrichtung muss unterirdisch sein", sagte Chigs.

Noatak zog einen Scanner heraus und leitete sie entlang der Grenze des Kraftfelds, bis sie einen der Emitter fanden. Wie erwartet, bot eine kleine Luke Zugang zum Inneren.

Einer nach dem anderen traten sie durch, und Mek musste alles geben, um nicht die Nerven zu verlieren. „Warum stehen hier keine Wachen?", fragte er.

Chigs übernahm die Führung. „Gute Frage. Sei einfach auf alles vorbereitet." Mit einer Waffe in der Hand ging er auf etwas zu, das auf den ersten

Blick wie ein kleiner Hügel aussah. Ein winziges rotes Licht flackerte seitlich davon, und als sie den Hügel erreichten, entdeckte Mek eine Tür unter einem Überhang.

Chigs legte eine Hand gegen das Bedienfeld der Tür und ließ seine ionischen Kräfte wirken, deaktivierte die Schlösser und drückte die Tür zu einer kleinen Luftschleuse auf.

Sie drängten sich alle ins Innere, und Meks primäres Herz setzte einen Schlag aus. *Ellam Cua, lass sie uns schnell finden.* Sobald sich die äußere Luke schloss, zischte Luft in den Raum und die gegenüberliegende Luke öffnete sich zu einer gut beleuchteten Treppe.

„Ekwok, bleib hier und bewache unseren Rückzug", befahl Noatak. „Der Rest von euch kommt mit mir."

Mek eilte die Treppe hinunter und bemerkte, dass die Schwerkraft zunahm, je tiefer sie gingen. Als sie die letzte Stufe erreichten, brauchte er nicht länger zu befürchten, dass er gleich abhob. Die Korridore erinnerten an ein Spinnennetz, unheimlich und still.

„*Usviiqe*, in welche Richtung sollen wir gehen?" Noatak schaute erwartungsvoll zu Mek.

Mek suchte in seinem Kopf und fand den

Faden seines Gefährtenbundes. Fühlte sich die Verbindung schwächer an? Panik ergriff ihn. Er zeigte auf einen Korridor. „Da lang.“

Er machte sich auf den Weg, ohne abzuwarten, wer ihm folgte. Rashana steckte in Schwierigkeiten. Er konnte es sich nicht leisten, noch mehr Zeit zu verschwenden.

KAPITEL SECHSUNDZWANZIG

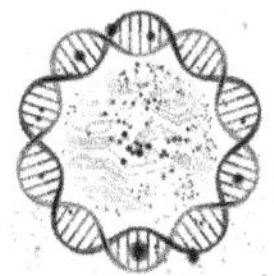

Rashana lag auf ihrem Bett, starrte an die langweilige Decke und klammerte sich an ihre empathische Verbindung zu Mek. Dass er auf dem Weg war, gab ihr Hoffnung für sich, Nayeli und vor allem ihr ungeborenes Kind. *Beeil dich, Mek.*

Plötzlich schienen Tausende Ameisen über ihre Haut zu krabbeln und die Verbindung zu Mek brach zusammen. Ihr Atem stockte, und sie setzte sich aufrecht hin und rieb sich über die Arme. Ihre Macht war verschwunden.

Dollard betrat die Station in seinem weißen Laborkittel, der nicht länger von einem Ionenschutzanzug bedeckt war. Blut durchtränkte das weiße Gewebe, aber er schien sich bereits von der Stichwunde erholt zu haben. Er ging zu den In-vitro-Einheiten und machte sich daran, die Stecker herauszuziehen.

„Was machst du denn da?", wollte Rashana wissen, als sie ihm entsetzt zusah. „Du tötest die Babys!"

Dollard ignorierte sie und beendete, was er begonnen hatte, bevor er zu ihrer Zelle kam. Sein Blick bohrte sich wie ein Skalpell in sie, als wollte er sie wie eines seiner Testobjekte sezieren.

Sie erwiderte seinen Blick und weigerte sich, sich von ihm einschüchtern zu lassen. „Warum hast du das gemacht? Und wo ist Nayeli?"

Dollards Lippen formten sich zu einem spöttischen Grinsen. „Nayelis empathische Kräfte waren schon immer wenig beeindruckend, ihr Körper jedoch wird mir noch lange Zeit als Brutmaschine dienen." Der bedrohliche Ton in seiner Stimme sagte alles und ihre Vermutung wurde bestätigt, als er seinen Blick auf ihren Bauch senkte. „Soweit erforderlich."

Rashana erstarrte. Er wollte ihr Baby aus ihr entfernen und in einen anderen Körper transplantieren? Sie verschränkte ihre Arme schützend über ihrer Mitte. „Du hast gesagt, mein

Baby könnte sterben, wenn du versuchst, es zu entfernen."

„Hoffen wir, dass es nicht dazu kommt, hmm?" Er berührte das Bedienfeld vor ihrer Tür und senkte das Kraftfeld. „Doch die Zeit drängt. Deine Rebellenfreunde gehen vor unserer Haustür auf und ab."

Ihr Herz machte einen Salto, als sie begriff, was er damit meinte. Mek musste in der Nähe sein. Sie verschränkte die Arme vor der Brust. Innerlich grinste sie, als der Hoffnungsschimmer zurückkehrte.

Dollard verschränkte die Arme und lehnte sich gegen den Türrahmen. Sein Gesicht wirkte entspannt, seine Stimme jedoch machte klar, dass er eine Bedrohung darstellte. „Sie werden nicht ahnen, was auf sie zukommt. Niemand außer mir wird mit dir hier rausgehen." Er stieß sich von der Wand ab, trat beiseite und deutete auf den Ausgang. „Beweg dich."

Sie blieb auf dem Bett. „Ganz sicher nicht."

„Du warst immer mein dickköpfigstes Kind." Dollard spannte die Finger an, als wollte er so seine kybernetische Stärke zeigen. „Aber du wirst meinen Anweisungen folgen."

Ihr Körper begann zu zittern und versetzte sie

so in ihre Kindheit voller schmerzhafter Eingriffe zurück: Arme und Beine in Schraubstöcken, Nadeln und Sonden in ihrer Haut, ionische Tests, bei denen sich ihr Kopf jedes Mal anfühlte, als würde er gleich explodieren. Sie hatte schon früh gelernt, dass Widerstand die Dinge nur verschlimmerte. Er würde sie überwältigen, egal wie entschlossen sie kämpfte. Sie stand auf und trat auf unsicheren Beinen aus der Zelle.

„Zieh das an." Er warf ihr die beige Laborkleidung zu.

Mit verschränkten Armen beobachtete sie, wie die Kleidung zu Boden flatterte. Je länger sie ihre Interaktion herausziehen konnte, desto mehr Zeit hatte Mek, sie zu erreichen. „Warum?"

„Weil ich es gesagt habe. Oder soll ich dir persönlich zur Hand gehen?" Seine Finger spannten sich erneut an.

„Nein, ich mach schon." Sie trat einen Schritt zurück und gab vor, mit dem Verschluss an ihrem Rock zu kämpfen. Wenn sie sich allein auszog, konnte sie zumindest das Tempo vorgeben.

Nach ein paar kostbaren Sekunden stieß Dollard einen schweren Seufzer aus und kam auf sie zu. Damit wusste sie, dass seine Geduld nicht von Dauer sein würde, also ließ sie ihren Rock auf den Boden fallen. Sofort formte sich Gänsehaut auf ihren nackten Beinen. Sie war noch nie schüchtern gewesen, wenn es um ihren Körper ging – Nacktheit gehörte als Testperson dazu. Nun jagte es ihr jedoch einen Schauer über den Rücken, wenn Dollard sie ansah.

Sie hob den Rock auf und fing an, ihn akribisch zu falten.

„Lass den Rock", zischte Dollard.

Nebulas, er machte es ihr nicht einfach. Mit flacher Atmung legte sie den Rock auf die Arbeitsfläche neben sich und griff nach dem oberen Knopf an ihrer Tunika. Sie musste nicht mal so tun, als wäre sie ungeschickt, denn ihre Finger fühlten sich taub und unkoordiniert an. Schließlich schob sie den Stoff über ihre Arme und legte das Kleidungsstück behutsam neben den Rock.

Nur ihr BH und ihr Höschen blieben übrig, und sie verschränkte ihre Arme verlegen über ihren Brüsten, in der Hoffnung, dass er nicht erwartete, dass sie sich vollständig auszog.

Dollards Blick landete auf ihrer Kehle. *Nebulas, der Anhänger!* Sie hätte ahnen sollen, dass er die Kette bemerken würde. Sie griff nach dem Schmuckstück, aber Dollard war schneller. Er packte die Kette zwischen zwei kybernetischen

Fingern und riss sie ihr vom Hals. „Hast du so mit ihnen kommuniziert?"

Wie angewurzelt stand sie mit den Händen an ihrem schmerzenden Hals vor ihm. Sie betete, dass Dollard nicht wusste, was die Halskette für ihre Kraft tat, und sagte: „Wovon redest du? Es ist nur eine Halskette."

Grunzend ließ er die Kette auf das Deck fallen und zerbrach den rötlichen Stein unter seiner Ferse.

Rashanas Mund trocknete aus, als sie auf die zerschmetterten Überreste von Sotulus Geschenk starrte. Ohne es hatte Rashana durch das Dämpfungsfeld keine Möglichkeit, Mek zu kontaktieren. Dollard sagte, die Rebellen seien in der Gegend, aber Mek hatte das Labor noch nicht gefunden, als die Verbindung gekappt wurde.

Mek!, schrie sie in die Leere und hoffte, dass er sie wahrnehmen konnte. Alles, was sie fühlte, war ein dunkles Nichts und das schreckliche Krabbeln auf ihrer Haut.

„Entferne auch den Rest." Dollard zeigte auf ihre Füße. „Die Schuhe ebenfalls."

Unfähig, ihren bebenden Körper zu kontrollieren, fügte sie sich. Instinktiv rieb sie mit der Hand über ihren Bauch, wo ihr Baby wuchs. *Mach dir keine Sorgen, mein Kleines. Ich werde nicht zulassen, dass er dich bekommt.* Doch ihr Magen verkrampfte sich bei dem Versprechen, wissend, dass dies nach sich ziehen könnte, dass ihr beider Leben bald zu einem Ende kam. Entschlossener denn je hob sie ihr Kinn. Sie würde tun, was nötig war. Dollard würde für seine Experimente nicht das Leben eines weiteren hilflosen Wesens zerstören.

Sobald sie völlig nackt war, signalisierte Dollard jemandem im Flur. „Ermoni, scanne auf Implantate."

Ein großer Roboter in der Form eines Zylinders mit vier Metallarmen, die gleichmäßig um seinen Körper verteilt waren, betrat die Zelle. Trotz der spindeldürren Beine war der Gang effizient. Der Roboter schwenkte seinen flachen, kreisförmigen Kopf zu ihr, der rote Lichtstreifen, der als visueller Sensor diente, scannte ihren nackten Körper von Kopf bis Fuß. „Jawohl, Dr. Dollard."

Als die Einheit sich ihr näherte, verstärkte sich das Kribbeln auf ihrer Haut zu einem fast unerträglichen Level. *Die ionische Dämpfung kommt von dem Roboter.* Rashana hielt still und ließ den Blick auf der Suche nach dem Dämpfungsapparat über den Roboter schweifen, während er zwei Arme Millimeter von ihrer Haut über ihren Körper schwenkte. Werkzeuge in verschiedenen Formen und Größen hingen an der Taille, obwohl keines von ihnen Kristalle aufwies, wie das bei dem Emitter der Fall war, den Dollard in seinem Labor verwendet hatte. Sie entdeckte jedoch eine Metallabdeckung im Gehäuse des Roboters. Twerp benutzte ein solches Fach zur Aufbewahrung von Dingen.

„Den Fuß anheben", befahl der Roboter.

Als sie der Anweisung nicht nachkam, berührte der Bot sanft ihren Knöchel und gab ihr einen kleinen Schlag.

Sie quietschte und zuckte mit dem Fuß zurück.

Blitzschnell packte der Bot ihren Knöchel. „Verzeihung, Miss." Er fuhr mit seinem Scanner über ihre Sohle. „Jetzt den anderen Fuß, bitte."

Diesmal tat Rashana, was verlangt wurde.

Der Bot beendete seinen Scan mit einem Piepton. „Keine Implantate erkannt, Dr. Dollard. Soll ich jetzt den biometrischen Sensor einpflanzen?"

Rashana wich zurück und wandte sich der Laborkleidung zu, um sie schnell anzuziehen.

Dollard schaute von einem Datenpad in seinen Händen auf. „Nein. Wir müssen los." Dollard deutete auf die Tür. „Hier entlang, Rashana."

„Wo gehen wir hin?“, fragte sie, um erneut auf Zeit zu spielen.

Dollard packte ihren Arm und schob sie vor ihm durch die Tür. „Beweg dich, sage ich.“

Rashanas Herz raste, als sie mit Dollard und dem Bot direkt hinter ihr durch den leeren Korridor stolperte. Das Deck fühlte sich unter ihren nackten Füßen kalt und beklemmend an. Als man sie zur Entbindungsstation eskortiert hatte, war in den Korridoren viel los gewesen. Jetzt war die gesamte Einrichtung unheimlich still. Wo waren alle hin?

An einer unscheinbaren Tür tippte Dollard einen Code in das Bedienfeld. Er machte sich nicht einmal die Mühe, den Code vor ihr zu verstecken. Galle stieg in ihre Kehle. Was bedeutete das? Die Tür zischte auf und enthüllte vier Wachen, die vor einer größeren Tür mit verstärkten Stahlplatten standen.

„Wir haben Bewegung in Sektor Vier, Doktor“, sagte einer von ihnen, seine Stimme gedämpft durch seinen Gefechtshelm.

„Bleibt auf eurem Posten“, befahl Dollard. „Lasst sie nicht durch diese Tür.“

„Jawohl, Doktor.“

Dollard gab einen weiteren Code ein und die

Stahltür öffnete sich zu einer massiven, schwach beleuchteten Bucht, die mit Dutzenden von Kryo-Pods gefüllt war, welche in perfekter Symmetrie aufgereiht waren. Mitarbeiter in weißen Laborkitteln trennten verzweifelt Rohre und Drähte und befestigten Magnetklemmen, um die Pods zu bewegen. In der gesamten Bucht standen Dutzende von Wachen in schwerer Kampfausrüstung, andere bereiteten Geschütze vor, die groß genug waren, um ein ganzes Schiff zu zerstören.

Rashana hielt inne, als ein schwebender Pod ihren Weg kreuzte. Das kleine Fenster zeigte ein vertrautes Gesicht, das in monochromatisches blaues Licht getaucht war. *Nayeli? Nebulas*, warum befand sie sich in Kryostase? Sie starrte auf die Pods und dann dämmerte es ihr. „Sind all diese Leute Testpersonen wie ich? Was hast du mit ihnen vor?"

„Du stellst zu viele Fragen." Dollard packte ihren Arm und trieb sie durch das Chaos. Er schob sie zu einer Tür am anderen Ende der Bucht und wich einem weiteren Pod aus, der ebenfalls in diese Richtung unterwegs war.

Sie schnappte nach Luft, als sie sah, dass hinter der Tür die Oberfläche des Asteroiden lag. In einem Krater. Sechs kleine Notfall-Shuttles standen in einer Reihe, beleuchtet von einem einzigen Scheinwerfer eingebettet in die Kraterwand. Über ihnen blockierte ein blaues atmosphärisches Kraftfeld die Schwärze des Weltraums. Zwei Labormitarbeiter hievten einen Kryo-Pod in das erste Shuttle.

„Seid vorsichtig damit", schimpfte Dollard, als er Rashana an ihnen vorbeizog. „Dieses Gerät ist mehr wert, als ihr jemals verdienen könntet."

Rashana reckte ihren Hals, konnte aber die Person in diesem Pod nicht sehen, bevor Dollard sie in ein Shuttle zwang. Zwei gepolsterte Bänke standen links und rechts an den Wänden mit Staufächern darüber. Die kleine Kabine sah nicht gerade aus, als könnte sie auch nur einen Kryo-Pod beherbergen, ganz zu schweigen von der Anzahl, die in der Bucht Platz fanden. Sie warf einen Blick über ihre Schulter, sodass sie sah, wie die Mitarbeiter einen Pod an ihrem Shuttle vorbeiführten.

Zwar wusste sie, dass es offensichtlich war, dennoch sagte sie: „Niemals bekommst du alle Pods in die verfügbaren Shuttles."

Dollard legte eine Hand auf ihre Schulter und schob sie zu einer der Bänke. „Natürlich nicht." Er wartete, bis der Roboter drinnen war, dann zog er die Shuttle-Luke lautstark zu und marschierte zugleich zum Steuerpult. „Ermoni, du kannst jetzt den biometrischen Sensor einpflanzen."

Alarmiert riss Rashana die Augen auf, als der Bot auf sie zukam, ihr Blick auf dem roten Licht seines Auges, das wie ein Leuchtfeuer seinen runden Kopf umkreiste. Sie sah zu Dollard, der ihr den Rücken zukehrte. Er blickte auf einen großen Bildschirm, auf dem scheinbar die Sicherheitsaufnahmen des Labors zu sehen waren. Ein Ausschnitt zeigte eine vertraute Gruppe, die durch einen leeren Korridor rannte. Ein Gesicht war ihr vertrauter als die anderen.

Mek! Er war hier! Solange das ionische Dämpfungsfeld in Betrieb war, war der Versuch, mit ihm zu kommunizieren, verschwendete Mühe.

„Dein Knöchel, bitte", sagte der Bot in einem monotonen Ton.

Sie richtete ihre Aufmerksamkeit wieder auf den Roboter. Er hielt einen winzigen Chip in einer Hand und ein Skalpell in einer zweiten. Da Dollard beschäftigt war, könnte dies ihre Chance sein, den Bot zu durchsuchen und die Dämpfungsvorrichtung zu deaktivieren. Würde der Bot sie nahe genug herankommen lassen?

Sie hob ihren Knöchel über ihr

gegenüberliegendes Knie, legte eine Hand auf die Hülle des Bots und gab vor, ihn als Stütze zu missbrauchen, während er den Chip implantierte. Es fühlte sich an, als würden Ameisen über ihre Hand und ihren Arm schwärmen, sodass sie zusammenzuckte. Sie ignorierte den Einschnitt des Skalpells und griff nach dem Riegel an der Metallabdeckung im Gehäuse. Der Emitter musste sich im Inneren befinden.

Ein Alarm erfüllte die Kabine, und für einen Moment dachte sie, sie sei erwischt worden. Eine Deckenleuchte blinkte rot. Dollard tippte auf das Kommunikationssystem. „Sie sind in die Kryo-Bucht eingedrungen. Auf sofortige Evakuierung vorbereiten."

Die Wände bebten heftig, und eine mechanische Stimme sagte: „Selbstzerstörung bestätigt. Drei Minuten bis zur Detonation."

Ihr Herz stoppte. Ihr Vater wollte das gesamte Labor in die Luft jagen — mit Mek und allen anderen noch immer in der Einrichtung.

KAPITEL SIEBENUNDZWANZIG

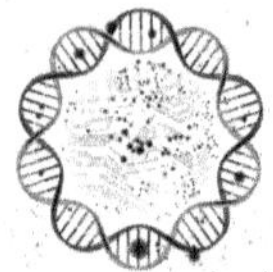

Mek knirschte mit den Zähnen und richtete seine Pulspistole auf einen Wachmann in schwerer Ausrüstung. Die Schüsse prallten einfach von ihm ab. Also hob Mek seine freie Hand und sendete Ionenenergie auf den Mann, der sogleich zusammenbrach.

Seine Kameraden hatten eine Keilformation gebildet und drängten so in die Bucht, während Trooper aus allen Richtungen auf sie schossen. Die Feiglinge versteckten sich hinter Kryo-Pods und benutzten Unschuldige als Schilde. Auf der anderen Seite der Bucht rannte medizinisches Personal auf eine offene Tür zu, ihre weißen Laborkittel vor den dunklen Metallwänden nicht zu übersehen.

„Rashana!“, brüllte Mek, und er hoffte, dass sie ihn hören konnte. Sie musste einfach hier sein. *Bitte sei hier.*

Drähte und Schläuche schlängelten sich über den Boden und drohten, ihn zu Fall zu bringen, als er losrannte. Er schnappte sich die Waffe des niedergestreckten Wächters. Was hatten sie sich nur dabei gedacht, solche Waffen aus nächster Nähe abzufeuern?

Er schaute durch das Fenster eines Pods und sah eine erwachsene Frau mit langen Haaren. Das blaue Licht in dem Pod konnte den Bronzeglanz ihrer Haut nicht verbergen. *Denaidanerin?* Wie war das möglich?

Aus dem Augenwinkel entdeckte er einen Wachmann, der auf ihn zielte. Er sprang zur Seite und spürte den Pulsschuss an ihm vorbeiziehen, als er sich duckte und eine Rolle vorwärts machte. Der Schuss traf den Pod hinter ihm und blies ihn in Stücke. Schrapnell verstreute sich über den Raum und Schreie ertönten.

Mek kam wieder auf die Beine. Sofort fand er den Wachmann, der erneut zielte. Nur hatte er es diesmal nicht auf Mek abgesehen. Er zielte auf den Pod neben dem zerstörten.

Die Erkenntnis packte Mek so fest wie ein Schraubstock.

„Sie zerstören die Beweise!", rief er und betete, dass Rashana in keiner der Kapseln war. „Fahrt das schwere Geschütz auf." *Usviiqe*, Dollard war wirklich ein Bastard.

Der zweite Pod explodierte und die Wache schwenkte zu einer dritten. Mit gefletschten Zähnen raste Mek los und attackierte die Wache. Sie rollten über den Boden, schlugen aufeinander ein, kämpften um die Kontrolle. Mit einer schnellen, kraftvollen Bewegung brach Mek dem Mann das Genick und die Wache sackte leblos unter ihm zusammen.

In der Nähe gewann Chigs eine Waffe von einem Trooper, während Rust einen dritten Mann zusammenschlug, der sich hinter einem Pod versteckt hatte. Marlis stand auf einem umgekippten Pod und feuerte präzise Schüsse ins Chaos.

Mek drehte sich rechtzeitig zu der Tür, um zu sehen, wie Labormitarbeiter einen Pod transportierten und plötzlich aus dem Sichtfeld verschwanden. *Dort wird sie sein.* Rashana schien für Dollard einen wertvollen Preis darzustellen, wenn er sich so viel Mühe machte, sie von hier wegzubekommen. Mek sprang über einen gefallenen Mitarbeiter, stolperte über ein Rohr und rollte neben der Öffnung zu einem Stopp. *Anaq,* er war aus der Übung.

Als er wieder auf die Füße kam, ertönte ein Alarm und die Deckenlichter blinkten rot. Die Tür begann, sich zu schließen. Schnell schlüpfte er durch, bevor sie sich vollständig schließen konnte und schnitt so die Geräusche der Schlacht auf der anderen Seite ab. Vor ihm sah er, wie der Mitarbeiter in einem von sechs kleinen Shuttles verschwand.

„Rashana!", brüllte er. Sein Magen fühlte sich hohl an, als er die Shuttles schließlich als Notfall-Shuttles erkannte. Dollard versuchte, abzuhauen.

Eine mechanische Stimme gab bekannt: „Selbstzerstörung bestätigt. Drei Minuten bis zur Detonation."

Usviiqe. Er schaute nach oben und bemerkte den atmosphärischen Schutzschild. Wenn die Shuttles abhoben, fiel das Feld, wodurch er dem Weltraum ausgesetzt wäre. Aber das war seine geringste Sorge. Sein Ionenschild würde ihm helfen, lange genug zu überleben, um wieder in die Einrichtung zu gelangen. Im Moment musste er Rashana erreichen, bevor Dollard sie ihm erneut entreißen konnte. In welchem Shuttle war sie?

———

Rashanas Augen weiteten sich. „Du zerstörst das Labor? Deine eigenen Leute sind immer noch da drin!"

Dollard tippte gelassen Befehle in das Bedienfeld. „Setz dich. Wir werden gleich abheben."

Sie hatte drei Minuten. Drei kostbare Minuten, um das Dämpfungsfeld auszuschalten, sodass sie ihre Kraft nutzen und Dollard dazu bringen konnte, die Selbstzerstörung zu deaktivieren. Als sie ihre Aufmerksamkeit wieder auf den Bot lenkte, stellte sie fest, dass er seine Operation beendet hatte und von ihr zurückwich. Sein rotes Auge kreiste und kreiste, konzentrierte sich auf alles und nichts. Würde der Roboter Alarm schlagen, wenn sie ihn noch einmal berührte? Er hatte nicht protestiert, als sie eben die Hand aufgelegt hatte. War es möglich, dass Dollard so nachlässig gewesen war, dass er es übersehen hatte, den Roboter mit einem Verteidigungsprogramm zu versehen? Nachlässig, nein. Arrogant? Oh ja.

Mutig streckte sie die Hand aus und öffnete mit einem leisen Klicken das Gehäuse.

Dollard gluckste. Sie erstarrte und blickte in seine Richtung. Sein Blick jedoch lag weiterhin auf dem Bildschirm. Ihr Herz hätte fast ausgesetzt, als sie sah, dass Mek im Krater neben der Tür zur Bucht stand. Er rannte auf das erste Shuttle in der Reihe zu, sein Schatten erstreckte sich im Scheinwerferlicht über den felsigen Boden.

Warum gluckste Dollard, wenn sich sein Feind unaufhörlich näherte?

In dem Moment wurde ihr klar, dass sich das Rumpeln unter ihren Füßen verstärkt hatte. Die Triebwerke kamen in Gang. Wenn sie abhoben und der atmosphärische Schutzschild fiel, würde Mek in den Weltraum gefegt werden.

Sie steckte ihre Hand in den Roboter und suchte nach dem Gerät, das das Ionenfeld erzeugte. Ihre Fingerspitzen brannten überall, wo sie hinpackte. Unter dem komplexen Netzwerk aus Drähten und mehreren blinkenden Lichtern entdeckte sie einen Satz aus drei aufrechten Kristallen mit einem Schalter. Mit rasendem Herzen legte sie den Schalter um.

Das brennende Gefühl ließ sofort nach. Nur war sie nicht auf die plötzliche Kakofonie aus Angst und Verwirrung vorbereitet gewesen, die von der Einrichtung auf sie niederging. Dutzende Leute schrien vor Todesangst.

Ihre eigene Panik erhob sich in ihr und wollte sich den anderen anschließen, was rationales Denken unmöglich machen würde. Sie stützte sich auf den Roboter und atmete langsam ein, langsam aus. Sie musste stark bleiben. Mek zählte auf sie.

Dollard beendete, was auch immer er tat, und drehte sich zu ihr um. Seine Augenbrauen schossen hoch, als er die offene Klappe im Roboter entdeckte. „Ermoni, überwältige das Testobjekt.“

Hastig packte Rashana im Robotor eine Handvoll Kabel und riss sie heraus. Das Ding schauderte und knisterte, bevor das rote Licht endgültig erlosch.

Schwer atmend ließ sie ihre Kraft in sich aufsteigen und suchte nach Dollards Emotionen. Alles an ihm war kalt und berechnend, nicht leicht zu manipulieren. Sie grub sich jedoch erfolgreich in sein Bewusstsein, bis sie Stolz, Empörung und einen Hauch von Angst fand. *Er fürchtet mich.*

Das Wissen gab ihr sofort ein Gefühl von Macht. Aber seine Angst war nicht sein größter Fehler. Sein größter Fehler war sein Stolz. Darauf konzentrierte sie sich und ließ ihn mit

Selbstvertrauen anschwellen. Mit der Gewissheit, dass er allmächtig war, die allwissende Gottheit eines Mannes, für die er sich schon immer gehalten hatte.

Die Einrichtung zu zerstören, ist eine Verschwendung von Ressourcen, projizierte sie zu ihm. *Deine Soldaten können die paar Eindringlinge besiegen.*

In einem tranceartigen Zustand drehte er sich um und wandte sich der Konsole zu. Die mechanische Stimme verkündete: „Selbstzerstörungssequenz angehalten."

Begeistert von ihrem Erfolg fügte sie hinzu: *Eigentlich braucht man nicht einmal Soldaten. Du kannst diese Rebellen selbst besiegen.*

Mit zitternder Hand griff er nach dem Steuerpult, schüttelte dann den Kopf und drückte die Augen zu, als litt er Schmerzen. Er zuckte mit der Hand zurück und funkelte sie wütend an. „Verschwinde aus meinem Kopf, du kleine Fotze."

Sie zitterte und spürte, wie ihr Halt an ihm abrutschte. Bei dem intensiven Augenkontakt fühlte sich ihr Herz an, als würde es gleich aus ihrer Brust springen. Sie musste schnell und entschlossen handeln, sonst wäre alles verloren. Er musste die Luke öffnen, damit Mek reinkommen konnte.

Dein Feind steht direkt vor der Tür. Energie pulsierte

aus ihrem Körper und umhüllte Dollard in einem unsichtbaren Netz der Macht. *Du willst Rache.*

Langsam, als müsste er ein schweres Gewicht nach oben wuchten, griff er zu dem Stauraum über ihm und öffnete die Klappe. Aus dem Fach entnahm er eine tödlich aussehende Pulspistole. Dann richtete er die Waffe mit fletschenden Zähnen auf sie.

KAPITEL ACHTUNDZWANZIG

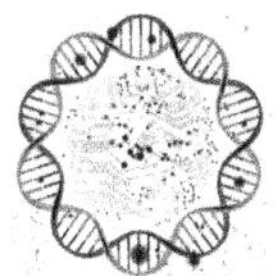

Mek schickte einen Ionenstoß gegen die Lukensteuerung des ersten Shuttles in der Reihe, seine Pistole auf die Tür gerichtet. Er hatte sechs Shuttles vor sich und es blieb kaum noch Zeit. Er konnte fühlen, wie Rashana mit jeder Sekunde seinem Griff weiter entglitt.

Die Luke schwang nach innen und enthüllte einen Kryo-Pod, der auf der linken Seite gesichert war, und einen Labormitarbeiter, der von der gegenüberliegenden Bank auf ihn zukam. An der Steuerkonsole des Shuttles saß eine Frau, die sogleich nach einer Waffe an ihrem Gürtel griff.

Mek feuerte, traf und die Frau krachte auf die Konsole. Leblos rutschte sie zu Boden. Der andere

Passagier, ein Mann, stand auf und stürzte sich auf den Pod. Ohne zu zögern, feuerte Mek einen zweiten Schuss ab. Der Mann brach zusammen, zuckte ein paar Mal, bevor auch er seiner Verletzung erlag.

Als Mek eintrat, sah er durch das Fenster des Pods eine Frau – eine Frau, die nicht Rashana war. *Usviiqe*! Ein Shuttle erledigt, noch fünf übrig. Das Deck rumpelte mit Motoren, die sich auf den Start vorbereiteten. Er sprang aus dem Shuttle und wandte sich dem nächsten in der Reihe zu, rutschte aber zum Stillstand, als mehrere Dinge auf einmal passierten: Die roten Warnlichter hörten auf zu blinken; eine mechanische Stimme kündigte an, dass die Selbstzerstörungssequenz angehalten hatte; und seine Verbindung mit Rashana erwachte wieder zum Leben.

Seine Knie wären vor Erleichterung fast eingeknickt. *Rashana!*

Sie antwortete nicht, aber der Gefährtenbund versicherte ihm, dass sie in der Nähe war. Er folgte der Verbindung zu dem letzten Shuttle und schlug seine Handfläche auf den Lukenmechanismus. Die Tür schwang nach innen und er trat in seinen schlimmsten Albtraum.

Dollard stand mit den Füßen weit auseinander

und einer Pulspistole in den Händen im Shuttle und zielte direkt auf Rashanas Kopf.

Mek hob seine eigene Waffe, nur nahm Rashana jetzt den Platz zwischen ihm und Dollard ein. Er konnte es nicht riskieren, sie versehentlich zu treffen. Dollards Augen weiteten sich überrascht, und Mek wusste, dass er schnell handeln musste. Er sprang nach vorn, packte Rashana, drehte sich und aktivierte seinen Ionenschild. Ein brennender Schmerz war an seiner Schulter zu spüren und der Pulsschuss brachte ihn aus dem Gleichgewicht. Unendliche Treffer dieser Art konnte er nicht ertragen.

Er ließ Rashana los, wandte sich dem Bastard zu und stürzte mit gesenktem Kopf auf Dollard zu. Ein weiterer Schuss kollidierte mit seinem Schild und die Erschütterung machte ihn vorübergehend blind und taub, bremsen ließ er sich jedoch nicht. Mek krachte in den Mann und presste ihn gegen das Steuerpult. Er griff nach der Waffe, aber Dollard schob Mek mit überraschender Kraft von sich.

Mek blinzelte, sein Sichtfeld an den Rändern noch immer von Schatten bevölkert. Dollards Stärke war übermenschlich, und Mek erkannte, dass die Hände des Mannes jetzt kybernetisch waren. Ihm die Waffe aus der Hand zu schlagen, war keine Option. Mek musste auf verwundbarere Teile zielen. Er schwang eine ionisierte Faust und zielte es auf den Magen des Mannes ab, aber Dollard wich aus, hob die Pistole und schlug ihm mit dem Griff gegen die Schläfe.

Mek fiel auf die Knie und stützte sich mit einer Hand auf dem Deck ab. Er erwartete, dass Dollard ihn nun erschießen würde. Stattdessen richtete er seine Pistole auf den hinteren Teil des Shuttles. Auf Rashana.

„Ich sagte: Verzieh dich aus meinem Kopf!"

Mit jeder Unze ionischer Kraft, die er aufbringen konnte, sprang Mek nach vorn und packte den Mann um die Knie.

Dollards Arme rotierten in dem Versuch, sein Gleichgewicht nicht zu verlieren. Ein Pulsschuss ging an die Decke, bevor der Arzt umkippte und ihm die Waffe aus der Hand glitt.

Mek kämpfte sich an dem Körper des Mannes hoch, während kybernetische Fäuste auf sein Gesicht und seine Schultern einschlugen. Er verstärkte seinen Ionenschild, um die Schläge zu dämpfen, und landete einen soliden Schlag gegen Dollards Bauch.

Der Mann vibrierte vor Schmerzen, doch dann

wurde Mek von mächtigen Händen an der Kehle gepackt. Dollard drückte ihm mit unfassbarer Kraft die Luft ab.

Sterne blitzten vor Meks Augen auf, als das Blut langsam aus seinem Kopf gewürgt wurde. Er war sich vage bewusst, dass Rashana schrie, bettelte und versuchte, Dollard von ihm wegzubekommen. Dollard jedoch starrte ihm in die Augen, sein blutiges Gesicht eine Maske wütender Entschlossenheit, als er fester und immer fester zudrückte.

Plötzlich bebte das Deck unter ihnen. Luft begann aus dem Shuttle zu rauschen. *Der atmosphärische Schild,* erkannte Mek mit Bestürzung. Die anderen Shuttles schienen ihre Vorbereitungen zum Abheben abgeschlossen zu haben.

Rashana schrie wieder und rannte an ihnen vorbei zur Luke. Eine Hand löste sich um seinen Hals, als Dollard nach etwas auf der Bank neben ihnen tastete.

In dem Luftstrom, der die Verhältnisse durcheinanderbrachte, rief Mek seine ionische Kraft herbei und schaffte es, sich an das Deck zu haften. Er drehte den Kopf zu Rashana, die sich am Türrahmen festkrallte, während ihre Beine aus dem Shuttle gesaugt wurden.

Mek schaffte es auf seine Füße, packte sie am Handgelenk und zog sie zurück in das Shuttle. Er schloss sie in seine Arme und legte seinen Ionenschild um sie, umgab sie beide in einer Blase, die wie ein Zufluchtsort gegen das Vakuum des Weltraums wirkte.

Auf dem Deck in der Nähe gruben sich Dollards Finger in das Metall, um nicht nach draußen gesaugt zu werden. Seine dunklen Augen trafen auf Meks. Auch jetzt zeigte sich nichts als Wut und Hass in seinem Blick. Dann glitt er wie ein Blatt im Wind an ihnen vorbei und verschwand durch die Luke.

Rashanas Herz flatterte so schnell wie die Flügel eines Vogels gegen seine Brust und ihre Arme schlangen sich fester um seine Taille. Die Liebe, die er durch den Gefährtenbund wahrnahm, erdete ihn auf eine Weise, sodass es ihm die nötige Kraft gab, sie vor Schlimmeren zu bewahren. Sie sah zu ihm auf. *Du bist hier,* schickte sie ihm.

Er legte eine Hand auf ihren Hinterkopf und hielt sie fester an seine Brust. *Natürlich bin ich das. Nur für dich, Kamiken. Du bist mein Herz.*

Deren Lippen fanden sich für einen kleinen Kuss, und er spürte, wie ihr Atem über seine Wange wehte. *Werden wir heute sterben?*

Er lächelte und versuchte, sie über deren Verbindung zu beruhigen. *Das werde ich schon zu verhindern wissen.*

Der Luftstrom hatte an Intensität verloren, also griff er nach der Tür und schloss sie, während er einen Arm weiterhin um Rashana geschlungen ließ, sodass sein Schild auch sie umgab. Die Tür verriegelte sich mit einem Knall, den er unter seinen Sohlen spürte. Sofort sprang das automatisierte Lebenserhaltungssystem des Shuttles wieder an.

Ein paar Augenblicke später atmete Rashana tief ein. „Ich kann nicht glauben, dass wir überlebt haben!" Sie entspannte ihren Griff um seine Taille und schaute ihm in die Augen. Ihr Haar war ein verworrenes Durcheinander, und sie hatte einen blauen Fleck auf ihrer Wange, und doch hatte sie noch nie schöner ausgesehen. Er versuchte, ihr die wilden Strähnen aus dem Gesicht zu schieben, gab jedoch schnell auf und küsste sie stattdessen.

Sie erwiderte den Kuss, und ihre Leidenschaft entzündete sich und verblasste dann schnell, als die Realität ihrer Situation über sie hereinbrach. Er stoppte den Kuss und lehnte sich zurück, um sie zu mustern. „Bist du verletzt? Hat er dir weh getan?"

Sie blickte nach unten und flatterte mit einer

Hand über ihrem Bauch. „Mir geht es gut. Dem Baby auch, denke ich." Sie hob den Blick und sah ihn aus sorgenvollen Augen an. „Er hat etwas mit mir gemacht, was die Schwangerschaft beschleunigen wird."

Mek runzelte die Stirn und legte seine Hand auf ihre. Behandlungen zur Beschleunigung der Schwangerschaft wurden für den Einsatz gegen Ende einer Schwangerschaft entwickelt, in der Regel für Situationen, in denen die Mutter sonst nicht in der Lage wäre, das Kind bis zum Ende in sich zu tragen. Er war sich nicht sicher, wie es sich auf das Baby auswirkte, wenn es so früh in einer Schwangerschaft verwendet wurde. Andererseits war die Behandlung vielleicht der Grund dafür, wie Dollard erfolgreich einen Hybrid wie Rashana erschaffen konnte. „Ich muss dich zu einer Krankenstation bringen und dich gründlich untersuchen."

Sie warf einen Blick auf die beschädigte Konsole, die dem Kampf gegen Dollard zum Opfer gefallen war. „Dollard hat sich vorhin Sicherheitsaufnahmen des Kampfes in der Bucht mit den Kryo-Pods angesehen. Wir müssen sicherstellen, dass es den anderen gut geht."

Mek runzelte die Stirn und fragte sich, ob das

Kommunikationssystem noch funktionierte. Vielleicht könnte er Qaiyaan in der Hardship kontaktieren und Verstärkung anfordern. Er legte ein paar Schalter um und beobachtete, wie die Lichter entlang des Bedienfelds ein- und ausblinkten, aber sonst passierte nichts. Die Konsole war tot.

Mek stieß eine Reihe von denaidanischen Kraftwörtern aus und wandte sich wieder Rashana zu. „Ich weiß nicht, wie ich das beheben soll.“

Vor dem Shuttle war ein Geräusch zu hören und das Deck unter ihren Füßen bebte. Meks Blick schoss zu der Luke. Es klang, als würde jemand versuchen, die Tür aufzubrechen. Er richtete sich auf und schob Rashana hinter sich. Waren es Dollards Männer oder seine eigenen? Er schaute sich nach seiner Pistole um, aber alles war zusammen mit Dollard nach draußen geschleudert worden.

Unfähig, etwas anderes zu tun, hob er seinen Ionenschild und bereitete sich darauf vor, sich jedem entgegenzustellen, der es wagte, durch diese Tür zu kommen.

Die Luke schwang auf und enthüllte Chigs und Tovik, die bedeckt von Schmutz, Schweiß und Blut eintraten. Tovik wies mit dem Daumen über seine

Schulter auf die Bucht mit den Kryo-Pods. „Ellam Cua! Wir brauchen sofort einen Arzt hier draußen."

Mek trat mit klopfenden Herzen nach vorn. „Wer ist verletzt?"

„Wir nicht. Es ist nur ...", begann Chigs, doch es war Tovik, der den Gedanken für ihn beendete: „Diese Kryo-Pods sind voller Frauen!"

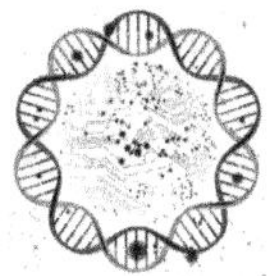

Rashana betrat die Krankenstation auf der Icarus und fand Mek mit dem Kopf in den Händen neben einem der Kryo-Pods, den sie aus der Einrichtung gerettet hatten. Verzweiflung schlängelte sich in einem erstickenden Griff entlang ihrer Gefährtenverbindung, und sie eilte zu ihm, um ihren Arm um seine Schultern zu legen. „Noch immer kein Glück?"

Elf Pods waren nach der Schlacht noch intakt gewesen – acht mit Denaida-Frauen, einer mit Nayeli und zwei weitere mit Hybriden wie sie selbst. Aus Sorge, dass die entkommenen Shuttles Verstärkung herbeirufen könnten, hatten sie die Pods zur Icarus befördert und waren so schnell wie möglich aus dem Sektor verschwunden. Mek hatte in den zwei Wochen seit der Rettung drei Pods geöffnet, aber außer Nayeli blieben die Frauen im Inneren komatös. Bis er herausfand, warum dies der Fall war, hatte die Crew dafür gestimmt, die Pods erstmal nicht mehr zu öffnen.

Mek setzte sich auf, drehte sich zu Rashana und umarmte sie fest. Er schüttelte den Kopf an ihrer Schulter, seine Verzweiflung in ihrer Intensität regelrecht lähmend. „Ich glaube, ich habe herausgefunden, warum sie nicht aufwachen."

Rashana umarmte ihn mit rasendem Herzen. Sie küsste ihn auf den Kopf und versuchte, ihm so viel Trost wie möglich zu spenden. „Sag es mir."

„Dollard induzierte künstlich den Eisprung und erntete ihre Eier." Seine Stimme brach und er sah sie aus rot unterlaufenen Augen an. „Bei dem Prozess, den er benutzte, frittierte er ihre Gehirne. Sie sollten nie wieder aufwachen."

Alles, was sie tun konnte, war, ihn entsetzt anzustarren. Hass erfüllte sie. Sie konnte es nicht fassen, dass sie dieses Monster einst Vater genannt hatte. *So hat er mich erschaffen.* Indem er andere Frauen zerstörte.

Die Intensität von Meks Emotionen nahm mit einem Mal ab, und sie wusste, dass er versuchte, sie nicht zu überwältigen. Er machte sich immer noch

Sorgen um solche Dinge, obwohl sie bewiesen hatte, dass sie mehr aushalten konnte als eine normale Denaida-Frau.

Er stand auf und zog sie fest an sich. „Aber darüber solltest du dir keine Sorgen machen. Schauen wir uns an, wie es unserem Baby geht."

Er nahm ihren Arm und zog sie zum Scanner am anderen Ende der Krankenstation.

Sie schaute über ihre Schulter zu den fünf ungeöffneten Pods, immer noch verblüfft von Meks Entdeckung. Jenseits der Pods im Aufwachraum lagen die beiden Denaida-Frauen, die sie herausgeholt hatten, auf Patientenbetten. Sie sahen aus, als schliefen sie – als könnten sie jeden Moment aufwachen. „Es muss doch einen Weg geben, sie zu retten", sagte sie.

„Ich habe dieses Schadensbild schon einmal gesehen. Ich fürchte, es ist unumkehrbar."

„Nayeli war aber in Ordnung, oder? Was ist mit den anderen beiden Hybriden?" Sie dachte daran, was Dollard gesagt hatte – dass er Nayeli als Inkubator benutzen wollte. Hielt er deshalb diese Frauen am Leben? Um das, was von ihnen übrig geblieben war, als Brutkasten zu verwenden?

„Nayeli scheint es gut zu gehen, ja, aber ich werde sie noch einmal gründlich untersuchen. Ich möchte ein wenig mehr recherchieren, bevor ich die anderen Pods öffne.“

Sie nickte und erlaubte Mek, sie zum Scanner zu führen. Die Erinnerung an die anderen Frauen, deren Leben durch Dollards grausame Experimente zerstört worden waren, ließ sich jedoch nicht verdrängen. Sie gelobte, einen Weg zu finden, deren Opfer zu ehren und sicherzustellen, dass niemand jemals wieder das gleiche Schicksal erleiden würde.

Mek justierte den Scanner und das Bild eines winzigen Babys erschien auf dem Monitor. Eine kleine Hand mit fünf perfekten Fingern, die sich zu einer Faust öffnete und wieder schloss. Der Schmerz in ihrem Herz wurde gelindert, als sie sich vorstellte, wie ihr Kind ihnen schon bald zuwinken würde.

„Unser Baby scheint bei ungefähr dreizehn Wochen zu sein“, sagte Mek mit einem Lächeln. „Und es ist gesund.“

Sie starrte erstaunt auf den Monitor. Sie und Mek waren erst seit etwas mehr als zwei Wochen Gefährten. Bei einer schnellen Berechnung in ihrem Kopf spürte sie, wie ihr das Blut aus dem Gesicht wich. „Wenn das so weitergeht, werde ich in einem weiteren Monat ein Baby in den Armen halten.“

Mek legte eine warme Handfläche auf ihren

Bauch. „Stress dich nicht. Der Fortschritt verlangsamt sich mit dem Wachstum des Babys, zumal wir die Behandlung zur Schwangerschaftsbeschleunigung nicht fortsetzen. Ich schätze, dass dir noch drei bis vier Monate bleiben. Isst du genug?"

Sie nickte, dankbar für seine besänftigende Berührung. „Mehr als genug."

Die Crew war über die Aussicht auf Nachwuchs fast so aufgeregt wie sie und Mek, und jedes Mal, wenn sie sich umdrehte, bot ihr jemand Essen an oder fragte, wie es ihr ging. Und natürlich war Mek ständig an ihrer Seite und stellte sicher, dass sie alles hatte, was sie brauchte.

„Gut." Er lehnte sich vor und drückte einen sanften Kuss auf ihre Stirn, bevor er ihr in eine sitzende Position half.

„Ich könnte auch jetzt etwas essen", sagte sie, nahm seine Hand und führte ihn zur Tür, bevor er Nein sagen konnte. „Komm mit mir in die Kantine. Du brauchst eine Pause von diesem Labor."

Glucksend folgte Mek ihr. „Du kannst äußerst überzeugend sein, weißt du das? Bist du sicher, dass du deine Macht nicht gegen mich einsetzt?"

Sie blieb stehen und verengte ihre Augen. „Mach darüber keine Witze, Mek. Du weißt, dass ich das nicht tun würde."

Sein Gesicht wurde ernst und er legte eine Hand auf ihre Wange. „Genau deshalb kann ich mit dir darüber scherzen."

Ihr Mund verwandelte sich zu einem Lächeln und sie schnaufte in gespielter Empörung, bevor sie sich umdrehte und sich wieder zur Kantine aufmachte. Sein Vertrauen in sie wärmte ihr das Herz. Nach so vielen Zweifeln konnten sie endlich unbeschwerte Momente genießen, sie konnten einander necken, auch wenn es um Themen ging, die einst so schwierig gewesen waren. Sie fühlte sich wie die glücklichste Frau im Universum.

Ein paar Minuten später betraten sie die Kantine. Mehrere Besatzungsmitglieder saßen bereits an den Tischen und ließen es sich schmecken. Emmy winkte sie zu sich und Rashana lächelte, als sie Nayeli in der Gruppe entdeckte. Tovik saß neben ihr und überwältigte sie wahrscheinlich mit Geschenken und Aufmerksamkeit.

Rashanas Schritte stockten jedoch, als sie sah, wie sich Rusts feuerroter Schopf in ihre Richtung drehte. Obwohl sie ihm und allen, die ihr zur Hilfe gekommen waren, gedankt hatte, hatte er sie nur angeblinzelt und war dann auf dem Absatz umgedreht und verschwunden. Sie wusste nicht, was sie von ihm halten sollte, würde aber auch nicht in seine Emotionen eindringen, um es herauszufinden.

Mek führte sie zum Tisch und warf Rust einen eindeutigen Blick zu. Rust zog die Augenbrauen zusammen, sagte aber nichts, als Rashana sich gegenüber von ihm hinsetzte. In der Mitte stand eine Platte mit Fleisch, herzhaftem Fladenbrot und farbenfrohem Gemüse. Ihr Magen knurrte bei den köstlichen Düften.

„Iss nur", sagte Emmy und legte einen Haufen Fladenbrote auf Rashanas Teller. „Ich habe genug für alle gemacht."

Während sie aßen, drehte sich das Gespräch unweigerlich um die Pods und die Frauen im Inneren. Meks Stimmung ging in den Keller, als er die anderen darüber informierte, was er entdeckt hatte.

Tovik sah ihn aus weit aufgerissenen Augen an, sein Schock flammte an den Barrieren vorbei, die Rashana aufrichtete, wenn sie in der Nähe der Crew war. „Alle Frauen?", fragte er.

Mek stocherte in seinem Essen herum. „Ich muss mir noch die Frauen anschauen, bei denen wir die Pods nicht geöffnet haben, also bin ich mir nicht sicher. Ich hoffe, Dollards Akten enthalten mehr Informationen.“

Chigs lehnte sich vor, seine Augenbrauen vor Wut zusammengezogen. „Vier der Shuttles sind entkommen. Wahrscheinlich plante er, alle Frauen mitzunehmen, die ihm noch nützlich sein könnten. Wir müssen sie aufspüren und retten, bevor jemand seine Arbeit übernimmt.“

Rust fügte hinzu: „Ich konnte Dollards Leiche nicht finden. Der Bastard hat einmal den Tod überlistet. Ich würde es ihm zutrauen, es noch einmal zu tun.“

Rashana dachte an den Kampf zwischen Dollard und Mek im Shuttle zurück. Während er und Mek Schläge ausgetauscht hatten, hatte sie versucht, Dollard zu kontrollieren, aber seine Entschlossenheit war schwer zu überwinden gewesen. Sein Geist hatte sich so kalt und roboterhaft angefühlt. Sie konnte die Sorge nicht abschütteln, dass das Monster vielleicht sogar die kalte Leere des Weltraums überleben könnte.

Sie schob ihren Teller weg. Ihr war plötzlich übel. Der Gedanke, dass Dollard immer noch da draußen war und möglicherweise seine abscheulichen Experimente fortsetzte, war ekelerregend. Sie konnte nicht glauben, dass sie jemals Teil seines Projekts gewesen war, selbst wenn es unter Zwang gewesen war.

Mek rieb ihr über den Rücken. „Alles okay?"

Sie nickte und holte tief Luft. „Chigs hat Recht. Wir sollten nach den anderen Pods suchen. Nach anderen Hybriden wie Nayeli und mir." Sie nahm Blickkontakt mit der anderen Frau auf, und Nayeli nickte.

Um den Tisch herum war mehr Zustimmung zu hören. Zum ersten Mal sah Rust ihr in die Augen, und sie konnte einen Hauch von Respekt wahrnehmen. „Ich bin dabei."

Chigs jauchzte erfreut. „*Anaq*! Ja! Wo fangen wir an?"

Das warme Gefühl von Kameradschaft erfüllte den Saal, und Rashana lächelte, als sie ihre Wange an Meks Schulter schmiegte. Sie hatte an diesem Tisch eine Familie gefunden. Sie hatten sie aus Dollards Klauen gerettet und ihr eine neue Chance auf ein Leben gegeben. Somit hatte auch ihr Baby die Chance, geliebt und geschätzt aufzuwachsen.

Mek legte seinen Arm um sie, während alle Pläne diskutierten, und sie drehte ihr Gesicht zu seinem, um sich einen warmen Kuss von ihm abzuholen. Zusammen könnten sie im Universum einen echten Unterschied machen. Sie hoffte auf

ein glückliches und erfülltes Leben mit ihm – ein
Leben, von dem sie vor wenigen Wochen nur hätte
träumen können.

Sie hatte sich noch nie so lebendig gefühlt.

So sicher.

So geliebt.

EPILOG

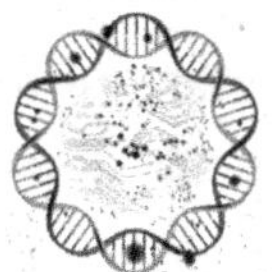

Chigs zuckte aus dem Schlaf. Sein Herz raste und Schweiß tropfte ihm über die Stirn. Er brauchte einen Moment, um sich zu orientieren, sein Geist immer noch in seinem Albtraum gefangen, der sich viel zu real angefühlt hatte. Derselbe Albtraum, der ihn in den letzten drei Nächten seit der Rettungsaktion plagte.

Er setzte sich im Bett auf, atmete noch immer schwer, als die Bilder von Frauen, eingesperrt in Kryo-Pods, in seinem Kopf verweilten. Mek war nicht in der Lage gewesen, die geretteten Frauen wiederzubeleben, aber im Traum waren ihre verzweifelten Hilferufe an seine Ohren gedrungen. Sie hatten die Hände nach ihm ausgestreckt und drängten ihn aus flehenden Augen, sie aus ihrer Gefangenschaft zu retten.

Und unter ihnen konnte er ... seine Gefährtin wahrnehmen.

Er schwang seine Beine über den Rand der Koje und ging in seinem Quartier an Bord der Icarus zum Fenster. Sein Großvater hatte immer gesagt, dass Träume tiefere Bedeutungen hätten – dass sie Botschaften von Ellam Cua waren. Die Intensität dieser Träume ließ daran keinen Zweifel aufkommen. Sie waren eine göttliche Offenbarung, ein Hinweis auf sein Schicksal.

Als Chigs auf die samtige Schwärze gespickt mit Sternen blickte, wusste er, dass seine Gefährtin irgendwo dort draußen auf ihn wartete. Ellam Cua würde ihn zu seinem Schicksal führen.

„Ich komme", flüsterte er mit neugewonnener Entschlossenheit. „Habe Geduld, Gefährtin. Ich werde nicht ruhen, bis ich dich gefunden habe."

Liebe Leserin, lieber Leser,

danke, dass Du an Rashanas und Meks Abenteuer teilgenommen hast. Ich hoffe, Du fandest die Geschichte genauso aufregend wie ich!

Die *Bräute für die Alien-Piraten*-Serie wird in **Entschlossener Gefährte (Bräute für die Alien-Piraten, Buch 6)** fortgesetzt.

Aufgezogen in einem Labor. Experimente durchgeführt von ihrem eigenen Vater. Rashana ist eine gebrochene Frau. Doch dann trifft sie Mek und alles ändert sich ...

Lies weiter für eine Leseprobe!

XOXO

Tamsin

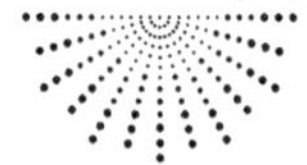

BRÄUTE FÜR DIE ALIEN-PIRATEN, BUCH 6

Chigs stand bewegungslos neben dem Krankenbett, sein Gesicht eine harte Maske, als er auf die Denaida-Frau mit der Bronzehaut starrte. Neben ihm schlurfte Tovik mit den Füßen, die übliche jugendliche Heiterkeit aus seinem Gesicht verschwunden.

Auf der anderen Seite des Bettes zog Mek, der Schiffsarzt, den ausziehbaren Arm des Scanners aus dem Weg, sein normalerweise sauber rasiertes Gesicht mit Stoppeln bedeckt. „Ihre Nervenbahnen wurden frittiert, genau wie bei den anderen. Dollards Experimente haben nichts als Hüllen hinterlassen."

Chigs Fäuste ballten sich unwillkürlich zusammen. Bei den sanften Atemzügen der Frau legte sich das Gewicht tausender verlorener Leben auf seine Schultern. *Ellam Cua, wie konntest du das zulassen? Erst gibst du uns Hoffnung, nur um sie uns so grausam zu entreißen?*

Obwohl sich ihre Brust hob und senkte, gab es unter ihren geschlossenen Augenlidern kein Anzeichen auf ein Bewusstsein, keine Spur auf einen funktionierenden Verstand. Mehrere Frauen wie diese hatten sie in Kryo-Pods geborgen und sie hatten immer noch keine Entscheidung getroffen, wie sie mit ihnen verfahren sollten.

„Ich dachte, wir hätten unsere Zukunft gefunden." Toviks Stimme brach. „Wir haben nur Körper gerettet, keine Leben. Keine Gefährten."

Zwischen ihnen herrschte eine niederdrückende Stille, die nur durch den unerbittlichen Piepton der Monitore unterbrochen wurde.

„Es muss einen Weg geben, sie zu erreichen", beharrte Chigs. „Wir können sie nicht dieser leeren Existenz überlassen." Er weigerte sich, aufzugeben, wenn der quälende Drang, seine vom Schicksal bestimmte Gefährtin zu finden, zu seiner treibenden Kraft geworden war. Andere Männer hatten Partner unter den menschlichen Frauen ihrer Crew gefunden, aber für Chigs waren Menschenfrauen einfach zu klein und zu zerbrechlich, sodass er sie nicht als brauchbare Liebhaberinnen in Erwägung zog.

Resigniert seufzte Mek. „Ich werde mich noch einmal mit den Labordaten beschäftigen, aber wir müssen uns der Realität stellen. Die Wahrscheinlichkeit, dass sie jemals aufwachen, geht gegen Null."

Tovik wandte sich mürrisch ab. „Ich mache den Kryo-Pod fertig, damit sie sich den anderen anschließen kann."

Chigs fühlte sich nutzlos und zog sich mit schweren Schritten zurück. Die Korridore der Icarus erstreckten sich vor ihm wie die Tunnel einer alten Gruft. Sein Quartier bot wenig Erleichterung, der Bereich zu einengend, sodass er kaum Luft bekam. Er hatte noch nie in seinem Leben so üppige Unterkünfte gehabt, aber das erbeutete Syndicorp-Flaggschiff hatte genug Offiziersquartiere an Bord, damit jeder Rebell seine eigene Suite in Anspruch nehmen konnte. Die Icarus mit ihrer fortschrittlichen Technologie, der beeindruckenden Größe und den unzähligen Waffen war zu einem fliegenden Stützpunkt für die gesamte Rebellion in ihrem Kampf gegen das Unternehmen geworden, das die Galaxie regierte. In den letzten Wochen hatten sie mehrere erfolgreiche Überfälle auf Syndicorp-Einrichtungen durchgeführt.

Chigs hatte immer angenommen, die Denaida-Frauen zu finden, sei die Antwort auf ihre Gebete. Syndicorp hatte alles Leben auf ihrem Heimatplaneten ausgelöscht, und seine Spezies hatte geglaubt, ihre Weibchen seien ausgestorben. Anstatt jedoch die göttliche Hoffnung unter den Rebellen zu wecken, dienten die hirntoten Frauen nur als Erinnerung an alles, was sie verloren hatten.

Chigs sah sehnsüchtig auf sein zerwühltes Bett und erhaschte dabei in dem Spiegel auf der anderen Seite des Raumes einen Blick auf blutunterlaufene Augen. Er brauchte Schlaf, fürchtete aber die Albträume von Frauen in Kryo-Pods, die ihn jede Nacht heimsuchten. Er hatte geglaubt, dass sie ein Zeichen dafür waren, dass er dazu bestimmt war, seine Gefährtin zu finden. Jetzt konnte er nur denken, dass sein Gott ihm einen Streich spielte. Er setzte sich auf den Rand des Bettes und vergrub sein Gesicht in seinen bronzefarbenen Händen. Tiefe Atemzüge konnten den pochenden Schmerz, der sich durch seinen Schädel ausbreitete, nicht lindern.

„Ellam Cua, stoppe diese Folter." Er betete, dass

irgendwo in der Weite des Weltraums seine Gottheit zuhörte.

Mit einem Seufzer legte er sich zurück, schloss die Augen und gab sich der Müdigkeit hin ...

Verwüstung und Verfall umgaben Chigs wie die Überreste einer in der Zeit verlorenen Stadt. Vor ihm verfiel eine Straße zu Staub. Er befürchtete Schlimmes. Er wollte nicht hier sein. Er wollte diesen Albtraum nicht noch einmal sehen. Doch sein Körper fühlte sich taub an, als er auf wackeligen Beinen nach vorne trat. Die beharrliche Brise von hinten trieb ihn nach vorn, bis sich die Straße in einen langen Korridor mit Metallböden und blassen, sterilen Wänden verwandelte. Reihen aus lichtdurchlässigen Pods fanden sich zu beiden Seiten von ihm. Das harsche Licht der Pods strömte nach außen und verbarg so den Inhalt, aber er wusste bereits, was darin zu finden war.

Seine Herzen hämmerten in seiner Brust, sein Mund ausgetrocknet, als er versuchte, sich abzuwenden. Dennoch konnte er sich nicht davon abhalten, in einen der Pods zu schauen. Die bronzefarbene Haut, die perfekten Brüste und die geschwungenen Hüften einer Frau. Eine denaidanische Frau, die sich hinter dem Glas vollkommen bewegungslos zeigte. Rohre und

Drähte wickelten sich um sie wie bösartige Meerestiere. Ihre offenen Augen schienen ihn anklagend anzustarren.

Er wollte ihr helfen. Er wollte sie befreien. Aber seine Bewegungen waren nicht seine eigenen. Er ging zum nächstem Pod und zum nächsten, und in jedem fand sich eine Frau. Einige ähnelten seiner Mutter, seiner Tante, seinen Cousinen, die alle lange tot waren, begraben unter dem Schutt seines zerstörten Planeten.

Durch den Nebel flüsterte eine vertraute weibliche Stimme seinen Namen; der Klang streichelte seine Sinne wie die Berührung eines Liebhabers. Er wirbelte herum und suchte nach der Quelle. So viele Pods. Wie sollte er sie finden? Sehnsucht und Angst umschlangen sein Primärherz, als er die Reihen ablief.

Eine harte Männerlache hallte durch den Raum. Obwohl Chigs Dr. Dollard persönlich nie kennengelernt hatte, wusste er, dass das Lachen zu dem Wissenschaftler gehörte, der für die Gräueltaten gegen sein Volk verantwortlich war.

Wut brannte in seinem Magen wie geschmolzenes Blei. Chigs brüllte: „Du bist tot!“ Seine Stimme prallte von den sterilen Wänden ab.

„Du wirst sie niemals finden", gluckste die Stimme in einem spöttischen Ton. „Niemals ..."

Chigs wachte schweißgebadet und schwer atmend auf. Dollards Lachen hallte immer noch in seinem Kopf nach, als er seine Beine über die Bettkante schwang und mehrmals blinzelte, um in die Realität zurückzukehren. Sein Quartier enthielt die vertrauten Düfte von Motoröl und Stahl, ein scharfer Kontrast zu dem antiseptischen Gestank des Labors aus seinem Traum. Er zog eine Hand über sein Gesicht und seinen Bart.

Der Traum war in den letzten drei Nächten derselbe gewesen. Warum fühlte sich das Labor so vertraut an? Es war nicht das Labor, das sie gestürmt hatten, und doch hatte er das Gefühl, schon einmal dort gewesen zu sein. Obwohl die Details des Traums bereits aus seinem Bewusstsein verschwanden, stach der Schrecken der Pods und der darin gefangenen Frauen weiter wie eine Klinge auf seine geschundene Seele ein.

Er stand auf und lief vor seinem Bett auf und ab, unfähig, Dollards Lachen in seinem Kopf zum Schweigen zu bringen.

„Dieser bösartige Mensch ist tot", murmelte Chigs.

Während des Angriffs war Dollard ohne Anzug

in das Vakuum des Weltraums gesaugt worden, das kein gewöhnlicher Mensch hätte überleben können. Es war jedoch möglich, dass Dollards Experimente ihm eine übernatürliche Widerstandsfähigkeit verliehen hatten, und schließlich hatte Rust keine Leiche bergen können. Es wäre nicht das erste Mal, dass der Mensch den Tod überlistet hatte. Könnte er es wieder tun? Ellam Cua war ein Trickster-Gott und würde eine solche Wendung zu schätzen wissen.

Chigs schüttelte den Kopf und ging erneut auf und ab. Unabhängig davon, ob Dollard noch lebte oder nicht, war der Angriff auf sein Labor kein voller Erfolg gewesen. Mehrere Shuttles waren entkommen, vermutlich mit weiteren Kryo-Pods, in denen denaidanische Frauen lagen – Frauen, die noch am Leben sein könnten.

Nicht mehr lange, wenn jemand Dollards Experimente fortsetzt.

Chigs fluchte und schlug mit der Faust gegen die Wand. Die Polymerplatte verbeulte sich unter dem Schlag, und Schmerz schoss seinen Arm hoch. Nur war der körperliche Schmerz nichts im Vergleich zu dem beängstigenden Wissen, dass es mehr Frauen da draußen gab, unerreichbar und unauffindbar. War er dazu verdammt, diese Stimme für den Rest seines Lebens in seinen Träumen zu hören? Sie fühlte sich so real an – als wären sie bereits miteinander verbunden. Er hatte regelrecht das Gefühl, dass –

Chigs erstarrte mitten in der Bewegung und seine Herzen klopften um die Wette. Was wäre, wenn das Labor, das er in seinen Träumen sah, nicht das war, in das sie bereits eingedrungen waren? Die weibliche Stimme, die stets nach ihm rief, schwebte erneut durch seine Erinnerung, wie ein Lied, das immer wieder vom Wind übertönt wurde.

Meine Gefährtin.

Es musste einfach so sein. Nur der Gefährtenbund erlaubte es Paaren, durch Gedanken zu kommunizieren. Und er war sich sicher, dass eine Frau in diesem Labor nach ihm rief und ihn anflehte, sie zu retten. Sie war dazu bestimmt, ihm zu gehören. Die Erkenntnis fühlte sich an wie ein Stern, der kurz vor der Explosion stand. Überwältigend und atemberaubend.

Aber wie sollte er sie finden? Er brauchte mehr Hinweise. Koordinaten. Eine Karte. Irgendetwas!

Chigs schloss die Augen und ließ den Kopf hängen. „Ellam Cua, ich verstehe es nicht. Bitte zeig mir den Weg zu meiner Gefährtin."

Schweigen füllte sein Quartier. Keine dröhnende Stimme von oben, um ihm göttliche Befehle zu erteilen. Aber nach einem langen Moment zauberte sein Geist das Bild wunderschöner brauner Augen herbei, zu denen sich ein blasses Gesicht mit runden Wangen und einem sanften Lächeln gesellte.

Emmy?

Chigs runzelte die Stirn. Die Menschenfrau hatte sich vor fast einem Zyklus der Rebellion angeschlossen, aber er hatte ihr nie viel Aufmerksamkeit geschenkt. Selbst für ihre Spezies war sie sehr klein und leicht zu übersehen. Er wusste jedoch, dass Besatzungsmitglieder sie manchmal aufsuchten, um über persönliche Probleme zu sprechen oder um Rat erbaten. Jetzt fragte er sich ... könnte sie eine Art spirituelle Führerin sein?

Je mehr er darüber nachdachte, desto sicherer war er sich. War es möglich, dass Ellam Cua wollte, dass er Emmy aufsuchte und sie um Hilfe bei der Interpretation seines Schicksals bat? Vielleicht würde sie ihm den Weg zu seiner Gefährtin weisen.

Chigs lächelte, als die Entschlossenheit seine frühere Hilflosigkeit verbannte. Die CEOs von Syndicorp würden bald den Tag bereuen, an dem sie es gewagt hatten, einem Denaidaner auf seiner Mission eine Gefährtin zu finden, in die Quere zu kommen. Er würde das Labor finden. Jede einzelne Frau würde er in Sicherheit bringen. Und dann würde er Dollard und alle seine aktiven Experimente den Garaus machen.

———

Entschlossener Gefährte jetzt kaufen!

GLOSSAR

Akleng – ein Ausdruck der Sympathie oder des Bedauerns

Anaq – Scheiße!

Assirpaa! – Wie aufregend!

Attahat-Rad – eine Form des Glücksspiels ähnlich zu Roulette

Brennantrieb – Bauteil, mit dem Raumschiffe durch bestimmte Ionenfrequenzen schnell weite Strecken zurücklegen, indem sie den Raum krümmen; siehe auch Verbrennung und Brennsequenz.

Brennsequenz – Ein bestimmtes Wellenmuster von Ionen, das erreicht werden muss, um die Verbrennung einzuleiten bzw. bis zum Zielpunkt aufrechtzuerhalten.

Carayak – Ein männlicher Denaidaner mit einer genetischen Störung, die dazu führt, dass seine ionische Paarungsfrequenz selbst für seine eigene Art tödlich ist. Umgangssprachlich auch als *Monster* bezeichnet.

Kartell – Organisierter Verbrecherring, der einen Großteil der Galaxie kontrolliert.

Cirripi-Gras – mildes Rauschmittel zum Rauchen

Cochlea-Implantat – Ein kybernetisches Gerät, das die Kommunikation über Vibrationen direkt auf die Ohrknochen überträgt.

Cyborg – Ein Mensch, bei dem über 50 % des Körpers durch kybernetische Teile ersetzt wurde. Obwohl viele Menschen kybernetische Verbesserungen haben, wird tatsächlichen Cyborgs das Recht auf die Staatsbürgerschaft Syndicorps verweigert.

Darknet – Ein Ort, an dem das Kartell und andere Schwarzmarkthändler Informationen austauschen.

Denaida-daru – Die Heimatwelt der Denaidaner, die von Syndicorp zerstört wurde. Auch Planet K-4H10 genannt.

Ellam Cua – die denaidanische Gottheit

Enays – Ein Sexplanet, der von Enayshuanern geführt wird.

Enayshuan – Eine menschenähnliche Spezies mit auffälligen Augenwülsten, die für ihr metallisches Körperpulver bekannt ist. Wird oft mit dem Sexhandel in Verbindung gebracht.

Finofan – Aliens mit leguanartigen Schuppenkämmen um die Ohren und schlitzförmige Augen. Sie mögen eine heiße und feuchte Atmosphäre.

Garan'uk – eine methanatmende Alien-Spezies

Iluq – Bruder

Ionenkraft, -macht oder -schild – Die Fähigkeit eines männlichen Denaidaners, Materie und Schwerkraft zu beeinflussen.

Kemeg – Eine Art Herdentier, das wegen seines Fleisches gezüchtet wird.

Kwirn - eine Form des Glücksspiels mit 3D-Tischen und -Steinen

Naniten – Selbstreplizierende, mikroskopisch kleine Maschinen, die entwickelt wurden, um Veränderungen auf molekularer Ebene herbeizuführen.

Naujiar – Eine Art Pflanze, die das Lieblingsessen eines Netorpoks darstellt.

Nav-Grav-Sitz – Wird verwendet, um humanoiden Lebewesen während der Verbrennung von Schiffen einen gewissen Komfort zu gewährleisten.

Netorpok – Ein exotisches Haustier, das auf den meisten Planeten verboten ist.

NIU (Nanite Integration Unit) – ein heimliches Syndicorp-Labor mit Cyborg-Testpersonen

Ongaru Flip – ein beliebtes Kartenspiel

Parsec – eine Entfernungsmessung (3,2 Lichtjahre)

Pirelux-Seide – ein feiner Stoff

Polycom – Die häufigste Form der persönlichen Kommunikation und Informationsspeicherung, ähnlich wie das heutige Smartphone.

Posungi – ein eierlegendes Alien mit orangefarbenem Tentakelgesicht

Qumli – Milchgesicht

Rakwiji – schuppige Aliens mit einer giftigen Klaue. Sie jagen paarweise und foltern während ihres Paarungsrituals. Oft vom Kartell als Kopfgeldjäger angeheuert.

Saluqan – eine Spezies mit einem intuitiven Talent für medizinische Fähigkeiten. Sie haben blaue bis violette Haut und manchmal schillernde Venen, die sich durch die Haut zeigen.

Sizantha-Schoten – Wird zur Herstellung von Tee verwendet.

Syndicorp – Ein Mega-Unternehmen, das einen großen Teil der Galaxie kontrolliert.

Synth-Haut – Künstlich gewachsenes biologisches Polymer, das die tatsächliche Haut nachahmt. Kommt vor allem über kybernetischen Körperteilen zur Anwendung.

Terpak – Arschloch

Die Termination – die Zerstörung von Denaida-daru durch Syndicorp

Tunrak – Teufel, oft liebevoll verwendet

Usviiqe – Verdammt!

Nicht klassifizierter Raum – Bereiche der Galaxie, die nicht von Syndicorp beherrscht werden.

Verbrennung – bezeichnet den Prozess, wenn die Brennsequenz eingeleitet wird und das Raumschiff zu einem entfernten Punkt im Universum reist; siehe auch Brennantrieb und Brennsequenz.

Xeimir-Wurm – Ein Alien mit glänzender Haut, das durch die Haut atmet und extrem lichtempfindlich ist.

Yanipa-nimayu – Ein sechsbeiniger Außerirdischer, der oft manuelle Arbeit verrichtet.

ÜBER DIE AUTORIN

Vor langer, langer Zeit habe ich es mir in den Kopf gesetzt, biomedizinische Technikerin zu werden. Das Aufschneiden von Laborratten führt allerdings selten zu einem glücklichen Ende, wie man es aus Büchern kennt. Jetzt vermische ich meine Begeisterung für die Wissenschaft mit charakterorientierter Romance und einem garantierten Happy End. Meine Monster finden immer ihre Gefährten, in Geschichten mit temperamentvollen Protagonistinnen, gequälten Helden und einer guten Portion Erotik. Ich verspreche Dir, meine Geschichten werden Dich nicht hängen lassen. (Obwohl es natürlich passieren kann, dass Du danach noch mehr willst!)

Wenn ich nicht schreibe, dann findest Du mich im Garten oder in der Küche, auf Erkundung durch Alaska mit meinem Ehemann oder bei der Vorbereitung auf eine Zombie-Apokalypse. Ich liebe Wein und Apple Cider. Und auch wenn ich nur ein bescheidenes Talent dafür besitze, genieße ich es, zu häkeln.